KB234337

―가족 사진

#14
흔해빠진 직업으로 세계 최강
ARIFURETA SHOKUGYOU DE SEKAISAIKYOU
시라코메 료 shirakome ryo
illust.타카야Ki takayaki

흔해빠진 직업으로 세계최강

ARIFURETA SHOKUGYOU DE SEKAISAIKYOU

#14

시라코메 료 지음
타카야Ki 일러스트
김장준 옮김

CONTENTS

움직일 수 없다. 숨쉬기가 어렵다. 머리까지 멍한 이유는 혹시 산소가 부족한 탓일까.

이대로 있으면 위험하다…….

하지메는 막연한 위기감을 느꼈다. 몽롱한 의식이 단숨에 각성한다.

"우읍?!"

눈을 떠도 보이는 것은 어둠뿐. 숨을 들이쉬고 싶어도 뭔가가 얼굴 전체를 덮고 있었고, 치우고 싶어도 부드러운 무언가가 두 팔을 붙잡고 있었다.

혼란은 한순간이었다. 즉시 의식이 전투 모드로 옮겨 갔고—.

"음뮤~."

어렴풋이 들린 귀여운 소리에 퍼뜩 정신이 들었다.

복근의 힘만으로 천천히 싱체를 일으켰디. 얼굴을 덮은 말랑말랑한 것이 천천히 떨어지고, 마침내 앞이 보였다.

"……아니, 대체 왜."

가슴팍에서 행복하게 새근거리는 사랑스러운 딸— 뮤가 있었다.

아마 하지메 아빠의 얼굴에 달라붙어 자고 있었나 보다. 셔츠가 풀려 통통한 배가 드러났다.

이 통통한 것으로 입을 덮었으니 숨이 쉬어지지 않을 만도 하다.

하지만 하지메가 의문을 표한 이유는 뮤의 잠버릇 때문이 아니었다.

세상 남자들이 보면 「이곳이 무릉도원인가」라며 절로 선망의 눈빛을 보낼 이 광경 때문이었다.

"……으응? 하지메?"

늘 하지메의 셔츠를 잠옷 대신 입던 유에가 왠지 알몸으로 오른팔에 매달려 있었다. 처음 오스카의 은신처에서 깨어났을 때처럼 가랑이 사이에 하지메의 팔을 끼운 채로.

"흐아암, 벌써 아침이에요오?"

왼쪽에는 하지메의 커터 셔츠 한 장만 달랑 입은 시아가 있었다. 단추가 전부 풀려 보여서는 안 될 부분을 죄다 보여 주고 있었다.

"흐헤, 즈이니임~, 내 엉덩이, 더는 못 버티겠구나~."

오른쪽 다리— 정확히는 고간 부근에 얼굴을 묻고 커다란 엉덩이를 실룩대며 잠꼬대하는 잡룡……이 아니라 티오도 유카타가 흐트러질 대로 흐트러져 의복으로서 제 기능을 하지 못했다.

"레미아까지……."

혼자 하지메의 발치에서 몸을 웅크리고 규칙적인 숨소리를 내는 사람은 레미아였다. 원피스형 잠옷도 흐트러지지 않았다. 하지만 하지메의 반바지 끝자락을 손끝으로 꼭 잡은 모습이 무척 애틋했다.

뭔가 방의 분위기가 전체적으로 달콤했다. 끈적함마저 느껴질 정도다.

귀여운 딸부터 미소녀, 미녀까지 모두 모인 침실.

그래, 세상 남자들이 피눈물을 흘릴 만도 하다.

"일단 임시로나마 방은 준비해 줬는데……."

하지메는 졸린 눈을 비비는 유에와 시아를 번갈아 보며 못 말린다는 양 미소 지었다.

방의 70퍼센트를 차지하는 커다란 책장에는 게임 케이스와 책이 비좁게 꽂혀 있었다. 남향으로 난 하나뿐인 창문은 감색 차광 커튼 사이로 오늘의 날씨가 얼마나 좋은지 알려 줬다.

책상과 게이밍 의자, 제법 값이 나갈 데스크톱 컴퓨터. 굿즈가 진열된 장식장, 문에는 좋아하는 애니메이션 포스터.

"……."

틀림없다. 행방불명되었던 1년 동안, 기필코 돌아온다고 믿고 부모님이 매일 깨끗하게 유지해 주던 내 방이다.

이세계로 소환되어 온갖 고난을 겪고 갖은 여경을 뛰어넘어 돌아온— 고향 집이다.

그날.

염원을 이루고 마침내 집으로 돌아온 날로부터 보름여.

이제는 버릇이 되어 버렸다. 정말로 돌아왔는지 확인하듯, 혹은 현실을 곱씹듯 눈을 떴을 때 자신의 방을 바라보는 행위가.

볼에 부드러운 감촉이 느껴졌다. 유에의 손이었다. 천천히 볼을 쓰다듬는 손짓에서도 이루 말할 수 없는 애정이 전해졌다.

"……괜찮아. 하지메는 여기 있어. 정말로 돌아왔어."

봄볕만큼이나 따사로운 미소가 하지메의 시야를 점거했다. 뭐든지 꿰뚫어 보는 홍옥 같은 눈동자에 사로잡혀 있자 입술로 촉촉하고 부드러운 감촉이 전해졌다.

새가 부리로 가볍게 쪼는 듯한 키스였다. 하지메의 마음을 보듬는 다정함이 느껴졌다.

어쩌면 방금 전투 모드로 전환할 뻔한 것도 들켰는지 모른다.

"……그래. 나는 돌아왔어. 이건 현실이야."

겉으로는 생살로만 보이는 왼팔을 뻗었다. 오른쪽 눈도 손가락으로 더듬었다.

익숙한 안대는 이제 없었다.

유에를 바라보자 그 눈동자에 자신의 모습이 비치고 있었다. 검은 머리에, 평범한 두 눈을 가진 청년이었다.

나락 밑바닥에서 고문 같은 고통을 이겨내고 초인급 육체를 얻은 증거인 백발도, 금속 팔도, 광석의 빛을 가진 마안도 지금은 보이지 않았다.

토터스에서 지구로 귀환 준비를 하는 동안, 동료들에게 협력받아 소환되기 전의 모습으로 최대한 되돌려 놓은 것이다.

"……본인이 제일, 익숙해지지 않아?"

하지메의 삐죽 뻗친 머리를 아이라도 달래는 손길로 고쳐주며 유에가 물었다.

"그렇, 지. 그럴지도 몰라."

하지메는 씁쓸하게 웃었다. 눈과 팔이 원래대로 돌아온 것은 겉모양뿐이었다. 인공 피부 아래에는 금속 팔이 있고 눈도 여전히 마안석이었다.

고치려고 하면 재생 마법으로 둘 다 완치할 수 있었을 것이다.

그러지 않은 이유는 백발에 의안, 의수가 동료들과 역경을 극복한 자신의 모습이며, 이제는 포기하기 힘들 만큼 소중한 자신의 일부가 됐기 때문이다.

다른 이유가 있다면, 단순히 만에 하나를 대비해서였다. 앞으로 다시는 싸울 일이 없다고 맹신할 만큼 하지메는 낙관적인 성격이 아니었다. 하지만 그 탓에…….

"돌아와도 마음은 쉽게 변하지 않나 봐. 토터스의 경험이 너무 강렬했던 탓이겠지."

"……정신없이 바쁘기도 했고."

"그것도 그래."

지난 보름 동안은 정말로 눈코 뜰 새 없이 바빴다.

당연하다. 대낮의 학교에서 한 학급의 학생이 동시에 증발했는데 거의 1년 동안 단서조차 없었다.

그렇게 집단으로 실종됐던 학생들이 또 갑자기 돌아왔으니 세상의 반응이 어떻겠는가.

경찰과 행정 기관에 사정 설명, 신체 및 정신 검사를 위한 강제 통원, 유에를 비롯한 이세계인이 일본에서 생활하기 위한 대책, 그리고 언론 관계자 대응 등등…….

지난 보름 사이 하지메가 가족과 느긋하게 이야기를 나눈 시간은 어쩌면 채 하루도 되지 않을지 모른다.

"……고마워, 하지메."

그건 많은 의미가 담긴 감사였다.

지구의 상식과 지식에 어두운 이들에게 이러한 대응은 어렵다. 오히려 반 아이들(특히 심연경을 자처하는 존재감 없는 모 남학생)이 하지메에게 훨씬 많은 도움을 줬다.

세간의 관심이 이세계인에게 집중되지 않도록 동분서주하고, 부모님과 지낼 시간이나 수면 시간까지 쪼개어 갖가지 대응책을 강구해 준 하지메에게 이들이 다시금 감동한 것은 더 말할 필요도 없다.

"뭘…… 가족이잖아."

"……응. 그래도 고마워."

그녀들을 위해서라면 무엇이든 감내한다. 최대한 고심한다.

지구는 그녀들에게 있어 이세계다. 상황은 전혀 달라도 자신이 소환됐을 때 같은 불안을 느끼고 하고 싶지 않다. 불편함 없이 지냈으면 좋겠다.

그런 배려, 마음을 깨닫지 못할 이들이 아니었다.

하지메는 모른다.

당연하게 생각해 의식조차 하지 않는 그 행동들이 얼마나 그녀들의 가슴을 옥죄는지. 사랑스러움과 안타까움을 수치로 나타낸다면 진작 한계치를 넘어섰다는 것을.

만감이 담겼다고 표현해도 과언이 아닌 감사의 말과 딱 달라붙은 몸으로 「전해져라～, 이 마음～」이라며 하지메를 올려다봤다.

이세계의 흡혈 공주는 여전히 아름다웠다.

하지메의 손이 금실 같은 머리카락을 사랑스럽게 빗어 내렸다. 손끝이 귀를 스쳐 간지러운지 유에의 표정이 느슨해졌다.

"……조금이지만, 겨우 여유가 생겼어. 그치?"

"그래. 당장 할 수 있는 건 다 했어. 그래 봤자 임시변통 수준이지만. 이대로 아무 일 없이 지나갈지 어떨지."

"……괜찮아. 우리도 조금씩 배우고 있어."

하지메의 손을 잡고 스스로 그 손바닥에 부드러운 볼을 문질렀다. 애교 섞인 행동을 보고 하지메는 깨달았다.

그녀들이 주어진 방이 아니라 하지메의 방에 전원 집합한 이유.

분명 기다렸던 것이다. 하지메가 일을 일단락 내고 여유로워질 타이밍을. 다시 말해, 어리광 부릴 타이밍을.

외롭게 했나 싶어서 무의식적으로 살짝 자조 어린 미소를 지었다.

"미안. 당장에라도 데리고 가고 싶은 곳이 많았는데……."

"……마음 쓰지 마. 아버님, 어머님에게 이야기 많이 들었어. 그리고―"

시간이라면 얼마든지 있다. 앞으로는 쭉 함께니까. 유에가 귓가에 속삭였다. 그리고 그냥 떨어지기 아쉬운지 귓불을 입술로 물었다.

"유에."

"……응, 하지메."

서로 볼에 손을 대고 이마가 맞닿을 거리에서 마주 봤다. 뜨거운 숨결이 교차하고 유에의 연분홍빛 입술로 앙증맞은 혀가 빼꼼 고개를 내밀었다.

다시 입술이 포개졌다. 방금보다 진하고 긴 입맞춤이었다. 입술과 혀 사이로 작은 소리가 울린다.

코앞에 있는 유에는 도취한 표정이었고, 그 눈동자에 비친 하지메는 행복을 곱씹는 표정을 짓고 있었다.

갑자기 누가 먼저랄 것도 없이 미소 지었다.

"깜빡했어. —잘 잤어, 유에?"

"……응♪ 잘 잤어, 하지메."

닭살 커플 둘은 너무나도 자연스럽게 「모닝 키스」를 재개하려고 했다.

그래서…….

"아이참! 눈치챌 때도 됐잖아요!"

하지메의 얼굴이 반대 방향으로 홱 돌아갔다. 범인은 시아였다.

그러고 보니 유에와 같이 깼었던 것 같은데 까맣게 잊고 있었다.

볼 양쪽을 잡고 있어서 움직일 수 없었다. 심지어 목이 살짝 꺾이고 눈가가 경련하는 하지메를 자빠뜨릴 기세로 시아가 입을 맞췄다.

유에와는 달리 쮸우우웁 소리가 나는, 뭐라도 빨아들이는 것 같은 키스였다. 몹시 격렬한 시아식 「모닝 키스」에 하지메는 저항하지 않았다.

"우우웁, 푸하! 에헤헤, 안녕히 주무셨어요? 하지메 씨, 유에 씨♪"

"⋯⋯응. 안녕, 시아."

"그, 그래. 안녕, 시아."

태연한 유에와 달리 하지메의 눈썹은 난처하게 팔자를 그리고 있었다.

두 사람이 안짱다리로 앉아 입술을 쭈욱 내밀었기 때문이기도 하지만⋯⋯.

"딱히 자는 척할 필요 없어, 레미아."

조용한 관찰자가 있기 때문이었다. 유에에게 너무 정신이 팔렸었나 보다. 지금 눈치챘다. 조금 어색하다. 신경 쓰게 한 것 같아서.

"⋯⋯! 죄, 죄송해요. 방해가 될까 봐."

레미아는 장난치다가 들킨 아이 같은 표정으로 몸을 일으켰다.

두 다리를 모아 조심스럽게 고쳐 앉거나 볼에 붙은 머리카락을 귀 뒤로 넘기는 평범한 동작에서 이상하리만큼 요염함이 느껴졌다.

"안녕, 레미아. 그런 곳에서 잠은 제대로 잤어?"

"아, 네. 괜찮아요. ⋯⋯하지메 씨 곁이, 가장 마음이 놓이니까요."

하지메는 생각했다. 마지막 쐐기를 박으러 왔나, 라고.

홍조를 더욱 짙게 물들이며 힐끔힐끔 눈길을 보내는 것은 「나도 아침 인사를 해야 할까?」라고 고민하는 탓이 분명했다. 방금 한 말과 함께 생각하면 그 위력은 어마어마했다.

무심코 끌어안고 싶어지지만, 일단 꾹 참고……

"티오. 뮤가 있는데 한 번 더 이상한 소리를 하면…… 전이로 바다에 던져 버릴 줄 알아."

"노, 농이었다, 주인님!"

자는 척하던 두 번째 용의자가 벌떡 일어났다. 그 손은 하지메의 반바지 끝자락에 걸려 있었다. 심지어 살짝 내렸다. 이 변태는 뭘 할 셈이었을까.

옷이 흐트러진 채로 벌떡 일어난 탓에 최대급의 쌍봉우리가 박진감 넘치게 튀어 올랐고, 아래쪽 옷섶 사이로 육감적인 맨다리도 보였다.

언뜻 보면 남자의 이성은 낙엽처럼 날려 버릴 선정적인 모습인데…….

바다에 던져 버리겠다고 히니까 킬킬치 못하게 헉헉대는 표정이 참으로 징그러웠다. 오히려 딱 알맞게 마음이 식었다.

기대에 찬 눈빛에 보답해 발로 차서 침대 아래로 떨어뜨려 줬다. 아침부터 지독히도 활기찬 「감사합니다!」가 메아리쳤다.

"음뮤~? 아빠?"

"그래, 아빠 여기 있어. 잘 잤니, 뮤?"

이토록 시끌벅적하면 숙면 중인 어린아이라도 깬다. 고사리 손을 쥐고 고양이처럼 눈을 비비는 뮤를 보며 하지메뿐 아니라 다들 흐뭇한 미소를 지었다.

"웅…… 안녕히 주무셨어요……. 우웅~."

"아차."

뮤가 오리처럼 입을 내밀고 하지메에게 다가왔다. 누구에게 영향을 받았는지는 명백했다.

뮤의 「모닝 키스」를 손바닥으로 막으면서 할 말이 없다는 눈빛으로 유에와 시아를 돌아보자 둘 다 할 말이 없다는 표정으로 눈을 돌렸다.

"웅? 왜 막아!"

"뮤한테는 아직 이르니까. 그리고 나는 아빠니까."

"엄중하게 항의할 거야! 얌전하게 있으면 금방 끝나! 가만히 시키는 대로 해!"

"뮤?! 그런 말을 어디서 배웠어?!"

"엄마가 좋아하는 「아침 드라마」? 에서!"

레미아 엄마가 지구에 와서 처음 빠진 것은 아침 드라마의 막장 전개인가 보다.

TV라는 문명의 이기에 놀라움을 금치 못한 것은 다른 이들도 마찬가지지만, 정보 수집 측면에서는 똑같이 처음에 설명한 컴퓨터가 압도적으로 편리했다.

결국 유에나 시아는 현대 젊은이처럼 TV에서 멀어졌지만, 레미아는 설명할 때 우연히 방영하던 드라마의 애증극에 마음을 사로잡힌 모양이었다.

어머어머, 어떡해! 라며 초롱초롱 빛나는 눈으로 TV 앞에 앉아 질척질척한 인간관계에서 눈을 떼지 못하던 모습이 아직 눈에 선하다.

참고로 유에는 스마트폰의 GPS 기능, 시아는 압력밥솥과 전자레인지, 티오는 화장실(온수 세정 기능 탑재!), 뮤는 게임기가 특히 마음에 든 것 같았다.

언제 어디서든 지도에 하지메의 위치가 표시되는 기능을 카오리에게 전수받을 때 유에의 표정은, 뭐랄까, 정말…… 아니, 관두자.

다만, 카오리와 똑같았다고만 밝혀 두겠다.

시아와 뮤는 딱 어울리는 선택이었다. 부엌은 거의 시아의 개인 공간이 되었고, 컴퓨터를 포함해 전자기기에 대한 이해와 학습이 가장 빠른 사람은 뮤였다.

티오는…… 많은 말은 하지 않겠다. 화장실에 가는 빈도가 유난히 높거나 가끔 문 너머에서 기분 나쁜 목소리가 들리지만, 신경 쓰는 사람만 손해다.

가설하고.

양손으로 얼굴을 덮고 「미안해요, 여보!」라며 아침 드라마의 죄지은 사모님 같은 분위기로 사과하는 레미아를 하지메가 은근슬쩍 달래는데…….

"……뮤. 대신 언니들이 해 줄게."

낑낑대며 아빠의 손바닥 방어막과 씨름하는 뮤에게 유에가 말을 걸었다.

악영향(?)에 대한 회개인지, 옆에서 와락 끌어안아 볼에 키스했다.

뮤가 귀엽게 꺅 소리쳤다.

"아, 저도 할래요오~. 뮤, 안녕하세요!"

"어허, 나만 빼먹으면 섭섭하지. 잘 잤느냐, 뮤."

"엄마는 드라마 볼 시간을 더 생각할게."

"음냐?! 잠깐, 다들 한 번에 하면 안 돼~!"

뮤는 엄마&언니즈에게 안겨 볼과 이마에 뽀뽀 세례를 받았다.

물론 이마 뽀뽀 정도는 하지메 아빠도 해 줬다.

그것으로 일단 만족했는지 뮤는 기쁨과 간지러움으로 까르륵거렸다.

정말로 평화롭고 훈훈하며 행복한 광경이었다.

불과 얼마 전까지 이세계에서 사투를 벌였다고는 생각할 수 없을 정도였다.

그렇기 때문일까? 아직 마음이 평화에 적응하지 못했다고 말하면서도 집으로 돌아왔다는 사실과 그토록 꿈꾸던 광경이 눈앞에 있다는 현실은 역시 하지메의 마음을 진정시키기에는 충분했다.

"하지메~, 그만 일어—."

허락 없이 열린 문 사이로 익숙한, 하지만 아직 그리움을 느끼는 목소리가 들리고서야 어머니가 왔다고 깨달았다. 당연히 말리기에는 이미 늦었다.

철컥 열린 문으로 보브 커트를 한 40대 초반의 여성, 하지메의 어머니— 나구모 스미레가 들어왔다.

그리고 얼음처럼 굳었다. 방 안의 상황을 보고.

남자가 보면 무릉도원 같은 달콤한 향기로 가득 찬 아들의 방을. 반라— 아니, 거의 전라인 미녀, 미소녀가 아들을 에워싼 상황을.

"""""아.""""""

유에, 시아, 티오, 레미아의 목소리였다.

눈이 맞았다. 며느리들과 시어머니의 눈이 정면으로.

「90퍼센트 알몸」으로 하지메의 침대에 몰려든 여자들. 관점에 따라서는 「어젯밤은 즐거우셨나요?」나 「지금부터 아드님을 덮칠게요!」라는 상황으로 보일 만도 했다.

어색하다. 정말 무지막지하게 어색하다.

시어머니가 「세상에! 어쩜 이런 천박한 아이들이 있담! 이런 애들한테 우리 아들은 못 줘!」라고 생각하면 어쩌지! 같은 초조함이 흘러나왔다.

"엄마, 아니야. 이상한 생각 하지—."

"앗, 할머니! 안녕히 주무셨어요!"

"아, 응. 잘 잤니, 뮤. 오늘도 기운이 넘치네?"

아들의 해명을 손녀가 만개한 웃음&만세로 끊었다. 돌처럼 굳었던 스미레 엄마의 얼굴도 기운찬 인사로 겨우 풀렸다.

그리고 며느리들에게 싱긋 웃으며…….

"한 시간, 아니, 사람 수가 있으니까…… 두 시간 뒤에 다시 올게. 천천히 하렴."

"""""……?!""""""

이해심이 너무 깊은 시어머니의 면모를 보여 줬다. 며느리들이 격렬하게 동요한다! 조용히 닫힌 문을 향해 황급히 손을 뻗는다!

"오, 오해예요! 어머니—."

"여보오오오! 큰일 났어, 아들이 방에 하렘을 차렸어! 이럴 때 엄마는 어떤 표정을 지어야 해애애?!"

유에의 해명은 스미레 엄마가 계단을 내려가는 소리와 심하게 동요한 목소리에 지워졌다. 시아가 허둥지둥 일어났다. 그리고…….

"제, 제가 당장 뛰어가서 설명할—."

"뭐라고?! 우리 아들이 리얼 치트 하렘이라니, 그런 건 야겜에나 있는 줄 알았는데! 이 야겜 주인공 같은 녀석!"

이번에는 거실에서 울려 퍼진 하지메의 아버지— 나구모 슈가 심하게 동요한 목소리에 지워졌다.

"아, 그래도 생각해 봐, 여보! 손주야! 해냈어! 가족이 늘어나!"

"순산 기원 부적이 필요하겠군. 스미레, 마침 잘됐어. 근처 신사까지 드라이브라도 갈까? 두 시간 정도 자리를 비워 주자고!"

"그래! 그래야지! 우리가 있으면 어색하니까! 40초 안에 준비할게!"

우당탕탕. 부부는 분주하게 움직였다.

레미아가 두 손으로 얼굴을 덮고 있었다. 불이라도 난 것처럼 얼굴이 달아올랐다.

한편, 유에와 시아, 티오는 손주를 기대하는 반응에 부끄러워하기는 했으나, 하지메를 묘하게 측은한 눈빛으로 바라봤다.

"아빠, 엄마……!"

하지메는 머리를 감싸지만, 이건 뭐랄까…….

'역시나, 하지메 부모님다워.'

'역시나, 하지메 씨 부모님답네요.'

'역시나, 주인님의 양친이시구나.'

반응이나 분위기가 비전투 상황에서 누굴 놀릴 때의 하지메와 비슷했다.

아니, 하지메가 부모를 닮은 것일까? 토터스의 혹독한 경험이 없었다면 더 비슷했을지도 모른다.

"아빠? 할머니, 할아버지 왜 저래?"

혼자 상황을 파악하지 못해 어리둥절해하는 뮤가 몹시 귀여웠다. 이대로 순수하게만 자라 줬으면 좋겠다.

"아무것도 아니야. 우리 부모님도 기본적으로 충동대로 사는 사람이라서 가끔 저런 발작을 일으켜. 지병이지."

말이 좀 심하다. 하지메는 눈이 휘둥그레진 뮤의 머리를 다정하게 쓰다듬으며 다른 이들에게 눈길을 줬다.

살짝 열 받는 눈빛으로 보지만, 부모님이 오해한 주된 원인은 너희라는 생각을 담아 눈살을 찌푸리며 한마디 했다.

"일단 옷부터 제대로 입어."

""""앗.""""

유에, 시아, 티오의 목소리가 겹쳤다. 유에는 90퍼센트 알몸을 넘어 100퍼센트 알몸이었다.

하지메와 동침할 때는 보통 알몸이라서 아무도 뭐라고 하지 않았지만, 스미레가 보면 오해하고도 남을 상황이었다.

그보다도 깨우러 온 사람이 아버지가 아니라서 다행이었다. 만약 그랬다면…….

미안, 아빠. 약간의 통증을 대가로 몇 분 간의 기억을 날려야 할 뻔했어……라고 하지메는 탄식했다.

거실에서 무지하게 큰 재채기가 들렸다. 슈가 뭔가를 느끼고 떨고 있나 보다. 「뭐야? 이 갑작스러운 오한은 뭐냐고! 나 어떡해, 무서워!」라는 소리도 들렸다.

"내가 오해를 풀고 올 테니까 옷 갈아입어. 알았지?"

하지메는 뮤를 안아 들고 레미아의 손을 잡아 침대에서 내려줬다.

유에, 시아, 티오는 겸연쩍은 표정으로 「네~」라고 대답했다.

"응. 시아, 레미아, 오늘도 맛있어."

"식재료와 조미료도 그쪽 세계와 다를 텐데 한 달도 안 돼서 이 정도라니, 솜씨가 대단해."

모두 몸단장을 끝내고 식탁에 둘러앉아 아침을 먹었다.

나구모 가족은 크리에이터 집안이다. 스미레는 초유명 순정만화 작가이며, 슈는 게임 개발사를 운영한다. 두 사람 모두 연륜이 쌓인 오타쿠이자 하나에 꽂히면 철저하게 파고드는 성격이다.

무슨 말이 하고 싶냐면, 그들이 타고난 야행성 인간이란 것이다. 그래서 평소에는 아침을 거의 먹지 않는다. 점심도 가볍게 때울 때가 많고, 야간 활동에 대비해 저녁을 든든하게 챙겨 먹는 타입이다.

오히려 일어나서 밥? 무슨 고문인가? 라고까지 생각했다.

생각, 했었다. 하지만.

"에헤헤, 좋아해 주셔서 기뻐요오~. 토터스에서도 하지메 씨 이야기를 들으면서 지구 요리를 재현하기도 했거든요."

귀여운 이세계 토끼 귀 미소녀가 트레이드 마크인 토끼 귀를 쫑긋거리면서 배시시 웃었다. 무척 기뻐 보였다.

"생활 방식은 사람마다 다르지만…… 그간 심로도 많으셨죠? 두 분 모두 너무 야위셨어요. 적어도 당분간은 하루 세 끼씩 꼬박꼬박 드셔 주세요."

따스하고 나긋나긋한 이세계 인어 미녀가, 자신들이 부모인데도 무심결에 「엄마!」라고 외치고 싶어지는 모성을 풍기머 배려해 줬다.

하지메가 동분서주하는 사이 조금이라도 일본에 익숙해지기 위해, 그리고 하지메와 그 부모님께 힘이 되기 위해 시아와 레미아는 지구의 요리를 공부했다.

원래 요리에 능숙한 두 사람은 세계가 달라진다고 실력에 문제가 생길 리 없었다.

그런 실력 좋은 두 며느리가 자신들을 위해 정성스럽게 요리를 차려 준다.

─이걸 먹지 않으면 순정 만화가가 아니다!

─올라탈 수밖에 없어, 이 빅 웨이브에!

만화가와 관계없고 빅 웨이브도 아니라고 생각하지만, 아무튼 두 사람은 연륜 쌓인 오타쿠다.

설령 위장에 구멍이 뚫리는 한이 있어도 이세계에서 온 귀여운 며느리들이 차려 준 식사를 거절한다는 선택지 따위 존재하지 않는다.

그렇게 대략 일주일이 지나자…….

"하지메가 정말 좋은 아내를 얻었어~. 울리면 너로 야한 책 낼 줄 알아. 조심해."

"절대로 놓치지 마라? 이 애들을 불행하게 하면…… 아빠가 생각할 수 있는 모든 방법으로 보복할 거다."

"무섭게 왜 그래."

그 밥 없이는 살 수 없는 몸이 되어 버렸다. 이제 아침도 점심도 저녁도 시아&레미아의 요리였다. 벌써 두 사람은 싱글벙글하며 다람쥐처럼 볼을 빵빵하게 채웠다.

시아와 레미아는 좋은 아내라는 말에 쑥스러워하며 몸을 꼬았다.

"할머니! 할아버지! 뮤는? 뮤도 좋은 아내 될 수 있어?"

"흠, 나도 두 분의 평가는 신경 쓰이는구먼. 나는 요리를 잘하지도 않고 벌이도 없는 식충인데 말이지."

뮤가 식탁 위로 몸을 내밀고 티오가 난처한 표정으로 고개

를 갸웃거렸다.

보름 동안 그녀들은 가급적 외출을 자제하고 있었다. 세간은 소란스럽고 어딜 가나 취재진이 따라붙거나 숨어 있기 때문이었다.

물론 인식 간섭용 마법을 쓰면 해결된다. 정 안 되면 투명화나 전이로 이동할 수도 있다.

하지만 그렇게까지 해서 밖에 나갈 생각은 들지 않았다. 하지메가 애쓰는 와중에 자신들만 즐길 수는 없었고, 무엇보다 하지메의 고향은 하지메에게 직접 안내받고 싶었으니까.

그 결과가 현재. 나쁘게 말하면 티오가 말한 그런 상황이었다.

""식충 같은 소리 하지 마!""

스미레와 슈의 고함이 완벽하게 겹쳤다. 모두 한마음으로 생각했다. 「처음 만났을 때부터 자주 느꼈지만, 이 부부는 참 사이가 좋구나! 아니, 끼리끼리 만났구나!」라고.

"티오도 멋진 아내지. 이런 존재 자체가 웃기— 미인이 며느리가 되어 줘서 시어머니로서 기쁘기 그지없어!"

"어머님? 지금 나를—."

"그래, 티오 씨! 비하할 필요 하나도 없어! 우리 아들내미한테는 아까울 만큼 존재 자체가 유쾌— 좋은 아내야!"

"그게 숨겨진다고 생각하나?!"

아내보다는 개그맨으로 평가받는 기분이 없잖아 있었다. 하지만 존재 자체가 실망스러운 잡룡이라도 나구모 내외의 마음에 쏙 든 것만은 확실해 보였다.

"……."

그러다가 스미레의 시선이 휙 돌아갔다. 찻잔으로 입을 숨기듯 차를 마시며 묘하게 얌전해 보이지만, 실제로는 눈알을 바쁘게 굴리는 유에에게.

스미레가 눈을 가늘게 떴다. 사랑스러운 것을 보듯 따스한 빛이 깃든 눈빛이었다.

시선을 알아챈 유에는 눈이 맞자마자 어깨를 흠칫 떨었다.

"후후. 물론 유에는 최고의 아내야."

"아…… 넵. 감사합니다…… 어머님……."

쑥스러움에 못 이겨 꼼지락대는 손발. 빨갛게 물든 볼과 격하게 굴러가는 눈.

굉장히, 보기 드문 광경이었다. 최강의 흡혈 공주님은 여유로운 태도가 기본이었으니까.

"뭐야, 유에. 아직 부모님 앞에서 긴장해?"

"……따, 딱히 긴장은."

"평소에는 제법 익숙해졌는데……."

"아내나 며느리라는 이야기가 나오면 아직 신경 쓰이나 보더군. 부담 가질 필요 없는데 말이지."

"우, 우으…… 죄, 죄송해요."

유에는 부끄러운지 양손으로 얼굴을 덮어 버렸다. 이것도 굉장히 보기 드문 모습이라서 다른 이들도 흐뭇하게, 아니, 시아는 살짝 흥분했나? 아무튼 귀엽게 보면서 미소 지었다.

누구에게나 「나야말로 나구모 하지메의 정실」이라고 흔들림 없는 자신감을 표출하던 유에였던 만큼 시부모님 앞에서는 누구보다 긴장되는 모양이었다.

절대로 미움받고 싶지 않은 사람들이니까, 아들의 반려로 어울리는 사람이라고 진심으로 생각해 주기를 바라니까.

그 마음이 너무 강해서 가끔 겉돌고 마는 것이다.

"더 편하게 생각해도 돼. 누가 뭐라고 하든 유에는 더할 나위 없는 아내야. 우리 집에 와 줘서 정말로 고맙게 생각해."

"나도. 이세계 이야기를 들으면 들을수록 고마워서 머리를 들 수가 없어. 우리 아들과 만난 것부터 쭉 곁에 있어 준 것까지, 전부 고마운 마음뿐이야."

한 치의 거짓도 없는 본심이었다. 유에가 없었다면 하지메는 어떻게 됐을까. 분명 몸보다 먼저 마음이 망가졌을 것이다.

거듭해서 깊은 감사의 마음을 전하자 유에의 동공에 지진이 일었다.

"아, 아뇨…… 제가 하고 싶어서 한 것뿐이라……."

유에가 허둥대는 정도에 비례해서 다른 이들이 히죽거리는 정도도 올라갔다. 시아만은 「유에 씨 귀여워요!」라며 흥분도가 올라가는 기분도 들지만.

"무엇보다 우리 아들은 이미 너 없이는 못 살걸?"

"앞으로도 하지메를 잘 부탁해. 믿고 있을게, 유에."

"아, 넷. 물론이죠!"

격렬하게 고개를 끄덕이는 유에는 역시나 몹시 귀여웠다. 앙증맞은 코로 콧김을 뿜으며 두 손을 힘차게 쥐는 모습에서는 어린아이 같은 느낌마저 들었다.

"유에, 요즘은 긴장보다 쑥스러워서 굳는 경우가 많지 않아?"

"아, 저도 그 생각 했어요! 두 분 앞에서는 유에 씨가 좀 어린애 같아져요! 그게 또 살인적으로 귀엽지만!"

유에 극성팬인 시아가 마치 동지를 발견한 것처럼 흥분했다.

실제로 어떠냐고 사람들이 유에를 돌아봤다.

"……그, 그야…… 어머님도 아버님도 정말 좋은 분이시고, 진짜 딸처럼 대해 주시니까…… 특히 「아버지」는 딘 숙부님이 알려 줬지만, 「어머니」는……."

그런 사정이라고 한다.

태어날 때부터 신이 눈독 들여 부모님도 유에를 신앙의 대상으로밖에 보지 않았다. 가족애는 숙부가 알려 줬지만, 유에는 진정으로 「어머니의 사랑」을 알지 못한 채 자랐다.

그런 유에에게 스미레와 함께한 시간은 아직 짧으나마 그것을 실감하게 해 줄 정도로 다정하고 자애로웠던 모양이다.

아직도 스미레와 슈 앞에서 긴장하는 것은 딸로서 사랑받는 당혹스러움과 기쁨의 반증이기도 하리라.

"크으~~~! 못 참겠어!"

"으응?! 어머님?!"

아무튼 기특하고 귀엽기 그지없는 최강 흡혈 공주님 때문에 스미레 엄마는 이성이 박살 났다. 의자를 밀치고 일어나더니 신체 강화라도 한 것처럼 날렵하게 식탁을 돌아 사랑하는 며느리를 강제로 껴안았다.

“······수, 숨쉬기 힘들어요, 어머니임~. 그리고 사람들 앞에
서는 부끄러워요.”

“좋으면서 왜 그래! 좋으면서!”

“······어라라~♪”

유에는 그대로 팔에 안겨 거실 소파로 납치당했다. 살짝 높
아진 목소리에서 기쁨이 묻어났다.

“훌쩍.”

“아니, 아빠가 왜 울어?”

“최상급 감동을 봤으니까 그렇지!”

하지메는 눈시울을 문지르는 슈에게 물었지만, 확실하게 말
하겠다. 그 마음은 굉장히 잘 안다!! 그 증거로 하지메의 얼굴
에 부처님 미소가 떠올라 있었다.

시아와 티오가 참지 못하고 소리 죽여 웃었다. 똑같이 마음
은 이해하지만, 부자가 함께 무슨 표정을 짓느냐는 생각일까.

“그나저나 너희가 우리 집에 처음 왔을 때는 정말로 놀랐었지.”

코를 들이켜고 한숨 쉰 슈가 아련한 눈빛으로 이야기했다.

“행방불명된 네가 설마 이세계에 가 있었고, 아빠가 만드는
게임 같은 경험을 하고 리얼 치트 하렘을 만들 줄은······.”

“리얼 치트 하렘이라고 하지 마. 그래도 아빠랑 엄마가 어떻
게 반응할지 궁금했는데, 설마 상상한 그대로일 줄은 몰랐어.”

하지메와 슈는 즐겁게 수다를 떠는 스미레와 유에, 식후의
여유를 즐기는 다른 식구들을 바라보며 문득 그날을 떠올렸다.

"다녀왔어. 아빠, 엄마."

""어서 오렴, 하지메.""

만감이 교차하던 밤.

현관 앞에서 서로를 확인하듯 끌어안은 나구모 가족은 잠시 후 급하게 집으로 들어갔다. 맞은편 집 커튼 사이로 이웃 아주머니가 금방이라도 튀어나올 듯 놀란 눈으로 지켜보고 있었으니까.

그야말로 사건 현장이라도 목격한 분위기였다. 모르는 사이도 아니라서 예의상 웃으며 눈인사라도 할까 하고 고민했지만, 자신은 행방불명자가 아니던가.

괜히 소란만 커질 듯하여 모르는 척 피난했다.

물론 가장 큰 이유는…… 말해 무엇하랴.

마침내, 정말로 천신만고 끝에 재회한 가족과의 시간을 무엇보다 우선하고 싶었기 때문이었다.

불과 1년. 하지만 영원처럼 길었던 1년이었다.

현관의 장식품, 익숙한 벽지의 상처와 얼룩에 저절로 손이 갔다. 안쪽으로 이어진 복도와 고향 집 냄새에 눈물이 날 것만 같았다.

"뭐 해, 빨리 안 들어오고. 거실이 어디인지 까먹었어?"

"그걸 어떻게 까먹어, 아빠."

슈의 농담에 피식 웃음이 흘러나왔다.

스미레는 아직 울먹이느라 말을 꺼내지 못했지만, 원래 아버지도 어머니도 농담이나 만화 이야기를 떠들지 않으면 죽나 싶을 정도로 유쾌한 인종이었다.

초췌해진 탓에 겉모습은 부쩍 늙어 보여도 본질은 변하지 않았다.

그게 너무 기뻐서 하지메는 견딜 수 없었다.

활짝 열린 문을 넘어 그리운 거실을 돌아봤다. 그것만으로 가슴에 어떤 감정이 벅차올랐다. 그런데…….

"……이건……."

식탁 위에 놓인 산더미 같은 실종자 포스터와 노트북 화면에 비친 사이트를 보고 말문이 막혔다.

부모님이 포기하지 않았다는 증거였다. 얼마나 애를 태웠을까.

"……1년 동안 백방으로 손을 썼어. 하지만 결국 아무 정보도 못 얻었지. 경찰조차 말이야. ……하지메. 너는, 아니, 너희는 대체 어디 있었던 거야?"

슈가 노트북을 닫으며 물었다. 그 목소리에는 한마디로는 표현할 수 없는 감정과 숨길 수 없는 긴장감이 담겨 있었다.

"그리고…… 하지메, 1년 전 그날 대체 무슨 일이 있었니?"

눈물을 그친 스미레도 하지메의 정면에 서서 눈동자를 들여다보며 물었다.

대낮에 발생한 단체 실종 사건. 왜 아들이 있는 반만 사라졌는가? 어떻게 사라졌는가?

어떤 거짓이나 숨김도 놓치지 않겠다는 기백이 서린 어머니의 눈을, 하지메는 똑바로 바라봤다.

"……좋아. 그걸 설명하는 건 쉽기도 하고 어렵기도 해. 해야 할 이야기가 많아."

더는 소년이라고 부를 수 없을 만큼 깊어진 아들의 목소리와 눈빛 앞에서 슈와 스미레는 마른침을 삼켰다.

그리고 짐작했다. 아들은 자신들의 상상을 초월하는 처절한 경험을 했다고.

"……그래. 그럼 식탁부터 치우고 실컷 이야기를 나누자. 잠깐만 기다리렴. 바로 맛있는 카페오레를 만들어 줄게."

"알았어. 고마워, 엄마."

"후후, 왠지 부쩍 어른이 된 느낌이야."

"정말 그렇군. 자, 서 있지 말고 앉아. 그래, 거기. 네가 항상 앉던 자리."

하지메는 망설임 없이 거실 문에서 가장 가까운 자리를 골랐다. 고작 그것뿐인데 슈는 포스터를 정리하면서도 기쁘게 웃었다.

그 후, 하지메는 쓴맛이 강한 「엄마표 카페오레」를 깊이 음미하면서 부모님께 집단 실종의 진상을 들려 줬다.

모든 이야기를 한 자리에서 풀어놓기에는 너무 많은 일이 있었다. 그래서 중요한 부분을 간추려 말했는데도 이야기가 끝났을 때는 이미 날이 밝아 오고 있었다.

"대충 그렇게 된 거야."

몇 잔째인지 모를 컵을 비우고 한숨 돌렸다.

슈와 스미레도 몸에서 힘을 빼며 한숨 쉬었다. 슈는 미간을 문지르며, 스미레는 빈 컵 속을 바라보며 어떻게 대답할지 고민하는 것처럼 침묵했다.

"역시, 믿기 어려워?"

하지메가 씁쓸하게 웃었다. 말허리를 끊거나 더 들을 가치가 없다고 포기하지 않은 부모님께 내심 감사하고 감탄하며.

그만큼 황당무계한 이야기임을 아니까.

슈와 스미레는 서로를 돌아보고 말을 고르듯이 잠시 침묵한 뒤 천천히 입을 열었다.

"……그야 그렇지. 아빠도 엄마도 직업상 그런 이야기에 저항감이 없고 지식도 많아. 하지만…… 그게 현실이라고 말해도……."

"바로는 받아들일 수 없어."

슈는 하지메를 배려하듯이, 스미레는 직설적으로 말했다.

"집단 실종의 상황이 너무 부자연스러웠으니까 설마 하는 생각도 들어. 하지메가 거짓말을 할 이유도 없고. 그러니까 우려되는 건—."

"누가 널 그렇게 속이거나 세뇌했을 가능성이야."

"하하, 그게 제일 현실적이긴 하네. 나도 반대 입장이면 먼저 그렇게 생각했겠지."

누군가에게 납치되어 집단으로 세뇌라도 당해서 황당무계한 기억이 머릿속에 박혔다…….

확실히 그게 더 현실미가 있었다. 아들의 말을 믿지 못한다기보다, 만약 그렇다면 빠르게 치료를 받아야 하지 않느냐는 현실적인 걱정이었다.

"아빠, 엄마. 내 이야기가 사실인지 아닌지 증명할 방법이 있어. 그러니까 우선 사실이라고 가정하고 대답해 줘."

판단과 배려가 반씩 섞인 부모님의 눈빛 앞에서 하지메는 심호흡했다.

확인해야만 할 것을 확인하기 위해서.

그리고 빙설 동굴에서 자신의 허상에게 지적당한 대로, 하지메의 미음속 깊은 곳에 잠든 가장 큰 두려움과 마수하기 위해서.

"……내가 해 온 짓을, 어떻게 생각해? 아니, 지금 나를 어떻게 생각해?"

실망, 공포, 외면, 혐오…….

각오는 했지만, 실제로 부모님이 그런 감정을 보인다면…… 솔직히 못 참을 것 같다. 집을 나와서 그대로 사랑하는 연인의 품으로 뛰어들 만큼.

하지만 긴장하는 하지메가 무색하게, 슈와 스미레는 사전에 짜기라도 한 것처럼 난감하게, 혹은 황당하게 웃어 보였다.

"야, 하지메. 나도 스미레도 성인군자는 아니야."

"응?"

슈와 스미레는 자리에서 일어나 당황하는 하지메 옆으로 다가섰다.

"다른 사람의 죽음보다 우리 아들이 살아 있는 게 더 중요해. 옳지 않더라도, 그게 부모야. 그렇게 긴장해서는…… 절연이라도 할 줄 알았어? 얘도 바보라니깐."

"그래도…… 엄마, 분명 나는 필요해서 죽였지만, 망설이지도 않았어. 그런 식으로 변했다고. 사람을 죽이는 데 거부감도 혐오감도 없는 인간을 받아들일 수 있어?"

못 말린다는 듯이 머리를 쓰다듬는 어머니에게 하지메는 충동적으로 받아쳤다. 어울리지 않는 짓이었다. 원하는 대답을 얻으려는 질문이나 다름없었다.

그건 일종의 어리광일지도 모른다.

그것을 알아차렸는지 슈는 이번에야말로 황당하다는 표정으로 스미레보다 난폭하게 하지메의 머리를 헝클어뜨렸다.

"받아들이고 자시고가 어딨어? 우리 집안에 가족을 그만둔다는 개념은 없어. 아무리 네가 싫어도, 무슨 일이 있어도 너는 내 아들을 그만둘 수 없어."

"아빠……."

"한마디로 「아버지에게서는 도망칠 수 없다!」[#1]라는 거지."

"이럴 때까지 만화 이야기를 꺼내야겠어……?"

역시나 농담이 날아들었다. 하지만 그렇기에 꾸밈없는 진심이라고 전해졌다.

"하지메는 자기가 한 일을 후회해?"

스미레가 옆자리에 앉으며 물었다. 하지메는 바로 답했다.

#1 아버지에게서는 도망칠 수 없다! 만화 「타이의 대모험」에 등장하는 대사 「몰랐던 게냐? 대마왕에게서는 도망칠 수 없다」의 패러디.

“아니, 후회 안 해. 잘못됐다고도 생각 안 해. 나는 전부 각오하고 그러기로 정했어.”

그러지 않으면 언제 전부 잃을지 알 수 없었다. 아무리 강대한 힘을 얻어도 소중한 것이 늘어날 때마다 더 악착같이 발버둥 쳤다. 연약한 마음이 가장 큰 적이었다.

아들의 흔들림 없는 눈빛 앞에서 스미레는 눈꼬리를 살짝 내리면서도 계속 물었다.

“이렇게 돌아오고도, 똑같이 할 거니?”

“……아니, 안 해. 그건 아니지, 엄마. 적이라면 죽이겠다고 결심했던 여행도 이제 끝났어. 사는 방식도 바꿔야지. ……뭐, 그렇다고 무저항주의가 될 생각은 없지만.”

“그래. 그거면 됐어. 설령 네 마음이 살인을 꺼리지 않게 됐어도 이성과 정이 제대로 남아 있어. 그럼 된 거야.”

만약 길을 벗어나려고 하면 이번에는 엄마가 두들겨 패서라도 끌고 오겠다. 책임을 져야 한다면 함께 지겠다.

그저 감정론이 아닌, 책임 문제와도 함께 마주하겠다고 약속하는 말이었다.

실제로 아들의 살인을 목격하면 분명 동요할 것이다. 지금처럼 아무 주저 없이 말하진 못할지도 모른다.

그래도 슈와 스미레가 아들을 무서워하며 멀어질 일은 절대로 없다. 그것만큼은 확실했다.

그 마음이 충분하고도 남을 만큼 전해졌다.

“……그래.”

무의식적으로 참고 있던 숨이 자연스럽게 흘러나왔다. 긴장했던 어깨에서 힘이 빠졌다. 마음속 깊은 곳에 눌어붙어 떨어지지 않던 「공포」가 이 순간 마침내 사라졌다.

눈을 살포시 감고 감정을 정리하는 것 같은 아들에게 슈와 스미레는 사랑스러운 눈길을 보냈다.

두 사람도 이때 마침내 아들이 돌아왔다고 실감했을지 모른다.

"……고마워. 아빠, 엄마."

눈을 뜬 하지메는 부모님을 똑바로 바라보며 진심에서 우러난 감사를 표했다.

두 사람은 고개를 끄덕일 뿐이었다. 그것만으로 충분했다.

"그럼 아빠, 엄마. 전제 이야기로 돌아가자."

"그, 그래."

"이야기를 확 꺾네! 사고 전환이 너무 빠르지 않아?"

갑자기 분위기를 바꾸어 악동처럼 씩 웃는 하지메를 보고 슈와 스미레는 당황스러워했다.

하지만 부모는 부모다. 아들이 쑥스러워서 그런다고 눈치채고 피식 웃으며 고개를 끄덕였다.

"진실인지 아닌지 증명할 방법이 있다는 이야기지?"

슈도 스미레도 뭐라고 말해야 좋을지 모를 복잡한 표정이었다. 반신반의, 아니, 일신구의 정도의 마음이 얼굴로 드러났다.

"그래. ……옛날에 「만약 이세계에 소환된다면」이라는 주제로 열심히 토론한 적 있지?"

"응? 아, 기억하고말고. 그런 이야기라면 옛날이 아니라 늘 했잖아?"

"전 세계에 좀비 사태가 터진다거나 직장이나 학교를 테러리스트가 습격한다거나. 오타쿠라면 누구나 하는 즐거운 망상이잖아."

물론 이세계 소환 토론도 한두 번이 아니었다. 직업상, 그리고 취미로 나구모 집안에서는 자주 입에 오르내리던 화제였다.

하지만 갑자기 왜 그 이야기를?

고개를 갸웃거리는 슈와 스미레 앞에서 하지네는 쑥스럽게 말을 이었다.

"아빠는 자주 말했지. 자고로 남자라면 판타지 세계에서 마왕이라도 해치우고 하렘을 만들어야 하지 않겠냐고."

"클래식한 전개니까. 그런데 너는 항상『나 같은 놈이 무슨 마왕을 해치우겠어. 그래도 집으로 돌아오기 위해서라면 열심히 노력할지도 몰라. 소중한 사람이 있다면 함께』같은 소리나 하니까 재미가 없었지."

"미안. 그래도 악신까지 해치웠으니까 상상 이상의 성과 아니야?"

"……하지메? 설마 그럴 리는 없겠지만, 방금 이야기에 계속 등장한 상상 여친을 소개하고 싶다는 말은 아니지?"

"상상 여친이 아니야. 하지만 하려는 말은 맞아."

슈와 스미레는 서로를 돌아봤다. 굉장히 반응하기 난감한 분위기였다. 그럴 만도 하다.

"잠깐, 여보. 어쩌면 그 녀석이 하지메에게 가짜 기억을 심은 범인……."

"헉, 스미레, 밤샘 작업을 하고도 머리가 잘 돌아가잖아!"

"그래, 틀림없어. 이야기할 때도 살짝 기분 나쁠 정도로 히죽대는 걸 보면 단단히 속아 넘어간 거야! 『아들을 원래대로 되돌려 놓고 싶으면 이 성스러운 옥장판을 사세요』라고 강매할 게 분명해."

「네 이놈, 우리 소중한 아들을 감히!」라며 스미레는 혼자 흥분했다. 슈가 「안 돼, 역시 밤샘으로 머리가 안 돌아가!」라며 달래기 시작했다.

왠지 사랑하는 연인이 불법 다단계 취급당해서 울컥하기도 했지만, 하지메는 허공을 눈길로 훑었다.

"……유에, 들려? 나야."

"……?! 스, 스미레! 갑자기 허공에 대고 말하기 시작했어! 네 말대로 상상 여친이었나?! 나는 아버지로서 어떡해야 하지?!"

"진정해, 여보. 어쩌면…… 큭, 방심했어. 하지메에게 도청기가 달렸을지도 몰라. 성스러운 옥장판 여자가 실제로 존재한다면— 지금 집으로 찾아올 거야!"

"뭐, 라고? 이 자식, 우리 아들을 옥장판 팔이의 앞잡이로 만들다니…… 가만두지 않겠어. 내 경이적인 흥정 기술로 적자를 내 주마."

스미레 엄마뿐 아니라 그나마 침착하던 슈 아빠도 맛이 갔다.

아들이 갑자기 아무것도 없는 공간에 말을 걸었으니까 동요할 만도 하다.

해명하려면 끝이 없으니까 하지메는 일단 무시하고 이야기를 이었다.

"그래, 이제 괜찮아. 빨리 너희를 소개하고 싶어. ……응. 게이트를 열고 직접 와 줘. 어디 보자…… 내 동쪽 1미터 위치를 중심으로 부탁해."

사실 현재 동료들은 하지메의 모교에서 대기하고 있었다.

토터스에서 귀환할 때의 게이트 좌표를 학교 옥상으로 설정했기 때문이었다.

집 다음으로 상상하기 쉽고, 낮에도 기본적으로 잠겨 있어서 눈에 띄지 않는 학교 옥상은 게이트를 열기에 최적의 장소였다.

그렇게 고향 땅으로 돌아와 감동의 눈물을 흘리며 부둥켜안거나 하지메에게 달려들어 억지로 헹가래 치는 등 기쁨을 폭발시키던 반 아이들이 「야! 옥상에서 뛰어가지 마!」라는 시즈쿠의 고함은 귓등으로도 듣지 않은 채 올림픽 선수 뺨칠 속도로 집으로 돌아간 뒤, 유에 일행은 스스로 학교에 남겠다고 제안했다.

하지메와 가족의 재회에 찬물을 끼얹고 싶지 않다는 이유였다.

당연히 그런 사정을 모르는 슈와 스미레는 허공에 대고 말하는 아들을 보고 결국 병원을 알아보기 시작했다. 살짝 울먹거리는 얼굴로.

하지만 그것도 잠깐뿐. 그 직후에는 경악해 얼어붙어 버렸다.

"괜찮아, 하지메. 아빠가— 응?"

"찾았어, 여보. 이 병원이라면— 응?"

공간이 휘어졌다. 거실과 부엌 중간쯤에 있는 벽이 황금색으로 빛나며 소용돌이치듯 구부러지고 있었다.

두 사람이 함께 스마트폰을 떨어뜨렸다. 눈이 휘둥그레지고 무슨 일이 벌어지는지 이해되지 않는지 입을 다물지 못했다.

그 커다란 눈이 바라보는 곳에서 황금색 빛이 아름다운 타원형으로 형태를 갖췄다. 그러더니 안쪽이 점차 투명해지며 풍경을 비췄다. 보이는 것은 익숙한 장소. 학교 교실이었다.

"어, 어, 어어, 어어어, 어디ㅇ든 문?!"

"에, 엥? 저, 저게 뭐야? 으응?"

슈와 스미레가 무심코 의자를 박차고 일어나서 호들갑스레 당황하는 가운데, 게이트 끝부분에서 아름다운 소녀가 얼굴을 쏙 내밀었다.

금색 실로 착각할 만큼 예쁜 머리카락에 홍옥 같은 눈동자. 최고급 비스크 돌도 눈에 들어오지 않을 외모.

벌어진 현상도, 얼굴을 내민 소녀의 미모도 너무 비현실적이라서 슈와 스미레는 다시 굳어 버리고 말았다.

흥미롭게 실내를 돌아보던 유에가 그런 슈와 스미레를 보고 미소 지었다. 인형에 생명이 깃들었다— 그런 착각이 들 만큼 친밀감과 애정으로 가득한 미소였다.

스미레의 입에서 「우홋」이라는 오타쿠 특유의 소리가 튀어

나오고, 슈는 눈이 돌아갈 뻔했다.

유에의 시선이 하지메에게로 옮겨 갔다. 들어가도 되냐는 무언의 질문이었다.

자리에서 일어선 하지메가 이보다 더 다정할 수 없는 눈빛으로 손을 내밀었다.

"어서 와, 우리 집에. 눈치 보지 말고 들어와도 돼."

"……응."

유에가 조심스레 발을 디뎠다.

자세를 바로 하고 양손을 에의 바르게 앞으로 모으는 모습에서 웬일로 긴장감이 전해졌다.

사랑하는 사람의 부모님에게 소개받는 상황은 유에에게 목숨을 건 진검승부와 같은 모양이었다.

그런 유에를 사랑스럽게 바라보면서 곁에 선 하지메는 잠깐 뜸을 들이더니 장난이 성공한 아이처럼 웃으면서 사랑하는 흡혈 공주를 소개했다.

"아빠, 엄마. 이 애는 유에. 나에게는 특별한 사람이야. 참고로 이세계인에 흡혈귀고 원래는 공주님이었어."

"'크, 클리셰 속성?!'"

아무리 동요해도 마음은 언제나 오타쿠. 익숙한 단어를 들으면 몸이 저절로 반응한다.

유에는 생각했다. 아니, 느꼈다. 「아, 하지메 부모님 맞네」라고.

왠지 굉장히 마음이 놓이면서 긴장이 살짝 풀렸다. 나지막하게 숨을 내뱉고 다시 정신을 다잡는다. 가자.

치맛자락을 손가락으로 잡고 기품 있고 미려하게 인사를 올린다. 완벽한 커트시였다.

"……처음 뵙겠습니다, 아버님, 어머님. 유에라고 해요. 만나 뵈어 정말 기뻐요. 앞으로 오래도록 잘 부탁드릴게요."

"어, 음, 응? 아뇨, 별말씀을. 저야말로 잘 부탁드려입니다?"

"자, 잘 부탁드려, 주시어요?"

그림책에서 튀어나온 듯한 금발 홍안의 미소녀, 그것도 아들 인생 첫 애인이 인사를 올리는 충격에 두 사람의 말투가 이상해졌다.

이미 머리에 펑크가 났는지, 슈와 스미레는 횡설수설하며 연신 고개를 꾸벅거렸다.

그 모습을 본 하지메의 입가에 미소가 짙어졌다. 하지만 가차 없이 추가타를 날린다.

"시아, 나와!"

"네에! 아버님, 어머님, 시아라고 해요! 잘 부탁드려요오!"

""토끼 귀 미소녀 떴다아아?!""

토끼 귀를 통통 튀기며 튀어나온 두 번째 미소녀를 목격하고 슈와 스미레가 완벽하게 한목소리로 외쳤다.

시아도 역시나 생각했다. 「반응 좋네요! 역시 하지메 씨 부모님이에요!」라고.

당황해서 대답도 하지 못하면서 두 사람의 시선은 토끼 귀에 고정된 채 떨어지지 않으니까 말이다. 하지메도 토끼 귀에 자주 눈길을 사로잡혔는데, 토끼 귀에 마음을 빼앗겼을 때의 눈빛이 판박이였다.

"티오, 들어와도 돼~."

"좋아. 드디어 뵙는군, 아버님, 어머님. 주인님의 성노예— 용인 티오 클라루스라 하네. 오래오래 잘 부탁하겠네."

""성노예?!""

당장에라도 흘러넘칠 것 같은 두 살덩이와 자신의 정체를 밝히기 위해서인지 용의 날개를 펼치며 제법 위험한 인사를 한 티오 때문에 슈와 스미레는 자기도 모르게 휘청거렸다.

충격 선개의 연속에 그만 나리 힘이 풀렸나 보다.

물론 하지메는 봐주지 않고 목청을 키웠다.

"레미아, 뮤. 넘어와."

"네, 여보. 처음 뵈어요, 저는 레미아예요. 딸과 함께 잘 부탁드릴게요."

"으, 그게, 그게…… 아, 아빠 딸 뮤예요! 할아버지, 할머니, 안녕하세요!"

"하, 할아버지?!"

"따, 딸?!"

차분한 몸짓으로 공손히 머리 숙이는 나긋나긋한 미인과 열심히 인사하는 어린아이.

애인 소개가 끝이 아니었다. 빛의 속도로 손주까지 생기고 말았다.

뭐가 어떻게 돌아가는지 이해할 수 없었다.

슈와 스미레는 기름칠하지 않은 기계처럼 하지메에게 고개를 돌렸다.

그 눈동자가 강하게 말하고 있었다. 「어떻게 된 일인지 설명해!」라고.

그래서 하지메는 간결하게 대답했다.

"내가 전부 프러포즈했어. 뮤는 보다시피 피가 섞이지 않았지만, 딸로 삼기로 정했으니까 부모님한테는 손주야. 귀여워해 줘."

""아하, 전혀 모르겠는걸?""

"참고로 방금 한 이야기로 눈치챘겠지만, 네 명 더 있어. 다음에 인사하러 데리고 올게."

""아들이 진짜 리얼 치트 하렘을 만들었어!""

정확하게 일치한 동작으로 머리를 감싸 쥐는 슈와 스미레. 역시 리액션이 일품이었다. 그리고 모르겠다고 말하면서도 이해력은 아주 좋았다.

조금 전까지 듣던 토터스 이야기와 지금 소개를 종합해 일단 「아들이 틀에 박힌 치트&하렘 이세계물 주인공이 되어 돌아왔다」라는 것만은 이해했으니까.

그렇지만 부모 마음에 대지진이 일어난 탓에 정신을 가눌 수가 없었다.

"아니지, 잠깐만, 스미레! 이런 귀여운 애들이 현실에 있을 리가 없어! 전부 CG다! 속지 마!"

"하지메, 최애 캐릭한테 진심으로 빠지는 마음은 누구보다 잘 알아! 하지만 엄마는 소개받는다면 진짜 사람이었으면 좋겠어!"

슈가 정체를 간파했다는 양 소리치자 스미레도 뒤통수를 맞은 것처럼 절실한 표정으로 외치는 등…… 그야말로 혼란의 도가니, 거의 패닉 상태였다.

하지만 그 반응을 보고 환영받지 못한다고 느꼈는지 뮤가 시무룩해졌다.

"할아버지, 할머니…… 뮤는 안 돼요?"

그리고 눈치를 살피듯 눈만 빼꼼 들어 묻자…….

"처음 만나지, 뮤? 내가 할아버지란다."

"처음 만나지, 뮤? 내가 할머니란다."

순식간에 정신이 돌아왔다. 앙큼할 만큼 귀여운 뮤에게 쪽을 못 쓰는 모습은 하지메와 다를 게 없었다.

그렇게 일단 혼란이 수습되자 이번에는 잔치판이 열렸다.

오타쿠 혼을 그대로 생활의 양식으로 삼는 두 사람은 눈을 초롱초롱 빛내며 질문 공세를 퍼부었다.

이세계인들의 입에서 나오는 말 한마디 한마디에 일희일비하고, 아들에 대한 사랑을 이야기할 때는 부끄러워하며, 재생 마법 「과거시」로 기록한 아티팩트로 과거 영상을 보여 주자…….

"우오오오오, 굉장해애애애애! 이 치트 하렘 주인공 같은 녀석이 우리 아들입니다! 감사합니다!"

"꺄아아아, 들었어?! 지금 엄청난 말을 했어! 미쳤다! 애 정말 마왕님이야! 그리고 마왕님은 우리 아들입니다! 감사합니다!"

아침부터 주택가에 대흥분한 오타쿠의 괴성이 울려 퍼졌다.

어깨를 퍽퍽 맞으면서도 하지메는 수치심에 그만 얼굴을 가려 버렸다.

그런 나구모 가족을 보며 다른 이들은 흐뭇하게 미소 짓고 있었다.

"……응. 역시 하지메 부모님이셔. 뭐가 달라도 달라."

"역시 하지메 씨 부모님이라는 느낌이 드네요."

"주인님의 부모님이 평범할 리가 만무하지."

"우후후, 하지메 씨를 닮아서 독특한 분들이네요."

"응! 아빠랑 할아버지, 할머니, 엄청 닮았어!"

얼굴을 든 하지메는 무심코 떨떠름한 눈빛으로 일행을 바라봤다.

"야, 무슨 뜻이냐?"

참으로 오묘한 표정이었다.

식후 티타임도 끝났을 무렵.

시아와 레미아는 식기를 정리하려고 부엌으로 갔고, 티오는 무릎 위에 앉힌 뮤의 머리를 양 갈래로 묶어 주려고 하며, 소파에서는 여전히 스미레와 유에가 정답게 담소를 나눴다.

아주 한가로운 공간이었다. 기껏 돌아왔는데 하지메가 좀처럼 맛볼 수 없었던 분위기. 부모님이 이세계인인 연인과 딸, 변해 버린 자신을 받아들여 줬을 때를 회상하던 탓에 자연스럽게 얼굴 근육이 느슨해졌다.

"하지메, 당분간은 여유가 생겼어?"

슈의 목소리가 무척 다정했다. 몸의 힘을 쭉 뺀 아들을 보고 기쁨을 감추지 못했다.

동시에 슈 본인도 아들과 아들이 반한 새로운 가족이 한가로운 시간을 보내는 이 아침이 무척이나 행복한 모양이었다.

불과 얼마 전까지 희망과 절망의 틈새에서 몸부림치던 악몽 같던 시간은 끝을 고하고, 애정 넘치는 활기와 온기가 돌아온 집안.

이것이 행복이 아니면 무엇이 행복인가. 그런 마음이 표정으로 드러났다.

"응. 이제 괜찮아, 아빠. 실제로 기자들도 안 몰려오잖아?"

"그래, 무서울 정도로 발길이 뚝 끊겼지. 회사도 조용해졌고."

슈의 얼굴에 상쾌하면서도 살짝 동정 어린 미소가 떠올랐다.

"다행이다로 끝낼 이야기가 아니잖아. 하지메, 대체 뭘 한 거야? 「귀환자」에 관련된 잡지가 모조리 회수되고 인터넷에 올라온 사진이나 영상도 순식간에 사라졌어. 심지어 악성 게시글도 완전히 끊겼고 말이야."

귀환자— 이세계에서 고향으로 돌아온 이들에게 언론이 붙인 명칭이었다.

소파 등받이 너머로 스미레가 몸을 내밀었다. 유에도 소파 위에 무릎 서기 자세로 하지메를 돌아봤다.

그러고 보니 똑바로 설명하지 않았구나 싶어서 하지메는 목을 가다듬었다.

"쉽게 말하면 인터넷과 TV를 통해서 전 세계에 인식 간섭 마법을 뿌렸어."

""그게 뭐야?""

슈와 스미레의 머리 위에 물음표가 떠올랐다.

하지메는 마치 나쁜 장난을 고백하는 것처럼 입꼬리를 슬며시 끌어올렸다.

"대외용으로 퍼뜨릴 행방불명 중의 페이크 스토리는 설명했지?"

"말을 맞춰야 하니까. 「가족회」에서도 공유했고 당연히 기억하지."

"외국 산골짜기에 있는 사이비 종교 집단의 격리 시설에서 신자로 세뇌당할 뻔했다는 이야기지? 항상 최면 암시를 받아서 기억이 모호하다는……."

정리하면 아이들을 집단 납치한 것은 외국의 사이비 종교이며, 아이들은 쭉 그 조직의 「교의」니 「기적」이니 하는 지식을 주입받았다는 내용이었다.

하지메가 자주 써먹는 「100퍼센트 거짓말은 아니지만, 사실도 아닌 이야기」다.

「가족회」— 집단 실종 학생들의 가족으로 구성된 독자적 수사 조직에서도 이 페이크 스토리는 빠르게 공유됐다.

토터스에서 귀환 준비를 하는 동안 반 아이들과 미리 정해 둔 사안이므로 그들도 자신의 마법을 보여 주고 진실을 설명하면서 가족에게 페이크 스토리를 전달했다.

"지구에서 우리가 어떻게 취급될지 알 수 없었지만, 적어도 사정을 캐물을 건 확실해."

그때 진실을 있는 그대로 이야기해서「망상에 씐 불쌍한 아이들」로 취급받는 방법도 생각은 했었다. 경위 조사보다 정신 치료를 우선해야 한다는 결론이 나오는 편이 오히려 낫기 때문이었다.

하지만 그 진실을 말하는 한 정신 이상이라는 딱지가 떨어지지 않는다. 장래를 생각하면 최선책으로 보기 어렵다.

그렇다고 마법이나 이세계의 존재를 증명할 수도 없는 노릇…….

우리의 특이한 경험과 능력을 인정받고 싶다! 그런 마음은 눈곱만큼도 없었다. 굳이 마법을 보여 주는 악수(惡手)를 둘 생각은 더욱 없었다. 이는 학생들 만장일치의 결론이었다.

당연하지 않은가. 이세계의 존재를 증명하면 어마어마한 소동이 벌어진다. 세계 규모로 국가들이 움직일 수준이다.

목숨 건 싸움에서 겨우겨우 생환한 아이들 중 누가 그 대소동의 중심에 서고 싶겠는가. 마법도 마찬가지다. 장담컨대 귀찮은 일이 벌어진다.

바로 그렇기 때문에.

"적당히 현실미가 있고 적당히 비현실적인 사건. 그런 인상을 주는 게 최선이었어. 관계 부처에 설명할 때도 판타지 세계에서 사악한 신과 싸웠다고 말하는 것보다 그게 더 인식 간섭으로 믿게 하기 쉬웠고 말이야.”

최면이나 암시로 의식이 제한된 탓에 납치될 때의 기억은 모호하다.

아마 그 격리 시설을 습격한 집단이 있었을 것이며, 자신들은 정신을 차리자 고향으로 돌아와 있었다. 분명 그들이 자신들을 해방해 돌려보낸 것이다.

하지만 완벽하게 말을 맞추지 못할 것은 자명한 이치. 필요에 따라서는 마법과 아티팩트를 동원해 페이크 스토리를 믿게 했다.

“……후후, 그래서 나는 유에 아바타르?”

“그래. 대충 정하는 것보다 원래 성씨가 낫잖아?”

“……나구모라도 괜찮은데. 아내니까.”

“법률상 혼인 관계가 되면. 원래 성도 미들 네임으로 남길 수 있고.”

“……응. 기대할게.”

등받이에 가려 보이지 않지만, 유에가 다리를 파닥거리는 것을 알 수 있었다.

스미레가 겨드랑이 아래로 스마트폰을 넣고 촬영하고 있었다. 며느리에게 너무 푹 빠지지 않았나? 마음은 이해하지만, 가족을 도촬하지 말라고 아들로서 따지고 싶다.

어쨌든 이세계에서 넘어온 멤버의 이야기로 넘어가자.

“우리는 일본에서 태어났고, 출생 기록도 호적인지 뭔지도 있지만, 어릴 적에 어느 폐쇄적인 시설에 맡겨져 함께 자랐다.

그런 줄거리였지?"

"덧붙이면 그 시설도 예의 사이비 종교와 연결된 곳이 틀림없다! 라고 하셨죠~? 조직에 유용해 보이는 아이를 키워서 외국으로 보내기 위한."

부엌 입구에서 얼굴을 불쑥 내민 시아가 보충했다. 설거지하면서도 이야기는 다 듣고 있었나 보다. 그리고 다시 확 들어가 버렸다.

"뭐, 대충 그래. 외국 호적까지 위조하러 가기는 힘드니까. 그게 제일 간편하게 짤 수 있는 「설정」이야."

"관공서 직원들에게는 조금 미안한걸……. 정말로 후유증은 없는 거지?"

스미레 엄마가 엄한 눈빛으로 아들을 쏘아봤다.

이세계인이 일본에서 태어났다는 증거를 만들기 위해서, 대단히 미안하지만, 마법으로 공무원들을 조종했다. 그쪽 방면의 프로가 진짜 서류를 작성해 정규 절차대로 전자 기록을 만드는 편이 확실하니까.

"유에한테도 감수받은 특제 암시 아티팩트니까 괜찮아, 엄마. 게다가 사과할 겸 재생 마법으로 지병 같은 것도 고쳐 놨어."

"그래? 그렇다면야……."

"지금 그 관청 직원들은 전부 슈퍼 건강체야. 제법 화제도 됐다고. 우리 소동에 묻혔지만."

"무슨 짓을 한 거야?! 한두 명이 아니었어?!"

"아니, 사과할 방법을 생각하는데 카오리가 제안했거든. 바쁘기도 했고 귀찮아서 하늘에서 범위 마법을 날렸지. 당뇨까지 나은 기적의 관청이라면서 홍보과가 「우리 마을의 새로운 성지!」라고 선전하느라 난리도 아니야."

"일본 관청도 억척스럽구나."

아무튼 이세계 멤버도 마침 같은 외국 격리 시설에 있어서 함께 돌아올 수 있었다. 하지만 일본에 있던 시설은 사라졌고 갈 곳도 없어서 믿을 수 있는 하지메 집— 나구모 가족에게 얹혀살게 됐다.

섣불리 외국 국적으로 만들면 이번에는 불법 체류 문제가 나오고, 기록은 만들 수 있어도 그들이 일본에 있었다는 사람들의 기억을 만들어 낼 수는 없다.

그런고로 가장 수고가 덜 드는 설정이 그것이었다.

그렇지만 있지도 않은 사이비 종교 집단에 죄를 덮어씌우고, 이세계 멤버의 존재에 최대한 배려하고, 때로는 마법을 써서 강제로 주변을 설득해도, 그것만으로 모든 게 해결될 만큼 이 세상은 녹록하지 않다.

실제로 인터넷에서는 매일 안 좋은 의미로 축제가 벌어졌다. 근거도 없는 억측이 난무하고, 그게 사실인 것처럼 소비되고, 더 왜곡되어 재유포됐다.

이건 무조건 이세계 소환이다! 라며 정답을 맞히고 떠드는 건 전혀 문제가 되지 않지만, 인터넷은 일종의 마굴. 악의의 화신들이 물 만난 고기처럼 난리를 피워 댔고 악성 루머가 폭풍처럼 몰아쳤다.

"······쥐처럼 우글우글 몰려오는 녀석들, 정말 성가셨어. 무례하고 뻔뻔한 인간들뿐이야."

"고마워, 유에. 내가 없는 동안 집을 지켜줘서."

기자들의 기습 취재는 지금 떠올려도 인상이 일그러졌다. 반 아이들의 집이나 학교는 물론이고 시골의 할아버지 댁부터 친척, 이웃집, 심지어 직장까지.

물론 예의를 지키고 충분히 배려하면서 약속을 잡으려는 사람도 많았지만, 문제는 수였다. 예의 바른 말도 수가 쌓이면 소음이 된다.

TV에서도 끊임없이 보도되고 특집 방송이 우후죽순 쏟아지며 다른 나라에서도 화제가 될 정도의 열기였다.

"남의 말도 석 달이라는 말도 있고, 결계와 인식 방해로 대응하면 조만간 잠잠해질 줄 알았는데······."

반 아이들에게는 인식 방해 아티팩트를 지급해서 각자 해결하도록 했다. 하지만 그래도 부족한 것이 정보화 사회의 무서운 점이다.

페이크 스토리를 주입한 경찰이 정식 발표를 내놓아도 잦아들기는커녕 오히려 화제를 퍼뜨리는 불씨가 될 뿐이었다.

"하타야마 선생님— 아차, 이제는 아이라고 불러야 하지. 아이도 힘들었을 텐데······ 괜찮아 보여?"

목소리에서 진심 어린 걱정이 느껴졌다.

이미 카오리와 시즈쿠를 포함해 아이코와도 「새로운 가족」으로서 인사를 나눴다.

그 첫인사 때 아이코가 얼마나 쩔쩔매던지……

—교사라는 자리에 있으면서도 아드님께 손을 대어 정말 죄송합니다!

첫말은 인사라기보다 사죄였다. 그리고 실로 아름다운 큰절이었다.

나구모 집안 또한 사죄의 큰절에는 일가견이 있었다. 문제가 생기면 상대방이 식겁할 기세로 머리를 박으면 대부분 해결된다고 진심으로 생각할 정도로.

그런 큰절 마스터 슈와 스미레가 봐도 아이코의 큰절은 완벽했다. 그 심정을 몸으로 표현한 예술처럼.

그리고 이들은 교사와 학생 같은 금단의 사랑이라면 오히려 좋아 죽는 오타쿠 부모였다. 당연히 문제는커녕 대환영이었다.

그래서 슈의 걱정은 며느리인 아이코가 아니라……

"고지식할 정도로 성실한 사람이야. 스스로 화살받이가 되겠다는 기개는 솔직히 존경스럽고, 세간의 풍파에서 너를 포함한 학생들을 지켜 주려는 건 감사할 따름이지만……."

아이코는 어른이었다. 집단 납치 피해자 중 유일한 어른.

그리고 교사였다. 학생을 지키는 입장이었다.

그래서 가장 주목받고, 가장 부담이 크고, 가장 세간의 악의가 몰린 것은 필연이었다.

경찰이나 학교 관계자, 정부 관계자로부터 날마다 조사를 받았고 여론과 언론의 시선은 몹시 가혹했다. 가시방석이라는 말은 우스울 수준이다.

“뮤~. 왜 아이코 언니가 나쁜 사람이 되는지 하나도 모르겠어. 바보 같은 사람이 너무 많아.”

“하하, 그렇지.”

귀여운 머리 장식이 흔들거렸다. 티오가 묶어 준 머리를 보여 주면서도 팔짱을 끼고 볼을 빵빵하게 부풀린 모습에서는 확실한 분노가 느껴졌다.

티오가 달래듯 머리를 톡톡 두드리고 다른 사람들도 인자한 눈빛을 보냈다.

“희생양이지…… 징밀, 뮤 밀이 맞아.”

스미레도 팔짱을 끼고 고개를 끄덕거렸다.

그렇다, 희생양이다.

왜 아이코의 반이었는가. 왜 대낮의 학교였는가. 어떻게 납치됐는가 등등 많은 의문이 수수께끼로 남은 사건이었다. 범인도 여전히 드러나지 않았다. 돌아오지 못한 학생도 있었다.

그래서 세상은 비난할 대상을 찾았다. 자신들이 기분 좋게 도덕적 우월감에 취할 수 있는, 철저하게 책임을 추궁할 대상을.

그 대상으로 꼽히고 만 것이 아이코였다.

아이코가 똑바로 했으면 납치를 막을 수 있지 않았겠는가. 더 빨리 돌아올 수 있지 않았겠는가. 왜 1년이나 신고도 하지 못한 것인가, etc.

악의와 저열한 쾌감, 그리고 「필요성」이 아이코를 일제히 공격했다.

"교사를 그만두지 않아서 정말 다행이야."

"그런 꼴을 두고 볼 순 없지."

스미레가 가슴을 쓸어내렸다. 하지메는 당시를 회상하며 눈살을 찌푸리고 콧방귀를 뀌었다.

매일매일 이어지는 강도 높은 비난과 세간의 싸늘한 눈총.

보통 사람이라면 마음이 병들고도 남을 상황인데도 아이코는 굳건했다. 이세계에서 강렬한 사건과 죽을 고비를 수도 없이 경험한 마음은 그 정도로 흔들리지 않았다.

……이따금 괴로울 때는 심신 안정용 혼백 마법도 썼고.

하지만 이것 하나는 각오했었다. 희생양으로서 있지도 않은 책임을 지고 오명을 뒤집어쓴다면…… 교단에는 설 수 없을 것이라고.

언젠가 논란이 잦아들고 아무도 아이코를 모르는 지방의 작은 학교로 가면 복직도 가능할지 모르지만, 적어도 원래 학교로는 돌아갈 수 없을 것이라고.

아이코는 그것을 받아들일 각오가 되어 있었다.

자기 반 아이들이 전부는 아니니까. 지금도 재학 중인 다른 학생들, 그리고 학교 관계자에게 폐를 끼치고 싶지 않으니까.

자신이 책임을 지고 떠나면 여론은 어느 정도 안정될 테고, 적어도 학교와 학생들이 평화로운 일상을 되찾을 수 있다면 그걸로 충분하다고 생각했다.

언제나 학생을 가장 우선하는 사람. 아이코는 역시 변하지 않았다. 그래서…….

"그래서 처음 이야기로 돌아가겠는데."

"미디어를 통해서 마법으로 인식을 어쩌고저쩌고하는 이야기? 대체 뭘 한 거야?"

"쉽게 말하면 전 세계 사람을 세뇌했어."

""뭐라고?""

슈와 스미레가 같이 귀에 손을 댔다. 유에와 티오가 반사적으로 웃음을 터뜨렸다.

"기본 원리는 유에의 「신언」이야. 대상을 영혼부터 지배하는 마법이지."

하지메 일행을 지독히도 괴롭히던 에히트르수에의 권능이었다.

빙의의 대가라고 해야 할까, 일방적으로 당할 수는 없다는 것처럼 지금 유에는 에히트가 쓰던 신역의 마법을 전부 쓸 수 있었다.

이세계 멤버가 지구의 언어를 이해하는 것도 사실 유에가 혼백에 「언어 이해」를 부여했기 때문이었다.

뽐내는 얼굴로 브이 사인을 날리는 유에. 귀엽다. 스미레 엄마의 도촬에도 탄력이…… 아니, 유에는 대놓고 카메라를 보고 있다! 거기다 윙크까지 찡긋♪

이 애, 팬서비스도 할 줄 알아?! 무서운 아이! 같은 얼굴이 되는 스미레 엄마. 셔터 소리가 멈추지 않는다.

아무튼 유에가 위험한 신급 마법으로 도와줬다고 이해하면서 슈는 눈빛으로 뒷이야기를 재촉했다. 아내는 이미 틀렸어,

며느리의 포로야……라며 고개를 저으면서.

"크흠. 그 「신언」 효과가 전파에 실리게 하는 초대규모 인식 간섭용 아티팩트를 만들었어. 그리고 여기저기 돌아다니며 송신탑에 달았지."

참고로 이 작업을 위해 반 아이들도 동분서주했다. 아이 쌤을 구하기 위해서라면 뭐든지 한다는 기백이었다.

모 심연경은 분신을 써서 여러 방송국까지 침입해 공작 활동을 펼쳤을 정도였다. 지금은 세계에서 가장 방송국 내부 구조에 빠삭한 남자일지도 모른다.

다른 방송국, 같은 시각의 생방송에 「흐하하하! 우리가 바로 어둠에서 찾아온 마왕의 첨병—」 같은 중2병 말기인 목소리가 들어가면서 인터넷에서는 「심령현상?!」, 「일본에서 마왕이라면 노부나가? 설마 죽은 사무라이의 원령?」이라며 화제가 되기도 했다.

"TV를 보기만 해도 혼에 각인돼. 「선생님도 학생들도 피해자! 정체불명의 사이비 종교, 용서 못 해! 귀환자들은 건드리지 말자!」 같은 의식이."

""와…….""

"그리고 「긴급 공지! 중대 발표가 있습니다!」라는 제목으로 아이코가 출현하는 영상을 만들었어. 내용은 별거 없지만, 효과는 더 강해."

여담이지만 「언어 이해」를 활용해서 모든 나라의 언어로 업로드했더니 「이 사람은 대체 언어를 몇 개나 구사하는 거야?!」라며 내용과 관계없이 흥했다.

그 덕분에 조회수에 비례해 전 세계 사람들의 영혼에는 귀환자에 대한 동정과 괜히 소란을 피우지 말자는 배려심이 현재진행형으로 심어지고 있었다.

"미디어와 마법이 합쳐져 최강으로 보인다[2], 이거지. 크크큭."

악랄하게 웃는 아들을 보며 슈와 스미레는 두통을 느꼈다. 입꼬리에도 경련이 일었다.

"그렇게 쳐다보지 마. 자기네 스트레스를 풀려고 선량한 교사를 샌드백 취급하고, 있지도 않은 책임을 씌우려는 세상이 잘못된 거야. 당해도 싸잖아?"

딱히 누가 불행해지지도 않았다. 오히려 아무도 불행해지지 않기 위한 조치였다. 하지메는 가슴을 펴고 그렇게 주장했다.

전 세계의 의식을 조종해 놓고 죄책감은커녕 이것도 많이 봐준 거니까 고마워하라는 태도였다.

그 악독함은 그야말로 마왕이라는 표현이 어울리지만…….

"……어머님, 아버님. 동기는 가족과 동료의 평화를 위해서, 예요!"

유에가 두 손을 꼭 쥐며 역설했다. 일단 변호해 주려는 모양이었다.

"으, 음, 그러네. 실제로 아이를 향한 반응은 너무 심각했으니까."

#2 최강으로 보인다 게임 「파이널 판타지XI」의 유명 유저가 남긴 어록. 「빛과 어둠 양쪽이 갖춰져 최강으로 보인다」.

"다른 가족들도 고맙다고 했지."

과열 보도가 너무나도 갑작스럽게, 썰물 빠지듯 진정되자 눈치 빠른 가족들은 살짝 공포를 느꼈다고 한다.

참고로 그밖에도 여러 방면으로 손을 쓴 덕분에 하지메 일행의 복학도 가능할 듯했다.

다른 재학생이나 가정에 대한 배려, 행방불명 중에 받지 못한 수업 등 문제가 산더미처럼 많아서 당장은 힘들겠지만.

일단 잠정적으로 한 달 반 뒤— 12월부터 이루어질 전망이었다.

「귀환자 아이들을 조금이라도 빨리 일상으로!」라는 세상의 목소리와 불안을 느끼는 학교 관계자의 목소리를 수렴해 결정한 타이밍이었다.

바로 겨울방학에 돌입하지만, 학교 입장에서는 시범 운영이 가능하니까 좋은 기회일 것이다. 즉, 그때까지는 표면적으로 요양, 하지메 일행에게는 자유 시간인 셈이었다.

"그럼 휴식은 이쯤에서 끝내고 슬슬 시작해 볼까."

부모님이 납득한 표정으로 의자에 고쳐 앉는 것을 보고 하지메는 기지개를 쭉 켜고 찻잔을 비운 뒤 일어났다. 힘들게 얻은 자유 시간을 낭비하지 않기 위함이었다.

뮤의 귀여운 눈이 초롱초롱 빛났다. 식탁을 짚고 몸을 내민다.

"방 만들기?! 드디어 뮤 방 만드는 거야?!"

"응? 아니, 내 방인데."

"뮤랑 아빠 방?!"

"아니, 아빠 방인데."

뮤의 볼이 터질 듯이 빵빵해졌다.

"……하지메, 나는 옆방. 드나들기 쉽게 벽에 문도 달고. 아니야, 문도 필요 없어. 그냥 한방 써."

"아니, 2층 내 방을 쓰라니까?"

"주인님, 침실은 킹사이즈가 들어갈 넓이로 부탁하겠네. 그리고 목마나 철봉도 들이고 싶구먼. 그 부분을 고려해서—."

"너는 대체 집 지하에서 뭘 할 생각이야? 아니, 뭘 시킬 생각이야? 이 답도 없는 변태가."

"하지메 씨, 저는 격투장이요! 다다미를 깔아서요! 시구의 다양한 격투기에는 감동했어요! 전부 YouOube로 터득하고 말겠어요!"

"아니, 그러니까 너도 티오도 2층에 있는 부모님 작업실을 쓰라고—."

"저기, 하지메 씨…… 방음실과 TV를 가지고 싶어요."

"레미아…… 설마 아침 드라마 감상용 방이야? 새빨간 얼굴로 뭘 조르는 거야."

"하지메, 아빠는—."

"셧업!"

듣자 듣자 하니까 별의별 주문이 다 들어온다.

이게 대체 무슨 소리인가 하면 방 개수 문제였다.

나구모 가족의 집은 제법 넓다. 이른바 덕업일치에 성공한 오타쿠 슈와 스미레가 집을 지을 때 자신들의 취미(겸 일)를 고려하지 않았을 리 없다.

그래서 이 집은 1층에 부부 침실, 2층에 아이 방과 슈의 서재, 스미레의 작업실, 그리고 굿즈 보관실로 총 네 개의 방이 있다.

하지만 새로운 가족이 다섯 명이나 늘어나면 이 크기도 여유롭다고 보기 어렵다.

지금은 「보물고」로 작업실과 보관실을 싹 비워 임시 침실로 쓰고 있었다.

인원은 유에와 시아, 티오와 레미아와 뮤로 나뉘었다. 남은 방 하나는 객실인데 늘 묵으러 오는 카오리와 시즈쿠용이었다.

"뭐야뭐야, 하지메! 자기만 지하방이라는 로망을 즐길 생각이야? 너무해. 효심이라는 개념도 잊어 버렸니?"

스미레 엄마가 과장스럽게 흑흑 울며 쓰러졌다. 유에가 「어머님! ……하지메, 너무해!」라고 장난에 어울려준다.

"아니, 당장 방이 부족하니까 불법이든 뭐든 지하에 방을 만들겠다는 말이잖아. 전부 지하로 와서 어쩌자는 거야?"

그렇다, 이것이 당면한 방 문제를 해결할 방안이었다.

겨우 일련의 대응이 일단락나서 전부터 계획하던 지하실 만들기에 착수하려고 했다.

일조량을 고려해 2층 방은 전부 양보했고 하지메의 방, 부모님의 작업실, 그리고 굿즈 보관실도 옮길 예정이었다. 지하 2층 구조였다.

"아빠 눈을 속일 수 있다고 생각하면 오산이야. 비밀 방 같은 것도 만들 생각이지?”

하지메는 눈길을 슬쩍 피했다. 정곡을 찔렸다. 사실 연성 공방이라도 만들려고 했다. 여유가 생기면 하려던 계획을 위해서.

“회전하는 책장 뒤의 비밀 방이나 패닉 룸은 로망이잖아! 아빠랑 엄마도 원하는 방 만들어 줘! 만들어 줘, 만들어 줘!”

“애야?”

“엄마는 테르마이 O마이 하고 싶어. 만들어 주지 않으면 아들로 야한 책 그릴 거야! 아주 정성스럽게, 프로의 퀄리티로 만들 거야!”

“사람 맞아?”

재미있는 일, 관심 있는 일에는 좋든 나쁘든 언제나 최선을 다한다. 그것이 나구모 가족. 슈 아빠와 스미레 엄마의 눈은 소년, 소녀처럼 반짝반짝 빛을 뿜었다.

물론 다른 이들의 눈도 기대에 차서 반짝반짝, 두근두근!

초롱초롱한 눈빛 포위망에 갇힌 하지메는 잠시 주춤했지만⋯⋯.

역시나 나구모 집안의 피는 속일 수 없는 법. 잠깐의 침묵 후.

“⋯⋯그래, 지하 공간은 많으면 많을수록 좋지. 이렇게 된 거, 모든 희망 사항을 담은 꿈의 지하 공간— 만들어 볼까!”

““““““와아아아아아—!”””””””

유에, 시아, 티오, 뮤, 그리고 굉장히 드물게도 레미아까지 천진난만하게 대답했다. 모두 즐겁게 웃으며 만세를 불렀다.

하지만 그녀들이 정말로 기뻐하는 이유는 자신들의 요청이 이루어졌기 때문이 아니라—.

"너라면 그렇게 말할 줄 알았지! 그래서 미리 설계도를 만들어 뒀다고!"

"보렴, 이 완벽한 설계를. 모든 의견을 반영하면서 손님이 왔을 때 「이 집…… 뭔가 이상해……」라고 괜한 의심을 품게 하는 장난스러움까지 챙겼단다!"

"아빠, 엄마…… 쓸데없이 진심이잖아! 그 점이 짜릿해, 동경하게 돼!"

"" "칭찬도 참." ""

부모님에게 양쪽에서 어깨동무 당하면서도 환하게 웃는 하지메 때문일 것이다.

토터스에서는 보지 못한, 순수함까지 보이는 웃음.

어린애 같다고도 할 수 있는 그 웃음이 어째선지 참을 수 없을 만큼 기뻤다.

이런 걸 보면 절로 이해할 수 있었다.

소환되기 전에는 쭉 이런 나날을 보냈고, 그 나날은 무척 소중한 것이었다고.

이런 부모님이니까 포기하지 않고 자기를 찾으리라는 확신이 있었다고.

그래서 그렇게나 필사적으로 돌아오려고 했다고.

바로 이런 일상을, 되찾고 싶었던 것이라고.

"응? 왜 그래, 너희. 뮤랑 레미아까지."

거실을 나가려는데 그녀들이 멈춰 있는 것을 깨달았다. 한 발짝 물러난 곳에서 꿀이라도 머금은 듯한 표정으로 나구모 가족을 바라보고 있었다.

그것을 알아차린 하지메가 미심쩍게 뒤를 돌아봤다.

"뭐 해, 빨리 와."

씩 웃으며 손짓하는 사랑하는 사람.

그 양쪽에서 햇볕처럼 따스한 분위기로 기다려 주는 아버지와 어머니.

그녀들은 서로를 돌아봤다. 그리고 짠 것처럼 배시시 웃어 보이고는…….

"……응! 지금 갈게."

"네에~!"

"후후, 가족으로서 첫 공동 작업이구먼!"

"뮤! 할아버지! 뮤한테도 설계도 보여 줘!"

"어머나♪ 뮤, 그렇게 뛰어들면 안 돼."

진심으로 즐겁게, 그러면서도 행복하게 달려갔다.

연성 마법— 이세계의 신도 죽인 조형, 가공 기술의 극치를 자기 집 지하에서 똑똑히 목격한 슈와 스미레가 극도의 흥분에 빠진 것은 당연한 결과였다.

덩달아 하지메까지 흥분하니 아직 일본의 상식을 제대로 배우지 못한 이세계 멤버가 말리지 못한 것도 당연한 결과였다.

그렇다면 최종적으로 자택 토지보다 넓은 면적으로 지하 5층 구조(출입구는 전이식이고 실제 지하실은 깊이 50미터 이래에 있지만)의 미스터리 공간이 만들어진 것도 필연이라고 할 수 있겠다.

하지메의 방, 공방, 부부의 작업실은 물론이고 훈련장(사격장 포함), 오락실, 시어터 룸, 여기저기 가변식 핵 방공호(3일 철야라도 한 것 같은 흥분 상태의 결정체), 그리고 온갖 정성이 들어간 컬렉션 룸에 훌륭한 도서실, etc.

이웃집 사람들이 어디 상상이나 하겠는가. 불과 하룻밤 사이에 자기네 집 지하 깊은 곳에 쾌적한 생활 공간이 만들어질 것이라고.

그렇게 집 지하를 당당히 불법 증축한 다음 날.

"솔직히 너무했⋯⋯나?"

거실 소파에 앉은 하지메가 신음하며 고개를 갸웃거렸다.

"결국 내 방도 그대로 쓰게 됐고⋯⋯"

그 말대로 하지메는 계속해서 2층 방을 쓰기로 했다. 가족들이 하나같이 「하지메가 옮겨 가면 우리도 지하에!」라며 고집을 피웠기 때문이었다. 그러면 여덟 명이나 사는데 2층은 아무도 쓰지 않게 된다. 본말전도다.

"후후, 불만이라도 있으세요?"

"아빠, 뮤가 옆방에 있는 게 불만이야~?"

거실 문을 열고 레미아와 뮤가 들어왔다. 뮤는 하지메의 무릎 위로 폴짝 올라와 앉았다. 정작 불만이 있는 쪽은 뮤인지 볼이 탱글탱글 빵빵이었다.

하지메는 그 동그란 볼을 손가락으로 찔러서 공기를 푸우 빼내며 고개를 저었다.

"아니, 나도 이 방에는 애착이 있으니까 불만은 없어. 지하실도 평소에는 쓰지 않으니까 매력적인 거고."

"그렇다면 다행이네요. 너무 고집부린 게 아닌지 걱정했어요."

"그러는 너희야말로 괜찮아? 결국 티오를 포함해서 세 명이 한방을 쓰는데."

물론 유에와 시아도 같은 방이었다. 하지만 레미아는 하지메 옆 ―유난히 거리감이 가깝다― 에 다소곳이 앉으며 천천히 고개를 저었다.

"무슨 불만이 있겠어요? 오히려 티오 씨와 수다를 떨면 즐거워서 밤을 새울 때도 많은걸요, 우후후."

레미아는 마치 어린 시절로 돌아간 것처럼 부드러운 미소를 지었다. 그 모습에서 억지로 참는 분위기는 전혀 느껴지지 않았다.

"유에 언니나 시아 언니랑 방을 바꾸는 것도 재밌어!"

"그래? 그렇다면 다행이지만."

무릎 위에서 만세하는 뮤에게서도 역시 불만스러운 낌새는 보이지 않았다. 그녀들은 다른 사람과 같은 방을 쓰는 게 딱히 싫지 않은 모양이었다.

"아빠는 외롭지 않아?"

반대로 혼자 방에 있는 아빠는 외롭지 않은가. 사랑하는 딸의 순진하면서도 걱정스러운 표정이 하지메 아빠의 마음을 찔렀다.

"뮤, 남자한테는 이런저런 사정이 있단다. 혼자 있고 싶을 때도 있어."

"그래?"

왠지 하지메가 입을 열기 전에 레미아 엄마가 답했다. 하지메는 「엥?」 하며 놀라는 표정이었다.

"그래. 특히 아빠는 너무너무 좋아하는 취미가 있어서 즐길 시간이 필요하셔."

"혼자? 뮤도 같이 하면 안 돼?"

아니, 할 수 있다……라고 말하려고 했지만, 이번에도 레미아가 선수를 쳤다. 그리고 충격받았다. 에히트의 「신언」에 버금가는 충격을.

"어허, 안 돼요. 뮤에게는 아직 일러. 이 나라에는 창작물이라도—「연령 제한」이라는 게 있거든."

"응?!"

하지메가 어깨를 흠칫 떨었다! 눈은 활기차게 핑핑 돌아갔다. 머리를 고속으로 굴리는 소리가 들리는 것만 같았다.

왜지? 왜 그 말이 나오지? 들켰나? 내 컬렉션이 들켰나?! 왜? 어떻게?! 같은 식으로.

"뮤?! 그렇구나, 뮤는 아직 보면 안 되는 게 있구나~. 그럼 엄마나 언니들은? 같이 보면 안 돼?"

레미아 엄마가 하지메 아빠에게 의미심장한 시선을 날렸다. 덩달아 뮤도 아빠에게로 눈길을 돌렸다. 그리고 화들짝 놀랐다.

"아, 아빠? 왜 그래?!"

"뭐가 말이니?"

"땀이 뻘뻘 나! 폭포 같아!"

"하하, 착각이겠지. 아무것도 아니란다. 아빠는 건강해."

"말투도 이상해!"

손수건을 꺼내서 걱정스럽게 이마를 닦아 주는 뮤에게 뻣뻣하게 굳은 웃음을 보여 준 하지메는 「어머나, 우후후」라며 무섭게도 귀여운 미소를 짓는 레미아를 돌아봤다.

"죄송해요. 하지메 씨가 바쁠 때…… 어머님이 보여 주셨어요. 「동인지」나 「야겜」 같은 걸."

"엄마아아아아아아!! 당장 지하에서 튀어나와!! 그보다 숨겨 둔 곳은 어떻게 알았어?! 경우에 따라서는 절연까지도 각오해!"

"하, 하지메 씨! 어머님을 탓하지 말아 주세요! 저희가 서방님의 그쪽 취향을 알고 싶다고 끈질기게 졸라서 그래요!"

“내가 없는 동안 무슨 이야기를 한 거야?! 그리고 그걸 보통 시어머니한테 물어?! 아들한테는 지옥이라고!”

하지메는 뮤를 끌어안으면서도 자기도 모르게 일어섰다. 꿍장히 드물게도 얼굴이 새빨갰다.

뮤도 아주 진귀한 광경을 목격한 것처럼 흥미진진하게 쳐다봤다. 그러다가 결연한 표정을 지었다.

찾아야 한다. 아빠가 이토록 동요하는 그 취미란 게 무엇인지, 찾아야 한다! 라고 생각하는 얼굴이었다. 동요한 아빠는 눈치채지 못했지만. 그런데 그때.

“아하하. 허락도 없이 캐물어서 죄송해요, 하시에 씨.”

“미안하구나. 다만, 우리도 소환되기 전의 주인님이 어떠했는지 궁금해서 참을 수가 없었다. 취향 이야기도 그 연장선이라고나 할까?”

“……응. 미안, 하지메. 카오리가 「일본에 있던 하지메 지식」으로 우쭐대는 게 분하고 억울해서 꼭 알고 싶었어. ―모든 것을, 낱낱이.”

시아, 티오, 유에가 순서대로 거실로 들어왔다.

유에가 마지막으로 툭 흘린 말에 끝을 알 수 없는 감정이 담긴 것 같아서 하지메는 자기도 모르게 분노를 잊었다. 더불어 살짝 오싹했다.

“아무리 그래도 그렇지.”

“……그리고.”

“뭐야? 뭐가 또 있어?”

유에가 미안한 표정으로 쳐다봤다. 긴장할 수밖에 없는 하지메에게 유에는 눈썹을 팔자로 뜨며 고백했다.

"……아버님이 앨범을 보여 주셨어."

"앨범? 아니, 뭐 그 정도는 딱히……."

"……조그만 하지메, 귀여웠어. 목욕 사진도…… 하지메의 아직 어린 하지메도 귀여웠어."

"무슨 소리야?!"

"……지금이랑 딴판이야. 먹어 버리고 싶을 정도였어……. 미래에서 먹었지만."

"남사스러운 이야기 그만해! 이 변태 흡혈귀! 뮤 앞에서 못 하는 말이 없어!"

"……사진 복사본도 받았어. 보물로 간직할게."

"지금 당장 버려어어!"

쭉 알고 싶었던 소환 전의 하지메. 를 넘어서 어린 시절 하지메까지 잘 구경했다고 한다. 조그만 하지메는 유에의 이성을 날려 버리기에 충분했나 보다.

그건 시아나 티오도 마찬가지였는지, 똑같이 볼을 붉히며 눈을 피하고 있었다.

"참고로 주인님, 원한다면 그 동인지에 실린 하드한 플레이도 언제든 받아주겠다고 선언—"

"적당히 하지 않으면 나, 백발 되는 수가 있어."

즉, 전투 모드.

지금은 뮤의 귀를 막으려고 쓰는 손이 굳게 주먹을 쥐는 것도 시간문제일 것이다. 이마에 튀어나온 핏줄만 봐도 그렇다.

유에, 시아, 티오, 그리고 레미아까지 사전에 연습이라도 한 것처럼 동시에 「죄송합니다」라며 머리를 숙였다.

하지메의 컬렉션을 무단으로 봤다고 계속 숨기지 못하고 고백한 레미아와 순순히 자백&사과한 세 명이 봐 달라고 비는 분위기였다.

그녀들이 있는데 아직 컬렉션을 포기하지 못한 사실을 반성하면서도 하지메의 마음은 자책과 수치심 사이를 오락가락했다.

"으, 으응…… 앗. 맞아!"

자세한 상황은 모르겠지만, 뮤도 뭐라고 말하기 힘든 분위기만은 확실하게 감지했다. 제 딴에는 이 분위기를 바꾸고 싶었는지 하지메의 품에서 폴짝 뛰어내렸다.

"아빠! 뮤 옷 어때요? 귀여워?"

빙글 돌아서 프릴이 잔뜩 붙은 흰 블라우스와 체크무늬 치마를 보여 줬다.

오죽하면 어린 여자애가 수습하려고 나서겠는가. 일동은 서로를 돌아보며 자조적으로 웃었다.

"그래, 귀여워. 엄마도 도왔겠지만, 마지막에 고른 사람은 뮤지? 센스가 좋아."

하지메는 다른 네 사람도 돌아봤다.

유에는 엉덩이까지 덮는 흰 파카, 시아는 낙낙한 긴팔 셔츠와 쇼트 팬츠, 티오는 얇은 스웨터와 롱 스커트, 그리고 레미아는 딸과 같은 블라우스와 무릎까지 내려오는 체크무늬 치마를 입었다.

세상이 조용해질 때까지 외출을 자제하던 그녀들을 대신해 스미레가 계절과 유행을 고려해 인터넷으로 장만한 옷들이었다.

"이쪽 세계 옷을 입은 모습은 이미 많이 봤지만…… 역시 좋아."

이세계 멤버가 지구의 의복을 입고 있다. 몇몇 옷은 토터스에도 비슷한 디자인이 있어서 아주 색다른 느낌은 들지 않지만, 그래도 하지메는 감회가 새롭다.

"평소보다 제대로 차려입어서 그런지 오늘따라 더 좋아. 어울려."

하지메는 천천히 돌아보면서 가감 없이 칭찬했다.

저마다 「어때? 어때?」라고 묻듯이 턴하거나 치마를 펼쳐 보이던 이들이 뺨을 발그레 물들이며 활짝 웃었다.

"……그러는 하지메도 멋져."

"그래? 평소에 재킷을 안 입어서 그런지 영 어색한데."

청바지에 셔츠와 재킷이라는 간단한 복장이지만, 보는 쪽에서는 만족스러운 듯했다. 마음에 든다는 눈빛이었다.

자기 복장을 내려다보고 애매한 표정을 짓던 하지메는 봐 줄 만하다면 다행이라며 어깨를 으쓱였다.

"지구에서 하는 첫 데이트야. 그냥 도시 안내와 쇼핑이지만…… 너희한테 창피를 주기는 싫어. 문제없다고 하니까 다행이네."

그렇다, 사실 오늘은 지구에서 첫 데이트를 할 예정이었다.

다들 이날을 손꼽아 기다렸다. 복장에 신경을 쓸 만도 했다.

"……뭐? 하지메가 창피해? 누가 그런 소리를 해? 스매시할 테니까 알려 줘."

"진정해. 아무도 그런 소리 안 했으니까 눈 하이라이트 끄지 마. 그리고 일본은 법치국가라고. 무분별한 가랑이 스매시는 금지야."

"오히려 우리가 하지메 씨에게 창피를 주지 않을지 걱정이라구요."

"이곳의 상식은 「인터넷」이나 「티브이」로 가능한 한 조사했지만, 이론과 실제가 다른 경우는 왕왕 있는 법이지."

"하지메 씨, 폐를 끼칠지도 모르지만, 잘 부탁드릴게요."

"뮤도 열심히 「일본의 상식」 공부했어!"

다섯 명이 한꺼번에 하지메를 에워쌌다. 평소에도 열이면 열, 지나가는 사람이 돌아보는 미녀들이지만, 데이트를 위해서 꾸민 덕분에 지금은 한층 더 아름다웠다.

하지메도 저절로 체온이 오르는 게 느껴질 정도였다.

상식의 유무보다 그 아름다움이 불필요한 말썽을 일으키리라는 예감이 들었다.

하지만 그건 말해 봤자 의미가 없다. 걱정은 가슴속에 덮어 두고 하지메는 어깨를 으쓱했다.

"폐라고 생각 안 해. 일본에도 별의별 인간이 다 있으니까 문제없어. 오히려 내가 괜한 말을 해서 미안해. 첫 일본 관광이니까 편한 마음으로 가자."

그 편안한 분위기에 다들 조금 안심했는지 몸에서 힘을 뺐다.

"그러고 보니 카오리 씨와 시즈쿠 씨는 역시 못 오나요?"

"응. 둘 다 마침 친척 집에 갔어."

상황이 진정되면서 움직이기 편해진 것은 하지메 일행만이 아니었다. 학교가 시작되기 전에 먼 곳에 사는 친척에게 건강한 모습을 보여 주러 가는 가족도 많았다.

"아이코 언니도?"

"아이코는 일이야. 다음 달에 대비해 준비할 게 많다고 해."

뮤는 이해하면서도 조금 아쉬운지 입술을 비죽였다. 예쁘게 단장한 그 머리가 헝클어지지 않게 살며시 쓰다듬는데 마침내 지하에서 올라왔는지 스미레가 얼굴을 내밀었다.

"하지메, 곧 나갈 거지? 그 전에 벽면 수납장을 조금만 조정해서—."

싱글벙글한 어머니에게 하지메도 싱글벙글한 웃음을 돌려줬다. 단, 눈에서만 웃음기를 빼고.

"……엄마, 들었어. 내 방에 있는 것들, 허락도 없이 이것저것 보여 줬다면서?"

며느리들이 당황한다. 끈질기게 조른 건 자신들이었다. 시어머니가 비난받으면 안 된다고 생각해서 해명에 나서는데— 그 전에.

"홋, 그건 나도 미안해. 하지만 하지메, 이런 멋진 아내들을 두고 컬렉션을 포기하지 못하는 것도 문제가 있지 않니?"

"윽."

하지메가 카운터를 맞았다! 아픈 곳을 찔린 것처럼 말문이 막힌다!

며느리들은 눈을 크게 떴다. 어머니는 강하다! 어머니는, 강하다!

"파, 팔려고 했어. 시간이 없었을 뿐이지."

"그래, 아무렴 그렇겠지."

"그것보다! 왜 숨긴 곳을 알고 있어!"

"엄마니까!"

"크윽?!"

강하다! 어머니는 역시 강하다! 신을 죽인 마왕이라고노 불린 사내가 한낱 아들에 불과하다! 스미레를 향한 며느리들의 존경심이 더욱 올랐다!

"나는 오히려 감사했으면 좋겠어."

"뭐……라고? 무슨 뜻이야!"

"이렇게 말하면 알겠지? ―「D드라이브」."

"으응?!?!?!"

하지메가 비틀거렸다. 어떤 적 앞에서도 대담무쌍하게 웃으며 마주하던 나락의 괴물이 뒷걸음쳤다!

왠지 손가락을 펼친 손을 얼굴 앞에 대고 몸을 뒤로 기울이는 기묘한 자세로, 스미레는 아들과 빼닮은 대담무쌍한 미소를 지었다. 며느리들은 존경심을 넘어 경외감을 품기 시작했다.

하지메가 폭포처럼 땀을 흘렸다. 이토록 궁지에 몰린 모습은 일찍이 본 적이 없다!

디~드라이브가 대체 뭐죠?! 뭐가 하지메를 이렇게 몰아세우는 건가요?! 궁금해서 죽을 것 같아요, 어머님!

"딸 같은 며느리들의 떼쓰기 공세에 집중 공격당하면서도 마지막 아성만은 사수했단다. 우리 아들을 위해서."

"어, 엄마……."

"충고할게. 저 아이들의 학습 능력을 우습게 보지 마. 성문이 뚫리는 건 시간문제야! 그 전에 결단하렴."

"……그래. 엄마 말이, 맞아."

뭐가 뭔지 모르겠다. 하지만 하지메가 스미레의 변명을 인정한 것만은 이해했다.

하지메가 설전에서 패배한 것이다! 「사실 네 천직 선동가 아니야?」라며 반 아이들이 두려워했던 그 하지메가!

"……저, 저기, 어머님? 하지메? 디~드라이브가 대체—."

"엄마! 벽면 수납장을 조정한댔지! 맡겨만 줘!"

"부탁할게, 아들! 그리고 첫 일본 데이트, 잘 즐기고 오렴!"

유에의 말은 들리지도 않는 것처럼, 어머니와 아들은 빠르게 방에서 나갔다.

이번 일에 한해서는 스미레 엄마도 전면적으로 아들의 편이었다.

왜? 뻔하다.

스미레 엄마도 타고난, 그것도 연륜이 쌓인 오타쿠니까.

그 「D드라이브」의 안에는…….

신을 죽인 마왕의 엄마라고 부르기에 부족함이 없는, 아니, 아들은 발끝에도 못 미칠 마굴이 펼쳐져 있다!

"……언젠가, 언젠가는 기필코! 나구모 집안의 모든 것을 배울 수 있도록 힘낼게요!"

유에의 결의에 찬 선언을 듣고 다른 이들도 힘차게 고개를 끄덕였다.

성문이 뚫릴 날은 머지않아 보인다.

나구모 집에서 가장 가까운 역에 평소와 다른 소음이 퍼지고 있었다.

광장이 있고 음식점과 편의점, 서점까지 늘어선 역이었다. 평일의 점심 전이라도 사람은 꽤 있었다. 그들이 남녀노소를 불문하고, 심지어 역무원까지 매표소에 시선을 고정하고 있었다.

"……꿀꺽."

"유, 유에 언니, 파이팅이야!"

"할 수 있어요! 신한테도 이긴 유에 씨라면 분명히!"

당장에라도 질 수 없는 싸움에 나설 분위기지만, 하려는 것은 표 구매였다.

유에의 표정은 진지 그 자체였다. 손바닥에는 동전을 꽉 쥐었다. 시선은 머리 위에 있는 노선도와 요금표, 그리고 손에 쥔 돈 사이를 몇 번이고 왕복했다.

　실패하면 죽는다…… 거의 그 정도의 기백이었다. 그런데 가끔 「맞……아?」라며 애련하게 하지메를 힐끔거리는 것이―.

　'미치겠네, 너무 귀여워.'

　하지메에게 하트 직격 파일 벙커였다. 전철을 처음 타 본다면 역시 표 구매부터……라는 판단은 옳았던 모양이었다.

　"으음, 레미아. 봐라, 이 시각표를. 인터넷에서 봤을 때도 생각했지만, 상식의 범주를 벗어나지 않았나?"

　"정말 그래요. 수도 중심지는 더 세세하고 복잡하다는 게 믿어지지 않아요."

　조금 떨어진 곳에서는 티오와 레미아가 빼곡하게 적힌 시각표 앞에서 감탄사를 연발하고 있었다.

　도착하자마자 하지메가 전철 타는 법을 강의하던 광경과 지금 그녀들의 대화, 무엇보다 동성이 봐도 반할 미모의 소유자가 단체로 몰려다닌다…….

　이러니 주목받는 게 당연했다.

　"외국인들이지? 뭐야, 어떻게 저럴 수 있어? 너무 예쁜 거 아냐……?"

　"모델인가? 그래도 전철 타는 법을 모르는 거 같은데? 어디 사람이지……."

　"특히 저 금발 여자애…… 사람, 맞지? 인형 아니지?"

　실제로 근처에서 젊은 여성 3인조가 이곳을 보며 수군대고 있었다. 어딘지 모르게 멍한 표정은 넋이 나간 사람 같았다.

　참고로 시아는 이어 커프, 뮤와 레미아는 귀고리형 은폐용

아티팩트를 장비해서 특징적인 귀 대신 인간 귀만 보이고 있
었다.

　뮤와 레미아는 머리 색도 에메랄드그린에서 에메랄드 블론
드로 바뀌어 지나치게 튀지는 않았다.

　'성능이 약하다지만, 인식 방해 아티팩트를 장비하고도 이
모양인가……. 어떻게 매력이 아티팩트를 뚫고 나오지. 조금
더 조정과 개량이 필요하겠군.'

　은근슬쩍 주변을 의식하던 하지메가 마음속 메모장에 펜을
끄적였다.

　그 매력이 너무 강력해서 쇼핑할 때나 일상생활에도 지장
을 준다. 적당한 방해 능력, 상황에 따라서 효력을 자동으로
조정하는 게 최선이다. 창작혼이 타오른다.

　'그건 그렇고 내가 없는 동안에도 사람들 앞에 나갈 땐 인
식 방해를 걸어 둔 게 정답이었어.'

　귀환 당시의 소동으로 언론 관계자가 주변에 들끓었지만,
그녀들의 모습은 명확하게 보도되지 않았다. 날조한 출신을
캐내지 못하게 막으려는 의도였는데, 만약 이 미모가 전국에
퍼졌다면…….

　지금도 상황이 달랐을지 모른다. 인터넷에서는 특히 축제가
벌어졌을 것이다.

　"……조, 좋아. 유에, 출격합니다!"

　최종 확인을 마쳤는지 유에가 한 발 앞으로 나갔다. 시아와
뮤가 손을 가슴 앞에 모으고 마른침을 삼켰다.

왠지 역무원과 어르신들도 멈춰서 마른침을 삼켰다. 작게 「힘내라~」라는 응원도 들렸다.

외모는 어리고 분위기는 에로— 어른스러운 유에지만, 지금은 긴장한 탓에 어린 느낌이 강했다. 주변 사람들은 아이의 첫 심부름을 지켜보는 심정일 것이다.

미세하게 떨리는 손으로 동전을 투입구에 딸랑♪ 딸랑♪

마치 마물의 마석을 정확하게 저격하는 듯한 예리한 눈빛으로 화면을 꾹. 아무 일도 없이 표가 슥 나왔다.

유에는 그것을 유리 세공이라도 되는 양 신중하게 잡았다. 그리고 짧은 정적 후, 금실 같은 머리를 몽환적으로 휘날리며 돌아서더니…….

"……샀어!"

하늘로 치켜들었다. 천하를 얻은 얼굴로.

"역시 유에 언니야! 완벽했어!"

"훗, 저는 믿고 있었다구요. 유에 씨라면 해낼 거라고."

박수를 짝짝 치는 뮤와 이상하게 드라마틱한 분위기로 우쭐하게 웃는 시아.

분위기에 취했는지, 역무원을 시작으로 주변 사람들도 작은 감탄사와 함께 박수를 보냈다.

겨우 상황을 깨달은 유에는 뺨을 살짝 붉히며 눈을 데굴데굴 굴리더니 잠시 후, 파카 끝자락을 잡고 눈이 번쩍 뜨일 만큼 아름다운 커트시를 선보였다. 그리고 하지메를 보고 「……응」이라며 브이 사인을 보냈다. 기쁘게 배시시 웃으면서.

감탄사를 넘어서 술렁거림이 퍼졌다. 윽 소리를 내며 심장을 움켜쥐는 남자가 다수. 코를 잡고 고개를 돌리는 여성도 다수! 역무원은 왠지 감동의 눈물이라도 흘릴 얼굴로 경례!

여파조차 이 정도다. 인식 방해 없이 직격한 하지메는 그 자리에서 나가떨어졌다.

"앗, 티오 씨! 큰일 났어요! 하지메 씨 혼이 빠져나가려고 해요!"

"유에 언니 미소로 승천해 버렸어!"

"뭐라고?! 에잇, 돌아오게나! 주인님!"

달려온 티오가 한 손을 빛내며, 승천할 듯 미소 지은 하지메의 머리 조금 위쪽을 꽉 잡더니 머리를 때리다시피 「뭔가」를 내동댕이쳤다.

"헉?! 갈 뻔했어. 티오, 고마워."

"음, 저건 어쩔 수 없지. 흉악했으니까."

"하지메 씨. 오늘은 각오하시는 편이 좋을지도 몰라요. 우리 중에서도 오늘을 가장 기대한 사람은 유에 씨니까……."

자기 웃음에 하지메가 승천할 뻔했다고 알아챈 유에는 무척 쑥스러워 보였다. 볼을 빨갛게 물들이고 꼬물꼬물, 머리카락을 손으로 배배 꼬았다.

"안 돼, 유에 언니! 아빠 마음의 라이프는 이미 제로야!"

어디서 배운 말일까. 가장 인터넷에 익숙한 탓인지 뮤가 만화 밈을 쓰며 충고했다. 아빠에게는 이것도 크리티컬 히트.

사랑하는 딸이 순조롭게 나구모 집안, 그리고 오타쿠의 길에 물드는 것 같아서 감동을 금할 수 없다!

또 승천하려는데— 티오의 혼백 마법! 손이 희미하게 빛난다!

어라? 아까도 그러더니 지금 무슨 빛이…… 잘못 봤나? 여기저기서 그런 소리가 들리지만, 일단 무시하자.

"티오, 믿을 건 너뿐이야. 내 영혼, 너한테 맡긴다."

"그, 그래. 그냥 데이트에서 결전 때와 같은 각오를 보이는 것도 이상하지만, 알겠다."

식은땀을 닦으면서 하지메는 다른 일행에게도 표를 직접 뽑아 보라고 권했다.

슬슬 이성이 날아간 남자들과 일부 여자가 돌격해 올 분위기였고, 뒤늦게 하지메의 존재를 알아차린 그들의 눈빛에 「저 녀석은 뭐야?」, 「저런 미녀한테 둘러싸여? 무슨 관계지?」라는 질투와 부러움이 깃들기 시작했기 때문이었다.

그래서 이번에는 표 구매에 쩔쩔매는 그녀들을 재촉하듯 먼저 개표구로 걸어갔다.

덜컥 열린 문에 동시에 움찔하는 그녀들을 흐뭇하게 생각하며.

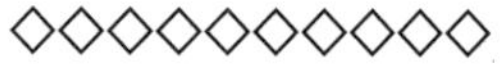

전철에서 보이는 풍경을 즐기며 도착한 시내 중앙역.

그 넓이, 지하철 노선도, 더불어 지하상가 지도를 본 티오가 「대미궁보다 대미궁 같지 않은가!」라며 놀라거나.

유에가 IC카드나 정기권, 혹은 스마트폰만으로 개표구를 지나는 사람들과 자신의 표를 비교하며 「……큭. 이걸로 기뻐하는 나는, 아직 멀었어?」라고 왠지 분해하거나.

시아가 어디에나 있는 자판기를 보고 「식수가 귀하기는커녕 다양한 음료를 언제 어디서든 마실 수 있다니……. 수해에서는, 아니, 토터스를 통틀어도 상상하지 못할 일이에요!」라며 유난스럽게 감동하거나…….

거대한 역의 근대적 분위기와 구조는 그야말로 이세계였다.

눈을 초롱초롱 빛내며 틈만 나면 여기저기 눈을 돌리는 뮤는 몰라도, 토터스의 대미궁에도 들어가 본 적 없는 레미아는 지구의 대미궁에 압도당한 것 같았다. 손끝으로 하지메의 옷자락을 잡고 떨어지려고 하지 않았다.

그러는가 싶더니 하지메가 손을 잡자마자 부끄러운 듯이 웃어 보였다.

그녀들의 반응 하나하나가 다양한 의미로 막강한 파괴력을 자랑했다. 눈을 사로잡힌 행인이 몇 명이나 기둥과 격돌해 데굴데굴 구를 정도로.

“나 참, 작업인지 스카우트인지 몰라도 직접 다가오는 편이 차라리 낫군. 도촬 대책 아티팩트도 만들어 둘까.”

오늘의 첫 목적지— 시내 최대 규모 쇼핑몰에 있는 옷 가게에서 하지메가 투덜댔다.

역 안이나 길거리는 물론이고 인식 방해를 관통하는 매력은 역시 말썽을 일으켰다. 지금도 떨어진 곳에서 스마트폰 카메라를 들이대던 무례한 자들을 「위압」으로 쫓아낸 참이었다.

“……하지메, 하지메. 이거 어때?”

눈앞에서 커튼이 촥 걷히고 민소매 스웨터를 입은 유에가 나타났다. 그다지 볼 일이 없는 롱스커트 차림이 굉장히 신선했다.

허리를 흔들어 치마를 팔랑팔랑 나붓거렸다. 기대와 일말의 불안으로 홍옥 같은 눈동자가 촉촉해진 것처럼 보였다.

“후으윽, 기여어어…….”

하지메가 낸 소리가 아니다. 여성 점원이었다. 유에가 너무 귀여운 나머지 정신에 과부하가 걸렸나 보다.

“최고야. 롱스커트도 좋네. 아까 가게에서 바지를 샀으니까 여기서 산다면 롱스커트가 제일이겠어.”

“……정말? 하지메 취향이야?”

“그래, 취향이야. 뭐, 유에가 입으면 뭐든 좋아하지만.”

“……하지메도 차암.”

“너무 달으아아.”

마지막에 좀비 같은 감상을 불쑥 중얼거린 사람은 당연히 여성 점원이었다.

겉으로 보기에는 바른 자세로 꼿꼿이 서 있고, 뺨의 홍조만 빼면 얼굴도 영업용 미소로 무장했지만, 마치 복화술처럼 마음의 소리가 새어 나오고 있었다.

거기에 날아드는 추가타.

“하지메 씨~! 저는 어때요? 반대로 노출을 줄여 봤어요!”

“으음, 나는 역시 서양이란 곳의 옷이 어색하구먼. 이상하지 않나?”

늘어선 탈의실 세 칸은 하지메 일행이 독점 중이었다. 하지만 거기에 불만을 표하는 점원이나 손님은 없었다.

모두 운 좋게 최고의 게릴라 패션쇼를 목격한 것처럼 집중했고, 다른 점원과 손님도 은근슬쩍 구경하고 있었다.

시아가 활기차게 포즈를 잡았다. 딱 달라붙는 청바지는 확실히 노출이 적지만, 반대로 그녀의 각선미와 탄탄한 엉덩이를 과감하게 강조해 줬다. 무심결에 숨을 삼키고 바라보게 된다.

한편, 쑥스럽게 고개 숙이고 눈만 빼꼼 든 티오도 무척 센스가 좋았다. 와이드 팬츠 룩에 상의는 가슴이 살짝 트인 셔츠와 롱 카디건.

가슴과 엉덩이의 볼륨은 사람의 의식을 강제로 빨아들였다.

“““““오오오오~!”””””

“하느님 부처님 예수님, 오늘 살아 있음에 감사드립니다.”

어느샌가 가게 밖까지 모인 인파에서도 탄성이 터져 나왔다. 그리고 마침내 여성 점원이 마지막 체면까지 벗어던지고 평범하게 구경하기 시작했다.

“다른 놈들한테 시아의 맨살을 보여 주는 건 나한테도 썩 기분 좋은 일은 아니지. 뭐, 네 취향이니까 존중은 하겠지만, 그 옷은 내가 기쁘니까 무조건 사.”

“그, 그래요? 에헤헤, 하지메 씨가 입어 달라고 하신다면 어쩔 수 없네요. 에헤헤.”

“티오는…… 입만 다물면 정말 흠잡을 곳 없는 미녀인데 말이야. 특히 그런 세련된 복장이 엄청 멋있어.”

“꼭 한마디를 더하는구나! 그래도 후후, 그렇단 말이지. 흠잡을 곳 없는 미녀에 멋있다, 흠흠. 마지막 옷은 이것으로 하마.”

이번에는 성질이 다른 술렁거림이 번졌다.

아직 스무 살도 되지 않아 보이는 청년이, 누가 들어도 본심이라고 알 수 있을 만큼 감정을 담아 한 명 한 명에게 감상을 말해줬기 때문이기도 하지만…….

이렇게 사람의 눈길을 빼앗는 여성 세 명이 노골적으로 한 청년에게 호의를 드러내는 것이야말로 경천동지라고 말해도 과언이 아니었다.

그것도 단순한 호의가 아니었다. 청년을 향한 눈빛은 보는 사람의 얼굴이 화끈거릴 만큼 뜨거웠다. 친애를 가볍게 넘어선 감정이 확실하게 느껴졌다.

“리, 리얼, 하렘?”

설마 그런 게 현실에 있을 리가 없다. 하지만 멀리서 바라보던 남자의 자그만 혼잣말은 모두의 공감에 힘입어 잔물결처럼 퍼져 나갔다.

웅성, 웅성. 저 남자, 대체 누구지? 저 여자들과는 무슨 관계?!

그러던 그때.

“아빠! 왔어!”

“““““아빠?!”””””

구경꾼들이 자기도 모르게 소리쳤다. 인파를 뚫고 폴짝 뛰어드는 귀여운 아이를 보고 개그 만화처럼 눈알이 튀어나오려

했다.

왜냐하면 청년의 용모에 저 나이의 아이가 있을 리 없으니까!

"뮤, 레미아. 어서 와. 뭐, 계속 보고 있었지만."

"네. 다녀왔어요, 여보."

""""""또 한 명 늘었어?!""""""

나긋나긋한 미인의 등장에 구경꾼들은 아예 눈치도 보지 않고 하지메 일행을 뚫어지게 쳐다봤다. 게다가 인파에 호기심이 생긴 사람들이 발길을 멈추면서 구경꾼은 시시각각 늘어만 갔다.

참고로 뮤와 레미아는 아동복 매장에 있었는데, 하지메는 거미형 골렘 아라크네를 통한 원격 시점과 「염화」를 동시에 이용해 옷 고르기를 도와줬다.

"계산도 자연스럽게 잘하던데?"

"네, 이 나라 통화를 꼼꼼히 공부했으니까요."

당연하다는 듯 묘하게 뿌듯한 표정을 짓는 레미아에게 하지메가 짓궂게 웃었다.

"모녀로 함께 가게의 선전 모델이 되어 달라고 스카우트당해서 허둥대던 것 같았지만."

레미아는 그때 자신이 얼마나 허둥댔는지 떠올리고 얼굴이 새빨갛게 익었다. 그러고는 하지메의 어깨를 토닥토닥 때렸다.

"정말, 그 얘기는 하지 마세요! 구해 주지도 않고…… 못됐어요."

"……하지메, 왜 레미아랑 꽁냥거려?"

“그보다 사람이 엄청 모여 있지 않아요?”

“이건…… 우리 탓인가?”

원래 옷으로 갈아입은 세 사람이 탈의실에서 나왔다. 사기로 한 옷을 전부 받아 든 하지메는 주위를 둘러보고 어깨를 으쓱했다.

“하나같이 미녀들이니까. 패션쇼를 벌였으니까 주목받을 수밖에.”

작업이나 도촬이라면 모를까, 그저 눈길을 사로잡힌 사람들에게까지 「위압」을 걸기는 꺼려졌다. 하지메도 선량하고 모범적인 일본 시민으로 돌아가야 하니까.

“점원분, 전부 계산이요.”

“앗, 네! 그런데 저희도 모델을 찾는 중인데―.”

“계산이요.”

“앗, 네.”

싱긋 웃는 얼굴에서 묘한 관록, 혹은 박력이 느껴졌다. 미녀에게 둘러싸여서도 한없이 자연스러우며, 그렇다고 단순한 짐꾼도 아니었다. 주변에서 웅성거리는 소리가 더욱 커졌다.

“자, 장난 아니네. 정말로 정체가 뭐야……?”

“아까도 가게를 몇 군데 돌았는데 전부 저 남자가 계산했어. ……어디 갑부집 아들 아니야?”

“저 분위기는 절대로 일반인이 아니라니까. 방금 노려볼 때 진짜 죽는 줄 알았어.”

“……혹시, 야쿠자 차기 두목?”

"무섭네. 야쿠자의 여자한테 손이라도 댔다가는……."

실제로는 더 위험한 인간이었다. 불필요한 문제를 피한다는 측면에서는 소환 전 모습으로 돌아와도 흘러나오는 위험한 분위기는 도움이 되는 모양이었다. 본인은 복잡한 기분이겠지만.

여담으로 일부 여성은 그런 하지메에게 뜨거운 시선을 보내기도 했다.

고등학생 수준의 외모인데 안아 든 딸에게 보내는 표정은 너무나도 다정하고 포용력이 가득하며, 다른 여성들을 보는 눈빛에서도 애정이 흘러넘쳤다.

생지옥을 겪고 돌아온 하지메의 분위기는 독특했다. 태연자약, 아니면 위풍당당이라고 해야 할까.

그 부분이 남자들에게는 위험한 인간으로, 여자들에게는 매력적으로 비친 듯했다.

"으으으, 여기저기에 하지메 씨에게 추파를 던지는 여자가."

"쿡쿡, 우리는 우리대로 주의해야 하겠구나."

"……후우! 남편이 너무 매력적이어서 피곤해~."

시아와 티오는 난감하게 웃었고, 유에는 보란 듯이 우쭐댔다.

"아빠, 인기 많아?"

"우후후, 그러게. 아빠는 멋있잖니?"

"뮤!"

뮤와 레미아도 어딘지 모르게 자랑스러워 보였다.

대화가 들렸는지 근처 여성들은 자기가 다 부끄럽다는 듯 탄성을 지르며 볼을 발그레 물들였다.

"마침 적당한 시간이군. 다음 쇼핑은 점심을 먹고 할까? 더 소란이 커지기 전에—."

하지메가 목소리를 낮춰 그렇게 말하는데, 유에가 옷자락을 꾹꾹 당겼다.

"……그 전에 중요한 곳에 갈래."

"응? 보고 싶은 곳이라도 있어? 알려 주지 그랬어."

고개를 갸웃거리는 하지메에게 시아가 쯧쯧 혀를 차며 손가락을 저었다.

"훗훗훗, 서프라이즈예요. 어떻게 보면 하지메 씨에게 보내는 선물이기도 하고요!"

"……? 어떻게 보면? 선물?"

"속옷이다."

"아니, 그건 아까 샀잖아."

"그래. 주인님은 골라주기는커녕 가게에도 들어오지 않았지만."

"그야 다른 여자 손님이 거북할 테니까. 계산 연습도 할 수 있고."

"네, 그러니까 그건 괜찮아요. 하지만 여보."

레미아가 포근한 미소를 유지한 채 귀를 쫑긋 세운 구경꾼들 앞에서 당당히 말했다.

"밤일용 속옷은 아직 안 샀는걸요."

"뭐라는 거야?"

사람들이 일제히 놀라며 하지메를 봤다.

"……어머님이 말씀하셨어. 아내라면 남편을 기쁘게 해 줄 야한 속옷 한두 개는 기본적으로 갖고 있어야지! 라고."

"어머니의 그런 말, 듣고 싶지 않았어."

"이미 토터— 크흠. 외제 속옷이라면 있어요! 라고 대답했더 니 「그래서?」라고 하시던걸요. 이해가 안 돼요."

"이해가 안 가는 건 나야."

어머니 공인으로 야한 속옷을?! 뭐 하는 집안이야?! 같은 시선이 폭우처럼 쏟아졌다.

"……하지메, 필요 없어?"

몸에 착 달라 붙은 유에가 올려다보며 고개를 까딱 기울였다.

"아니, 필요한데?"

거의 반사 행동이었다. 정색하고 대답한 뒤에야 하지메는 퍼 뜩 정신을 차렸다. 주위 남자들이 「그야 그렇겠지」라며 납득한 표정을 짓고, 여자들이 차가움 반 온정 반의 눈길을 보냈다.

물론 유에는 무척 기뻐 보였다.

"……응. 가게는 조사해 뒀어. 바로 가자."

"잠깐만. 뮤한테는 보여 줄 수 없잖아. 나는 뮤랑 적당히 시 간을 보낼—."

"무슨 소리예요. 하지메 씨가 골라 주지 않으면 의미가 없 다구요!"

"뮤, 미래를 위해 봐 두거라."

"티오, 너 인마! 뮤한테 뭘—."

"열심히 공부하겠습니다!"

“뮤?!”

“뮤도 어른이 되면 아빠한테 사 달라고 하자.”

“어이, 애 엄마. 정서 교육이라는 말 알아?”

하지메가 무심결에 눈살을 찌푸리지만, 유에와 시아가 양쪽에서 하지메의 팔을 꽉 끌어안았다.

“……자, 하지메. 가자.”

“천천히, 끈덕지게 골라주세요!”

흔들림 없이 빵긋한 웃음. 놓아 줄 생각은 없어 보인다. 오늘 쇼핑의 주역은 야전 장비(?)였나. 하지메는 천장을 올려다봤다.

“……에휴, 됐다. 솔직히 좀 기쁘기도 해.”

“솔직한 건 미덕이지!”

“미덕이야!”

“어머나, 우후후.”

미소녀 두 명에게 연행되다시피 가게를 나가는 청년과 그 뒤를 싱글싱글 웃으며 따라가는 미녀와 미인 모녀.

구경꾼들은 일견 기묘하다고도 할 수 있는 집단의 범접하기 힘든 분위기에 밀려 모세의 기적처럼 길을 내줬다. 그리고 어른의 속옷을 사러 가는 일행을 멍하니 배웅했다.

“감사합니다아앗! 또 들러 주십시오옷! —그리고 방금 그분들이 구매하신 가을 신상은 아직 재고가 있습니다!”

여성 점원의 장사 본능 끓어오르는 목소리로 정신이 돌아올 때까지 쭉.

두말하면 잔소리지만, 얼마 동안 쇼핑몰에서는 수수께끼의 미녀 집단이 뜨거운 감자로 떠올랐다.

해도 꼴딱 넘어갔을 무렵.

하지메 일행은 가로등이 비추는 주택가의 밤길을 느긋하게 걷고 있었다.

놀다 지친 뮤는 돌아오는 전철에 타자마자 결국 방전되어 하지메 아빠의 품속에서 꿈나라로 떠났다.

이세계에서는 험난한 여행길이 일상다반사였건만, 보고 접하고 체험하는 모든 것이 신선한 탓인지, 다른 이들도 몸이 나른해 보였다.

"……하지메, 오늘은 고마웠어."

첫 데이트의 여운에 잠겨 걷는데, 옆에 있던 유에가 갑자기 쳐다봤다.

"별말씀을. 재미있었어?"

"물론이죠! 다음에는 카오리 씨랑 시즈쿠 씨도 같이 가면 좋겠네요~."

"릴리도 방문할 날을 목 빠지게 기다리고 있을 테지. 그 거목 같은 탑의 전망대에서 본 절경, 지평선을 뒤덮은 마천루, 한 번 더 함께 보고 싶구먼."

"정말로 당신 말대로 「깜짝 상자」 같은 세계네요. 우후후,

저는 어딜 가나 계속 심장이 두근거렸어요."

천진난만하기까지 한 웃음이 그 말은 겉치레가 아니라고 알려줬다.

그 후, 일부러 푸드 코트에서 다양한 요리를 맛본 일행은 다시 쇼핑몰 순회를 재개했다.

점심을 먹으며 인식 방해용 아티팩트를 재조정, 개량한 덕분에 오전만큼 이목을 사지는 않았지만, 화장품 매장 점원과 접촉하자 역시나 이목을 모았고…….

가전제품의 편리함에 일희일비하거나 엘리베이터와 에스컬레이터에 감탄하기도 하고…….

한 명당 하나씩 첫 데이트 기념 선물을 사주려고 액세서리점에 데리고 갔다가, 미녀 집단을 보고 싱글싱글 웃으며 다가온 점원 앞에서 「……? 액세서리는 하지메가 만들어 주면 되는데 살 필요 있어?」라고 진심으로 묻는 바람에 점원을 정색하게 만들고…….

쇼핑몰을 나온 뒤에는 유명한 관광지를 몇 군데 돌고, 마지막에는 개별룸이 있는 일식점에서 저녁을 즐기기도 했다.

"……응, 정말 재밌었어. 하지메의 세계에 관해서, 하지메가 많이 알려 줬으니까."

"그래…… 그렇다면 다행이야."

가장 중요한 것은 역시 하지메가 안내했다는 사실이었다. 희색이 번진 눈동자가 입보다 많은 말을 들려줬다. 다른 이들도 마찬가지였다. 유에의 말에 동의하며 힘차게 고개를 주억

거리고 있었다.

"주인님이 무리한 덕이지."

티오의 갑작스러운 말에 하지메는 저도 모르게 커진 눈으로 휙 돌아봤다.

티오는 히죽거리고 있었다. 함정이었나 보다. 하지메가 눈을 가늘게 찌푸렸다.

"분위기 깨게 왜 그래, 티오."

"용서해 다오, 주인님. 하지만 주인님은 소환되기 전에도 학생이었지? 아버님이나 어머님께 도움을 받은 것 같지는 않으니 꽤 무리하지 않았을까 싶어서 말이야."

역시 티오다. 평소에 아무리 변태 잡룡처럼 행동해도 그 본질은 이지적이고 사려 깊은 재녀였다.

실제로 정곡을 찔렸다. 어릴 적부터 슈와 스미레의 직장에 드나들었고, 성장한 뒤에는 즉시 전력으로 투입되던 하지메인지라 상당한 알바비를 모아 뒀다.

게임이나 책 말고 돈을 쓰는 일이 거의 없어서 솔직히 동갑내기 중에서는 저금액이 꽤 큰 편일 것이다.

더불어 「보물고」에 있던 보석 가운데 지구에도 존재하는 것을 장식품으로 가공해 팔아 예비 데이트 자금까지 확보해 뒀다.

그게 오늘 하루 만에 증발했다.

"그걸 알면서도 전혀 사양하지 않는 눈치였는데?"

"……응, 당연해. 하지메가 어리광 부려도 된다고 하면 마음껏 어리광 부릴 거야."

티오 대신 대답한 유에가 그 말대로 어리광 피우듯 찰싹 달라붙었다. 아마 티오뿐 아니라 모두 알고 있었나 보다.

혹시 방금 「고마워」에는 그런 뜻도 포함됐던 것일까?

"……사양하는 게 더 싫지?"

"속사정까지 들킨 건 부끄럽지만."

물론 슈와 스미레가 돈을 보태 주겠다고는 했다. 하지만 거절했다.

시시하다고 말하면 그뿐이다. 반론의 여지도 없다. 그래도 그것은 「고집」이었다. 연인에게 주는 선물은 자신의 힘으로— 그런 「남자의 고집」.

"부끄럽다뇨~. 엄청 기뻤다구요!"

"네, 정말 기뻤어요. 고마워요, 하지메 씨♪"

시아와 레미아도 가능한 한 몸을 붙였다. 조금 걷기 불편한 것이 되레 기뻤다. 하지메의 입꼬리도 올라갔다.

"그럼 굳이 말한 이유는 뭐야?"

티오니까 이유가 있을 것이다. 그렇게 생각해 곁눈질했다.

"음, 확인하고 싶었다."

"확인? 내 계좌 잔액을?"

하지메가 농담으로 물었다. 하지만 티오는 의외로 진지한 눈빛을 돌려줬다.

"주인님은 전에 농담 섞어 「실제로 효과가 있는 장식품을 팔아서 떼돈을 벌겠다」라고 이야기했었지. 고향으로 돌아가서 연성 마법을 썩히기도 아깝다며."

“······기억력도 좋아.”

분명 그런 말을 한 적이 있었다. 일본으로 돌아가면 뭘 하고 싶은가, 라는 식사 중의 잡담에서.

“주인님이라면 의외로 진지하게 그리 생각할 것 같았어. 더구나 오늘 일까지 고려하면 말이지?”

어떠냐고 반쯤 확신하는 웃음과 함께 티오가 물었다. 하지메는 한순간 눈을 동그랗게 떴고, 이어서 쓴웃음을 지었다.

“정말로 다 꿰뚫어 보는군.”

독자적인, 아울러 연인들에게 불편이 없을 정도의 자금력을 원한다. 이건 일본으로 귀환 준비를 진행하는 동안에도 진지하게 고민하던 사항이었다.

창업 경험자인 슈에게도 이미 상담했고 조금씩 준비도 해나가고 있었다.

“그래서 하고 싶은 말은?”

“그 장사를 본격적으로 시작하면, 내가 도울 일이 없을까 싶어서.”

유에와 시아가 조용히 귀를 기울이고, 레미아가 놀란 것처럼 티오를 돌아보는 가운데, 티오는 머리 위에서 반짝이는 별들을 우러러보며 이야기했다.

“주인님과 유에, 그리고 시아는 학교에 다니지. 하면 나는 어찌해야 할지 쭉 생각했었다.”

하고 싶은 일을 하라고 들었다. 변성 마법으로 외모를 바꿔 같이 학교에 다녀도 되고, 다른 일을 해도 된다고. 슈와 스미

레도 일거리를 소개하거나 자신들의 일을 돕지 않겠냐고 권유
했다.

다양한 가능성을 제시받은 뒤, 티오는 결정했다.

"나는 성실하게 일하며 살고 싶다. 이 세계 누구 앞에서도
부끄럽지 않은 「사회적 지위」라는 것을 얻고 싶어."

그건 일종의 선언이었다. 티오에게는 이세계인 이 지구에서
한 명의 인간으로 살아가고 싶다는 선언이었다.

"아직은 상식에도 어두운 몸. 시기상조란 건 잘 안다. 배워
야 할 것도 많지. 하지만 시간이라면 있다. 그리고 기왕이면
여기서 얻은 지식, 결정한 삶의 방식으로—."

시선이 조용히 돌아왔다. 똑바로, 용인의 성실함을 보여 주
는 눈동자가 하지메를 비춘다.

"주인님. 당신의 도움이 되고 싶다. 가족으로서, 말이지."

천천히 걸으면서도 조용히 서로를 바라보는 하지메와 티오.

모두 조용히 지켜보는 가운데, 마침내 하지메가 중얼거리듯
입을 열었다.

"해를 넘기면, 한번 물을 생각이었어."

숨을 후 뱉고 일행을 죽 돌아봤다. 그리고 조금 난감한 듯
한, 그러면서도 배려하는 듯한 표정을 지었다.

"잘해 나갈 수 있겠냐고."

토터스에 비해 제약이 많은 세계다. 문화도 상식도 하나부
터 열까지 다르다.

그녀들이 불편을 느끼지 않을까. 하지메를 생각해서 참는

게 아닐까. 지구 생활이 마음의 부담이 되지 않을까.

적당한 시기에 확인해야겠다고 생각했다.

"뭘 결정하기에는 조금 이르지 않아? 더 천천히 생각해도 돼."

거부하려는 말은 아니었다. 황당함 반, 기쁨 반이 섞인 농담이다.

티오의 그 말은 하지메의 걱정 따위 일축할 정도의 제안이었으니까.

"……하아."

한숨 쉰 사람은 다름 아닌 유에였다.

"……하지메는 우리를 너무 우선해!"

유에는 검지를 세워 떽, 하고 꾸짖었다. 다른 이들도 깊이 고개를 끄덕였다.

"……「잘해 나갈 수 있겠어?」, 바보 같은 질문이야!"

"바, 바보?"

"……응! 잘해 나갈 수 있겠냐가 아니야. 잘해 나갈 거야. 설령 어떤 고난이 있어도, 힘겹게 고향으로 돌아온 하지메를 위해서."

만약, 만에 하나, 불편이나 부담을 느껴도 상관없다. 삶의 근본 원칙은 정해져 있다. 하지메와 함께, 하지메가 마침내 돌아온 고향에서 살아가는 것이다.

"저, 하지메 씨."

유에의 삿대질을 받으며 눈을 깜빡거리던 하지메에게 레미아가 쭈뼛쭈뼛 말을 걸었다.

"방금 티오 씨가 한 이야기, 사실 저도 생각했어요."

"하고 싶은 일이라도?"

"네. 인터넷이나 TV, 어머님이 주신 패션 잡지, 그리고 오늘 돌아 본 옷 가게…… 그 각양각색의 디자인을 보고 저 정말로 감동했어요."

"그러고 보니 계속 황홀하게 바라봤었지."

본인은 몰랐는지, 레미아가 쑥스럽게 볼을 물들였다.

"그래서 저…… 저도 제 아이디어를 형태로 만드는 일을 할 수 있다면 정말 멋지지 않을까, 라고 생각해요."

"아, 그렇군. 한마디로 디자인 쪽으로 관심이 있다?"

티오가 경영 쪽으로 일하고 싶다면 레미아는 디자인 쪽에서 일하고 싶다는 말 같았다. 레미아도 일본에서 살아가기 위해 자신의 장래를 진지하게 생각한 모양이었다.

대답을 기다리는 티오와 레미아, 그리고 유에와 시아가 하지메를 빤히 바라봤고―.

"……응뮤~. 아빠아, 평생 함께 있어~. 냠."

"아프, 진 않은데 무슨 꿈을 꾸는 거지?"

한쪽 팔로 안은 뮤가 하지메의 목에 매달리듯 깨작깨작 깨물었다. 마치 물고 늘어지는 한이 있어도 떨어지지 않겠다는 양.

자연스럽게 입꼬리가 올라갔다. 그건 항복의 증거이기도 했다.

"알았다, 알았어. 내가 걱정이 너무 많았지. 일본 생활이 마음에 들길 바라는 마음이 너무 커서 불안해졌나 봐."

어딘지 모르게 후련한 얼굴로 하지메는 깊이 고개를 끄덕였다.

"오케이. 티오, 레미아, 둘 다 잘 부탁해."

"좋은 대답이다! 음, 의욕이 흘러넘치는군. 레미아, 함께 주인님을 단단히 떠받치자꾸나!"

"네! 우리가 하고 싶은 일을 하면서, 말이죠? 그러지 않으면 하지메 씨가 또 걱정할 테니까요, 우후후."

티오와 레미아가 손을 맞잡고 의욕을 내비쳤다. 시아가 볼멘소리를 흘렸다.

"그러면 티오 씨와 레미아 씨는 함께 학교에 가지 않겠네요. 조금 아쉽지만…… 이렇게 흥분한 모습을 보면 조금 부럽기도 해요."

"……응뮤~, 일하면 지는 거라고 생각해……"

아이 교육에 안 좋은 잠꼬대가 울려 퍼지고, 한순간 시간이 얼어붙었다. 인터넷의 악영향이 벌써 뮤를 침식하나 보다.

그렇지만 절묘한 타이밍이었다. 하지메 일행은 서로를 돌아보고 무심결에 웃음을 터뜨리고 말았다.

그렇게 깔깔 웃는데…….

"어머~, 즐거워 보이네? 첫 데이트가 잘 풀린 것 같아서 다행이야."

"어서 와! 아차, 뮤는 역시 잠들었나. 조용히 해야겠어."

슈와 스미레의 목소리가 울렸다. 이야기하는 동안 집에 도착했나 보다.

두 사람은 마침 차에서 짐을 내리려던 참이었다. 아마 확장된 취미방에 장식할 물건을 공수했을 것이다.

"어머님! 아버님! 돌아왔어요오!"

"짐이 많구먼. 어디, 용인의 힘을 보여 줄까?"

"어머나, 두 분도 이제 오셨나 봐요. 바로 도와드릴게요."

시아, 티오, 레미아가 기뻐하며 달려갔다.

하지메도 따라가려는데 문득 소매를 붙잡혔다.

"……하지메."

깜짝 놀랄 만큼 부드럽고 행복한 음색이었다. 왠지 말이 나오지 않아서 말없이 시선만 떨어뜨린 하지메에게 유에는 말했다.

"……고마워, 멋진 「돌아올 곳」을 만들어 줘서."

"유에……."

유에가 오늘 있었던 일을 즐겁게 이야기하며 짐을 나눠 옮기는 가족을 바라봤다. 홍옥 같은 눈동자에는 감동과 비슷한 거대한 감정이 깃든 것 같았다.

그 눈동자가 똑같은 열량을 갖고 하지메를 향했다. 심장이 절로 조여드는 착각이 들 만큼 뜨거운 눈빛이었다.

"……하지메의 세계, 아직 알고 싶은 게 많아. 하늘의 별만큼 많은 그것들을 앞으로 하지메나 모두와 경험할 거라고 생각하면…… 후후, 유에 누나는 가슴이 터질 거 같아!"

이 얼마나 행복과 희망에 찬 표정인가.

하지메는 생각했다.

아아, 마지막 순간에 강력하기 짝이 없는 공격이 들어왔다, 라고.

지구 생활이 부담스럽지 않을까.

그 생각이 헛걱정이라고 쐐기를 박힌 것만 같았다.

어쩐지 이제는 하지메의 가슴이 터질 듯한 기분이었다. 그래서 진짜 천직은 「선동가」가 아니냐는 말까지 들었던 하지메는 제대로 된 말조차 꺼낼 수 없었고…….

"……그래. 그렇지. 확실히, 터질 거 같네."

그저 그렇게만 답하고 유에의 손을 꽉 잡았다.

"하지메? 유에? 뭐 해~?"

어머니가 부르는 소리에 다시 시선을 돌렸다.

아버지가, 그리고 시아와 티오, 레미아가 웃으며 기다리고 있었다.

하지메와 유에는 서로를 바라본 뒤 픽 웃으며…….

""다녀왔어요.""

깔끔하게 목소리를 맞춰 집에 돌아왔음을 알렸다.

세단형 유명 외제차가 바람처럼 해안 도로를 달렸다.

열린 창문으로 흘러드는 바닷바람에 운전사가 어딘지 과장스럽게 감상을 말했다.

"이 해안 도로는 언제 달려도 기분이 좋아."

가볍게 뒤로 넘긴 흰머리 하나 없는 머리카락과 다정함이 느껴지는 눈매, 40대 중반인데도 젊은 활력이 있고, 겉모습만 보면 아직 30대 초반이라고 말해도 통할 미남이었다.

시라사키 토모이치. 카오리의 아버지였다.

"후후, 그러게."

조수석에서 씁쓸하게 웃으며 맞장구친 사람은 카오리의 어머니— 시라사키 카오루코였다.

카오리가 나이를 먹으면 분명 이런 여성이 되리라. 그런 생각이 들 정도로 빼닮았다. 양갓집 규수 같은 분위기에 남편처럼 도저히 40대 중반으로는 보이지 않았다.

"너, 너도 그렇지 않니? 카오리."

운전에 집중하면서도 토모이치의 눈이 힐끔힐끔 백미러를 향했다.

출발할 때부터 쭉 이러고 있었다. 아내가 씁쓸하게 웃는 이유이기도 했다.

"……."

말을 들은 뒷좌석의 주인— 카오리는 대답하지 않았다.

새하얀 원피스와 조금 두꺼운 카디건을 걸친 그녀는 예의 바르게 다리를 모으고 손도 무릎 위에 둔 채 얌전히 앉아 있었다. 영락없는 양갓집 규수였다.

머리가 바람에 날리며 바다를 바라보는 모습은 영화의 한 장면 같았다.

다만, 그 표정이 모든 분위기를 망치고 있지만.

듣지 못한 게 아니다. 명백하게 무시했다. 그렇게 이해하기 충분할 만큼 초절정 불쾌한 얼굴이었다. 온몸에서 거절의 의지가 뿜어져 나왔다.

토모이치가 또 과장스럽게 「크, 크흠」 하고 헛기침했다. 딸의 관심을 끌고자 말을 더 신중히 골랐다. 아내가 쿡쿡 웃는 소리를 들으며.

"바다가 보이는 집, 좋지 않아? 그래! 차라리 이사—."

"절대 안 가."

칼 같은 거절. 토모이치 아빠가 윽 소리를 내며 신음했다.

하지만 꺾이지 않는다. 아버지는 절대로 포기하지 않는다!

"예, 옛날에는 이쪽에 놀러 올 때마다 돌아가기 싫다고 떼를 썼잖아. 좋아하는 사쿠라 언니랑 같이 있을 수도 있어. 제법 나쁘지 않은—."

"그럼 아빠만 가면 되잖아?"

"……?! 뭐?! 너무하잖니, 카오리!"

토모이치가 뒷좌석을 확 돌아봤다. 차가 지그재그로 춤춘다! 아내의 매서운 손이 따귀를 올려붙인다! 토모이치의 얼굴이 강제로 전방으로 돌아갔다!

"당신?"

나직한, 하지만 강렬한 오한이 느껴지는 카오루코의 목소리가 고막을 찔렀다. 토모이치는 「죄송합니다」라며 고분고분 사과했다.

토모이치는 잘 알기 때문이었다. 아내가 진심으로 화내면 트라우마 제조기가 된다는 것을. 등 뒤에 「무서운 백야차 씨」의 환영이 나타난다는 것을!

"당신도 정말…… 카오리가 받아들일 리 있겠어? 친구들도 있는데."

"그, 그건 그럴지도 모르지만……."

토모이치는 뺨에 얼얼한 통증을 느끼며 눈을 굴렸다. 미련이 남는지 「그래도 나쁘진 않을 텐데……」라고 중얼거린다.

현재 시라사키 집안이 가는 곳은 토모이치의 부모님과 형님 가족이 사는 토모이치의 본가였다.

형님 내외에게도 사쿠라라는 딸이 있었다. 카오리보다 네 살 연상이며 성격이 매우 살뜰해 카오리에게는 언니 같은 아이였다.

카오리는 외동딸이기도 해서 정말로 사쿠라를 잘 따랐고, 어릴 적에는 껌딱지처럼 달라붙어서 떨어지지 않을 정도였다. 그런데…….

'큭, 사쿠라를 미끼로 던지면 먹힐지도 모른다고 생각했는

데…….'

그렇게 녹록지 않았다. 아버지는 필사적이다.

하지만 이것도 어쩔 수 없는 일.

절망적인 상황에서 기적처럼 돌아와 준 딸이 아니던가.

그딴, 그딴— 큭, 이름만 떠올리려고 해도 속에서 열불이—.

"그리고 하지메가 있는 마을에서 카오리가 벗어나려고 하겠어?"

아내가 쿡쿡 웃으며 대수롭지 않게 그 이름을 꺼냈다. 최근 토모이치의 정신 상태를 엉망으로 휘저어 놓는, 가장 귀에 담고 싶지 않은 「그 자식」의 이름을!

"그만해, 카오루코! 모처럼 가족끼리 귀성하는 길이잖아?! 우리 귀여운 천사에게 손을 대는 그 망할 꼬맹이 이름을—."

"아.빠?"

토모이치는 등골이 서늘해져 흠칫했다. 보지 않아도 알 수 있었다. 이건 아내와 매우 흡사한 기운! 돌아보면 녀석이 있다! 딸이 어느샌가 어머니에게 물려받은 분노의 구현체— 한냐 씨가!

그래도, 그래도 질 수 없다! 딸의 인생이 걸린 중대사(아빠 시점에서는)다! 눈에 넣어도 아프지 않은 딸이 못된 남자에게 속고 있다! 가만히 있을 수 있겠는가!

"카, 카오리, 진정하렴. 아빠가 살짝 말실수를 했지? 그래도 역시 아빠는 이 여자 저 여자 후리고 다니는 그 망할 자식—."

"……나, 지금 당장 돌아갈래. 이제 아빠랑 말 안 해."

"노! 카오리, 이야기를 들어! 아빠는 너를 생각해서……."

"나를 생각해서 욕을 해? 아빠가 그런 사람인 줄 몰랐어."

"아니야, 카오리! 아빠는 하, 하지, 하지— 그 녀석을 나쁘게 말하려는 게 아니야. 감사도 하고 있어!"

"……정말?"

카오리가 드디어 아버지에게 눈길을 줬다. 백미러 너머로 굉장히 의심스러운 눈빛이 날아들었다.

"정말이고말고. 그 녀석—이 아니라 그 애가 아니었으면 돌아오지 못했다며? 심지어…… 아직 믿을 수 없지만, 너는 한 번—."

"응, 생명의 은인이기도 해."

집으로 돌아온 뒤, 카오리는 오열하는 토모이치와 카오루코를 달래고 이세계에서 있었던 일을 이야기했다. 마법도 실제로 보여 주며 시간을 들여 믿음을 얻었다.

「가족회」 모임에서도 다양한 증거를 보아 피해자 가족들도 지금은 이세계 소환을 의심하지 않았다.

하지만 그렇기 때문에 지금도 심장이 벌렁거렸다.

사랑하는 딸의 죽음. 육체를 바꾸고 사악한 신의 군대와 사투. 까딱 잘못하면 목숨을 잃는, 불리하기 그지없는 러시안 룰렛을 연속으로 하는 듯한 경험.

"네가 돌아온 건 정말로 기적이라는 생각밖에 안 들어. 그 최대 공로자가 그 애고. 평생이 걸리더라도 은혜를 갚아야 한다고 생각할 정도야."

"아빠……."

카오리의 불쾌한 오라가 옅어졌다. 진지한 표정으로 똑바로 앞을 보며 말하는 토모이치의 목소리에 거짓이 없다는 것을 아니까. 카오루코도 깊이, 깊이 고개를 끄덕였다.

실제로 토모이치도 카오루코도 처음 얼굴을 봤을 때는 하지메를 끌어안고 울면서 감사의 말을 되풀이했다.

하지만, 하지만 말이다. 사랑하는 딸을 되찾아 준 감사의 마음과 사랑하는 딸이 친구 이상의 관계를 맺었다는 이야기는 아빠에겐 완전히 별개의 문제였다.

"그래도, 그래도 말이다. 카오리가 있는데도 그 녀석, 대체 문어발을 얼마나 걸치는 거야? 심지어 미안해하기는커녕 뻔뻔하게 나오잖아? 이걸 망할 자식이라고 안 하면 뭐라고 해?!"

"아빠 진짜 싫어!"

"크헉?!"

전국의 아버지가 「딸에게 들으면 마음의 HP가 뭉텅 깎이는 대사」 중 하나를 듣고 토모이치는 당장에라도 피를 토할 것 같았다.

눈시울에 눈물이 고였고 입으로는 「안 돼, 카오리, 마이 엔젤~」이라는 한심한 소리가 흘러나왔다.

"당신도 정말. 소환되기 전부터 카오리가 신경 쓰던 남자애가 있었잖아? 그게 하지메야. 세계를 넘어서 맺어지다니, 근사하잖아."

"그 사실, 나만 몰랐는데?!"

청천벽력이 바로 이런 것이다.

저번 「가족회」 모임에서는 당연히 하지메의 동료들도 소개했다. 그녀들이 목숨 걸고 싸워 준 덕분에 돌아왔다는 설명을 들었으니까 물론 진심으로 감사한다.

그래도 그녀들이 전부 하지메와 깊은 관계라고 한다.

얼라리? 라는 생각이 들지 않겠는가?

딸에게 이세계 이야기를 듣다 보면 토모이치라도 눈치챈다. 카오리가 하지메라는 녀석을 특별하게 생각한다는 것을.

물론 아버지의 솔직한 심정은 평온할 리 없었다. 난생처음 보는 사랑스러운 얼굴로 말하지 말아 달라고 마음속으로 울부짖었고, 떨리는 다리가 멈추지 않을 지경이었다.

그래도 그 이상으로 감사가 컸으니까 하지메라면……이라고 생각했거늘.

배신했겠다! 아버지의 마음을 배신했겠다!

"그리고 그 자식…… 전국의 아버지가 두려워하는 대사 『아버님, 따님을 제게 주십시오』를 그딴 식으로 어레인지해?"

손이 핸들을 빠드득 파고든다. 이를 가는 소리도 들린다. 분노의 불협화음이 차 안을 채웠다.

그럴 만도 했다. 그 자리에서 카오리와의 관계를 폭로한 것도 모자라 『아버님, 따님은 제가 받아 갔습니다. 앞으로도 잘 부탁드립니다』라고 했으니까. 사실이라서 뭐라고 할 수도 없었다.

감사를 반복하던 그 입에서 웃음을 뚫고 자연스럽게―「좋아, 이 자식 죽이자」라는 말이 튀어나와도 아무도 그를 비난할 수 없을, 지도 모른다.

"더군다나 헤어질 생각도 없다고 뻗대! 전부 아내로 삼겠다고? 누굴 바보로 알아?!"

"진정해, 여보. 괜찮잖아. 본인들이 좋다는데. 카오리가 그렇게 행복해하는 표정, 본 적 없지? 다른 아이들과도 친하게 지낸다고 하고. 그치?"

"응. 유에는 아니꼬운 구석이 있지만…… 싫지는 않아. 존경도 해. 모두와 함께 하지메를 지탱하고 싶어…… 에헤헤."

뒷좌석에서 쑥스럽게 볼을 붉히는 딸을 보고 토모이치는 생각했다.

역시 그 자식, 이상한 마법이라도 건 거 아냐? 아니, 100퍼센트 걸었어! 용서 못 해! 라고.

실제로 「가족회」 모임에서는 그렇게 고함치며 덤벼들기도 했다.

모든 것은 사랑하는 딸을 나쁜 남자에게서 지키기 위해. 그런데 덤벼든 토모이치를 붙잡아 말린 것은 정작 딸아이였다.

한편, 하지메는 태연자약하게 미동도 하지 않았다.

그 여유로운 태도(쓰레기 같은 발언이라는 자각이 있어서 가만히 맞아 줄 생각이었다)가 더 마음에 들지 않는다!

결국에는 카오리가 「아빠, 진정해애애애애!」라며 백드롭으로 광분한 토모이치의 의식을 날려 버린 탓에 그때는 그대로 해산했지만…….

그 후, 사실 카오리가 어른의 계단을 올랐다는 사실을 알게 되면서 토모이치의 분노는 더 이상 멈추지 않게 됐다.

이번에도 사실은 하지메 일행의 첫 일본 데이트라는 중요한 이벤트가 있어서 카오리도 참여할 생각이었다. 하지만 그 사실을 안 토모이치가 급히 귀성 일정을 잡은 것이었다.

카오리가 살아서 돌아왔다는 소식에 당연히 조부모와 형님 내외도 바로 달려와 줬지만, 당시는 아직 세간이 시끌벅적하던 때였다.

그때 느긋하게 시간을 내지 못했던 만큼 조부모가 오늘 귀성을 정말로 기대한다고 알려 왔다.

카오리도 그런 이야기를 듣고 「데이트하고 싶으니까 안 가」라고는 차마 말할 수 없었다.

"아빠, 이번에는 어쩔 수 없지만, 다음에는 내 예정도 생각해 줘."

"그럼, 물론 생각해야지."

낮게 으르렁거리는 목소리에서는 「다음에도 반드시 저지해 주마」라는 기개가 엿보였다.

가뜩이나 아버지의 폭언과 폭거로 불쾌하던 카오리의 기분이 더욱 급락했다.

"하지메는 화내지도 않고 이번에는 가족과 지내라고 말해 줬는데. 아빠 마음은 이해한다고도."

"그, 그래? 점수도 벌려고 아첨도 하고 착한 애네!"

원수와 비교당한 토모이치 아빠의 이마에 핏줄이 불룩불룩 튀어나왔다. 더 이상 딸의 기분을 해치지 않으려고 필사적으로 연기하지만, 본심이 섞여 버렸다.

"자자, 둘 다 그 정도만 해 둬. 곧 도착이야."

아버지와 딸의 냉전을 훈훈하게 지켜보던 카오루코가 둘을 달랬다.

앞쪽으로 눈에 익은, 근사한 2세대 주택이 보였다. 토모이치의 본가였다.

토모이치는 딸을 신경 쓰면서 갓길에 주차했다.

……드륵드륵드륵. 불길한 마찰음이 들리지만, 딸 문제로 머리가 꽉 찬 아버지에게는 사소한 일인가 보다. 아내는 두통을 참는 표정이지만.

카오리는 말도 없이 냉큼 차에서 내려 버렸다. 토모이치도 허둥지둥 내려 트렁크에서 짐을 꺼냈다.

“카오리, 짐은 아빠가 다 들어 줄게―.”

“현관까지 갈 뿐인데 호들갑은. 하지메라면 아무 말 없이 들어 주는데.”

카오리는 자기 짐을 휙 들고 바로 등을 돌려 버렸다.

토모이치는 본가 현관 앞에서 털썩 무릎 꿇었다. 젠장, 젠자앙, 나구모 하지메, 라며 네 발로 엎드려 땅을 탕탕 때리던 그때.

“……도착했구나 싶어서 와 봤더니 삼촌, 그런 곳에서 뭐 해요? 이웃들이 보니까 그만하세요.”

카오리가 현관 벨을 울리려던 순간, 뒤쪽 정원에서 돌아 나온 집안 사람이 어처구니가 없다는 투로 말을 걸었다.

갈색 스트레이트 헤어에 모델 같은 8등신 미녀, 시라사키 사쿠라였다. 그 손에는 물이 졸졸 나오는 호스를 쥐고 있었다. 정원에 물이라도 주고 있었나 보다.

"사쿠라 언니!"

"어서 와, 카오리. 조금 안정된 것 같아서 다행이야."

붙임성이 부족한 쿨한 분위기와 외모지만, 안겨드는 카오리에게 보내는 눈길은 카오리의 사촌답게 다정함으로 가득했다.

"걱정 끼쳐서 미안."

"괜찮아, 무사하면 충분해. 이번에는 느긋하게 지낼 수 있지? 못 나눈 이야기를 많이 들려줘."

"응."

"숙모도 어서 오세요. 편하게 지내세요."

"후후, 고마워, 사쿠라. 그럼 들어갈게."

여자들이 사이좋게 집으로 들어갔다.

그 후에는 네 발로 엎드린 토모이치 아빠만 남았다. 무척 연민을 자아내는 모습이었다……

날이 저물고 어스름이 깔리는 바닷가의 길을 카오리와 사쿠라가 진짜 자매처럼 나란히 걷고 있었다.

"라이브, 열기가 엄청났지? 그런 곳에는 잘 가지 않으니까 심장이 두근거렸어."

"그래? 그럼 다행이네. 지방 밴드뿐이라서 별로일 줄 알았는데."

사쿠라의 집에서 열렬한 환영을 받은 카오리는 잠시 집에서 근황을 나누며 한가롭게 시간을 보냈다.

그러다가 저녁, 마침 지방 밴드가 모인 미니 라이브가 해변에서 열린다고 해서 기분 전환 겸 보러 나온 것이었다.

소동이 한창일 때는 마음대로 밖에 나오지 못했으리라고 생각한 사쿠라의 소소한 배려이기도 했다.

싱글싱글 웃는 동생을 보며 잘 즐겨서 다행이라고 안도하지만, 사쿠라의 표정은 살짝 굳어 있었다.

그 원인은 하나. 사쿠라는 어깨 너머로 뒤를 돌아봤다.

"우으, 카오리. 마이 엔제엘. 슬슬 아빠랑 눈을 맞춰 주지 않으련? 아빠, 쓸쓸해서 죽어 버릴 거야."

바로 토모이치였다. 젊은 여자애 두 명이 라이브에 가면 무슨 일이 있을지 모른다며 따라온 것이다.

하지만 그는 카오리가 하지메나 동료에 대해서 즐겁게 이야기할 때마다 사사건건 트집을 잡았고…….

그 뒤는 말하지 않아도 되리라.

솔직하게 말하면 사쿠라 언니는 질질 짜며 따라오는 아저씨도 싱글싱글 웃으며 들리지 않는 척하는 카오리도 굉장히 무서웠다.

카오리의 심정은 이해한다. 같은 딸로서 공감할 수 있으니까. 그래도 소중한 동생의 특수한 연애 사정을 생각하면 토모이치의 마음도 이해할 수는 있었다.

양쪽 사이에서 이러지도 저러지도 못하는 상황. 아버지와 딸의 냉전은 사쿠라의 위장 벽에 지대한 영향을 주고 있었다.

이제 뭐가 됐든 좋으니까 이 부녀의 귀찮은 냉전을 끝낼 뭔가가 일어나지 않을까, 라는 현실 도피에 가까운 생각을 하는데…….

"어라? 방금 라이브에 있었지? 엄청 우연이네! 이야기 좀 하지 않을래?"

소원이 하늘에 닿은 것일까. 척 봐도 놀기 좋아하는 경박한 분위기의 남자 다섯 명이 히죽대며 말을 걸었다.

사쿠라는 속으로 머리를 감쌌다. 이런 걸 바란 게 아니다, 라고.

"미안해. 예정이 있어서."

"놀러 가는 거지? 그럼 같이 가자. 사람이 많은 편이 재밌잖아?"

사쿠라가 정중하게 거절했지만, 헌팅 집단은 히죽대며 둘을 둘러쌌다.

깨달았다. 아, 말이 안 통하는 타입이다, 라고.

사쿠라도 카오리도 어디서 쉽게 보기 힘든 미소녀, 미녀였다. 쉽게 포기할 생각은 없나 보다.

하지만 사랑하는 딸과 귀여운 조카에게 작업을 걸면 아버지가 가만히 있을 리 없었다.

"너희, 비켜 줄래? 라이브를 잘 보고 나왔는데 서로 얼굴 붉힐 필요 없잖나."

"엉? 아저씨는 뭐야?"

"애 아빠다. 딸이랑 집으로 가는 길이지."

토모이치는 생글생글 웃으며 가급적 온화하게 말했지만, 남자들은 잠시 침묵하더니 낄낄 웃어 댔다.

저마다 토모이치를 무시하는 언사를 내뱉었다. 그래도 토모이치는 딱히 짜증 난 기색도, 겁먹은 기색도 없이 온화하게 설득을 이어갔다.

무슨 말을 들어도 동하지 않는 그 태도가 거슬렸는지, 남자들은 비웃음을 멈췄다.

"진짜 작작해, 아저씨. 적당히 놀고 돌려줄 테니까 좀 꺼져."

남자 중 한 명이 카오리를 토모이치에게서 떼어 내려고 손을 뻗었다. 그 손을 토모이치가 잡았다.

"우리 딸한테 손대지 말아 주겠나?"

토모이치는 가느다란 눈을 더 가늘게 뜨며 제지했다.

딱히 싸움을 잘하지는 않는다. 직업은 1급 건축사며 싸움 실력을 드러낼 기회도 없었다. 그래도 인생 경험을 쌓은 성인 남성의, 그것도 딸을 지키려는 아버지의 안광에는 상당한 박력이 있었다.

"아씨, 귀찮게 구네."

그래서 남자는 자기도 모르게 기가 죽었다. 그리고 그 사실에 격분했다. 토모이치의 손을 뿌리치는 동시에 충동적으로 주먹을 날린다.

토모이치에게서 탁한 소리가 새어 나오고 입술 끝에 붉은색이 번졌다.

그래도 의연한 태도를 무너뜨리지 않는 토모이치에게 남자
는 새빨개진 얼굴로 주먹을 들었고―.

"삼촌!"

사쿠라가 소리치고 경찰에게 연락하려고 스마트 폰을 꺼냈
다. 그것을 본 다른 남자들이 험악한 분위기로 다가오는데―.

"뭐 하는 거야? 응?"

소름이 끼쳤다. 그곳에 있던 모두에게.

그리고 깨달았다. 어느샌가 토모이치 옆에 있는 카오리가
남자의 주먹을 한 손으로 막고 있는 것을.

털이 곤두서는 오한과 여고생 정도의 여자애가 조용히 미
소 지으며 연상 남자가 진심으로 휘두른 주먹을 한 손으로 막
은 기이한 광경에 다들 굳어 버렸다.

그런 가운데 카오리는 미소와 대조될 만큼 평탄한 어조로
되물었다.

"우리 아빠한테 뭐 하는 거냐고 물었는데?"

"너, 넌 또 뭐야?! 네 아빠가 말장난만 하니까 교육해 주는
거뿐이잖아!"

카오리가 발산하는 위압감에 남자는 더 격앙했고, 고래고래
소리치며 손을 뿌리치려고 했다.

"맞아. 아빠가 항상 장난만 쳐서 곤란하긴 해. 과보호라서
아직도 날 어린애 취급하고, 금방 삐지고, 하지메 욕만 하고."

"크아, 뭐, 뭐야? 이 괴력은?!"

아연실색하는 이들은 눈에도 들어오지 않는지 카오리는 혼

자서 주절거렸다. 모든 체중을 실어서 주먹을 빼려는 남자에게는 눈곱만큼도 신경 쓰지 않았다.

마치 금속 구속구로 벽에 고정된 것 같은 광경이었다.

다른 남자들이 당황했다. 옆에서 보면 거의 팬터마임이었다. 하지만 꼼짝도 하지 않는 카오리에게 반쯤 공황을 일으킨 동료를 보면 그게 장난이 아닌 것은 일목요연했다. 이해할 수 없는 광경에 뇌가 판단을 내리지 못했다.

"그래도 착한 사람이야. 아무리 일이 바빠도 대화할 시간을 내려고 하고, 싸움도 잘 못하면서 항상 지켜 주려고 하고, 열심히 하면 많이 칭찬해 주고, 잘못하면 혼도 많이 내."

카오리의 시선은 이미 남자들을 향해 있지 않았다. 말 그대로 안중에도 없었다. 그 눈동자에 비치는 것은 옆에 있는 아버지뿐이었다.

"……아빠, 미안. 때리기 전에 막아야 했는데. 이런저런 생각이 나서 늦었어. 지켜 주려고 해서, 고마워."

"카오리……."

눈썹을 팔자로 뜨고 진심으로 미안한 듯 사과하는 카오리에게 토모이치는 그 이름을 부를 뿐이었다.

그것밖에 할 수 없었다. 왜냐하면 딸이 무척 어른스러워 보였으니까. 진작 자기 슬하를 벗어나 독립한 것처럼 보였으니까.

이런 상황인데 가슴을 채우는 쓸쓸함에 말문이 막혔다.

카오리는 그런 토모이치에게서 주위의 남자들에게로 시선을 돌렸다. 방금과는 180도 다른 얼음처럼 차가운 눈빛이었다.

"우리 아빠는 세계에서 제일 멋진 아빠야. 너희 같은 인간이 무시할 사람이 아니야!"

"야, 그만 쫑알대고 놔— 부헥?!"

남자는 반대 손으로 카오리를 때리려고 했지만, 그 전에 원하던 대로 손이 풀려났다.

하늘을 찌를 듯한 발차기라는 보너스까지 붙어서.

아주 아름다운 포물선을 그리는 그를, 다른 남자들이 고양이 낚싯대를 바라보는 고양이처럼 눈으로 좇았다.

남자는 철퍽 소리를 내며 땅을 굴렀다. 움찔움찔 경련할 뿐 일어날 기미는 없었다.

밤길이 찬물을 끼얹은 듯 조용해졌다.

"이대로 사라지면 못 본 척해 줄게."

카오리의 말이 낭랑하게 울렸다. 남자들은 서로를 돌아봤다. 이만큼 이상하다고 느꼈으면 보통 쏜살같이 도망갈 법도 한데…….

"세계는 달라도 너희 같은 사람은 깜짝 놀랄 만큼 패턴이 똑같네?"

이미 무슨 말인지 알아듣기도 힘든 욕지거리를 퍼부으며 알량한 자존심을 선택한 남자들에게 카오리는 한숨밖에 나오지 않았다.

싸늘한 눈빛보다, 분노가 묻어난 말보다, 그 태도가 훨씬 남자들의 마음을 자극했다.

"죽여 버—."

혈관이 터질 듯 새빨개진 얼굴로 달려든다— 하지만 그 직전, 철컹 소리가 그 말과 함께 행동을 끊었다. 남자들의 시선이 미끄러지듯 카오리의 손으로 이동했다.

어디서 꺼냈어? 왜 그런 걸 들고 다녀?

눈이 그렇게 말하고 있었다. 카오리의 양손에 쥔 신축형 특수 호신봉을 보고.

특수 제작품일까? 묘하게 무겁고 1미터 이상은 되어 보였다. 결코 여고생이 들고 다녀도 될 물건이 아니었다.

"카, 카오리? 그건 어디서……."

봐라, 사쿠라 언니까지 기겁했다.

설마 상상이나 했겠는가. 카오리가 새끼손가락에 낀 반지에는 강철도 가르는 쌍대검을 시작으로 흉악한 무기들이 들어있다고.

호신봉은 이런 일도 있을까 싶어서 하지메가 준비한 일본용 자비 무기라고.

결과는 당연히…….

"그딴 허세에 겁먹을 리— 으갸아악?!"

특수 호신봉(아잔티움제, 전기 두르기 부여) 이도류가 밤의 해변길에서 번뜩였고, 젊은이들은 맹렬하고 통렬한 사회 공부를 하게 됐다. 사라지지 않는 트라우마와 함께.

"삼촌, 잘됐네요. 카오리가 삼촌을 위해서 화냈어요."

"……그, 그렇지. 게다가 「등 뒤의 무언가」도 또렷하게 보이고. 왠지 예전보다 박력이 늘어난 기분도 들어."

포물선을 그리며 밤하늘을 날아가는 남자들. 사쿠라와 토모이치는 먼 산이라도 보듯 그것을 바라봤다.

마지막으로 차곡차곡 쌓아 올린 남자들의 기억을 혼백 마법으로 손본 카오리가 아주 상쾌한 표정으로 돌아왔다.

뭘 했는지는 모르지만, 제법 잔인한 짓을 했다는 것만은 알겠다.

토모이치와 사쿠라는 부르르 떨었다. 마음은 하나였다.

바로 카오리를 정말로 화나게 하면 안 된다는 것이었다.

해변길을 따라 조금 멀리 돌아서 귀로에 오르는 카오리와 토모이치.

사쿠라는 먼저 집으로 돌아갔다. 카오리가 토모이치와 할 이야기가 있는 것처럼 안절부절못하기에 눈치를 보고 자리를 비켜준 것이다.

"아빠, 이제 안 아파?"

"그래, 괜찮아. ……마법이란 건 정말 대단하구나. 이미 여러 번 봤지만, 아직도 감탄스러워."

그 말에 카오리는 표정을 부드럽게 풀었다. 그리고 말을 고르듯 눈을 이리저리 돌렸다.

무슨 말을 하려는지 눈치채지 못할 토모이치가 아니었다. 한숨 쉬고 싶은 마음을 꾹 참았다.

"카오리, 하고 싶은 말이 있으면 해 봐. 세계 제일의 아빠가 어떤 이야기든 들어줄게."

아버지의 말에 카오리가 눈을 동그랗게 떴다. 그리고 피식 웃고 「그럼」이라며 입을 뗐다.

"그게 있지, 방금 깨달았는데 하지메는 아빠랑 닮았어."

"……잠깐만 기다려 줄래, 카오리. 아빠에게도 받아들일 수 있는 한계가 있단다. 그 하렘남이랑 닮아? 아빠, 잠시만 여행을 떠나도 되겠니? 괜찮아, 1년 정도 자아 성찰을 하면 다시 일어설 수 있을 거야."

만화에나 나올 듯한 경악한 얼굴에서 충격받은 얼굴로 변했다. 카오리는 자기도 모르게 웃음을 터뜨릴 뻔하면서도 고개를 저었다.

"아하하, 아니야. 지금 하지메가 아니라 예전 하지메."

"예전?"

의아해하는 토모이치 옆에서 카오리는 그리운 듯 눈을 가늘게 떴다.

"응, 예전. 싸움도 전혀 못 하면서 필요하다고 생각하면 망설이지 않고 뛰어드는, 그런 약하고 강한 사람."

그래서 신경 쓰였던 것이라고 생각한다. 아버지 같은 사람과 함께라면 행복하다는 것을 어머니를 보고 알았으니까.

희미하게 웃음을 머금고 말하는 딸에게 토모이치는 매우 복잡한 표정을 지었다.

기쁘긴 한데, 뭔가 순수하게 기뻐할 수 없다.

“……믿기 어려운데. 지금 그 애를 보면 전혀 상상이 안 돼…….”

“그렇지. 나도 다시 만났을 때는 마음이 흔들렸으니까. 그 정도로 변했어. 변하지 않으면 안 될 만큼 큰일이 있었던 거야.”

“그건…… 그렇겠지. 이야기는 들었으니까.”

“응. 그래도 있지, 정말로 깊은 부분은 변하지 않았어. 그래서 하지메를 좋아하는 사람이 그렇게 많은 거야.”

단순히 불성실한 사람이 그 많은 사람에게 둘러싸이는 건 이상하잖아?

아빠 딸은 그런 남자에게 끌릴 만큼 바보가 아니야.

그렇게 말하면 토모이치도 반박하기 힘들었다.

끙, 하고 이상한 앓는 소리를 내며 의미도 없이 돌멩이를 찼다.

“……네가 고른 사람이야. 알고는 있어. 그래도, 아무리 그래도 역시 아버지로서 받아들이기 어려워. 아버지라면 자기 딸을 가장 소중하게 생각하는 사람과 맺어지기를 바라는 게 당연하잖아?”

깊은 한숨을 내쉬었다. 난처하게 머리를 긁적이는 아버지의 팔에 카오리가 기뻐하며 매달렸다.

“고마워, 아빠. 그래도 나는 자신 있어. 그야 첫 번째는 아닐지 모르지만, 누구에게도 지지 않을 만큼 행복해질 수 있다고.”

그렇게 말한 카오리는 목걸이에 걸린 반지를 보여 줬다. 「보물고」와는 다른 단순한 반지지만, 사랑하는 사람의 맹세가 담긴 영원을 약속하는 반지였다.

물론 토모이치의 표정은 몹시 떨떠름했다. 무슨 끔찍한 것이라도 본 것처럼.

"아빠, 하지메는 소중한 사람의 소중한 걸 전부 소중하게 생각해 주는 사람이야. 그러니까 아무리 아빠가 싫어해도 절대로 포기하지 않아."

"……가족을 만나고 싶다는 일념으로 나락에서 기어 올라오고, 연인을 위해서 신도 쓰러뜨린 녀석이, 절대로?"

"후후, 맞아. 절대로."

그건 난적이다. 포기할 미래가 조금도 보이지 않는다. 벌써 몇 번째인지 모를 깊디깊은 한숨이 흘러나왔다.

"비상식적인 일인 건 알아. 걱정 끼쳐서 미안해, 아빠. 그래도—."

카오리가 똑바로 토모이치를 바라보면서 말했다.

"시간이 걸려도 되니까 아빠도 하지메를 소중하게 생각해 주면 좋겠어. 나의 소중한 사람을 아빠도 소중하게 생각해 주면 좋겠어."

파도 소리가 딸의 말을 지워 주면 좋았을 텐데, 라고 생각했다. 언제까지고 들리지 않는 척할 수 있다면 얼마나 좋을까.

토모이치는 딸과 눈을 맞추지 않고 벌레라도 씹은 표정으로 어둠 너머의 바다를 바라봤다.

그 눈동자에는 갈등이 엿보였다. 다양한 감정이 가슴속에서 소용돌이치는 것을 알 수 있었다.

기나긴 침묵이 이어졌다. 발소리와 파도 소리만이 두 사람의 귀를 간지럽혔다.

이윽고 오늘 들은 것 중 가장 큰 한숨이 나왔다. 돌아보니 토모이치가 힘없이 어깨를 떨어뜨리고 있었다. 마치 항복한 사람처럼.

"······딸의 행복을 바라는 아버지라면, 들어줄 수밖에 없잖아."

꺼질 듯한 목소리. 하지만 몸에서 힘을 뺀 듯한 중얼거림. 토모이치는 카오리에게 한쪽 손을 내밀었다.

"카오리. 그 녀석한테······ 하지메한테 연락해 주겠니?"

"아빠······ 응, 잠깐만."

스마트폰을 꺼내고 통화음이 울린다. 곧 전화를 받은 하지메에게 사정을 설명했다.

하지메는 특별히 불편한 기색 없이 승낙했다. 하지메의 여유로운 태도에 토모이치의 얼굴이 다시 떨떠름해졌다.

그런 아버지에게 쓸쓸히 웃으며 카오리는 스마트폰을 건넸다.

"······나다."

『마지막으로 뵌 게 「가족회」였죠. 다시 말을 나눌 수 있어서 기쁩니다.』

"흥! 나는 두 번 다시 나눌 생각이 없었어!"

『······? 할 이야기가 있어서 연락하신 거 아니었나요?』

"큭. 여전히 말은 잘하는군. 우리 딸도 그렇게 구워삶았나?"

『설마요. 굳이 따지면 붙잡힌 건 저라고 생각하는데요..』

"그러니까 뭐야?『나는 딱히 별생각 없었는데 카오리가 하도 매달리니까 사귀어 줬을 뿐인데요~?』라는 소리냐?! 대체 네가 뭔데ㅡ."

"아. 빠?"

"죄송합니다."

하지메의 목소리를 들으면 조건 반사로 적개심이 끓어 넘쳐. 봐주라.

그렇게 눈빛으로 전하는 아버지에게 카오리는 미심쩍은 눈길을 보냈다.

한냐의 기운이 느껴진다…… 아버지니까 알 수 있다. 식은땀을 흘리면서도 헛기침으로 분위기를 환기했다.

"어흠. 그게…… 전화한 이유는 다름이 아니고…… 나도 여러모로 생각하는 바가 있었어. 딸을 가진 아버지는 딸 옆에 있는 남자를 아무래도 좋게 보기 힘들거든."

『이해합니다. 저도 아버지가 되어 주기로 결심한 딸이 있으니까요. 만약 딸이 저 같은 남자를 데리고 오면 틀림없이 온몸의 뼈를 박살 내고 콘크리트에 묻어서 태평양 한가운데 버리러 가겠죠.』

"어? 아, 응. 그, 그렇지. 나, 나도 그 정도는, 응, 할 수 있을걸?"

『아뇨, 죄송합니다. 그 정도로는 부족하죠? 지금 당장 운석이라도 하나 떨어뜨리고 싶으실 겁니다. 누가 말려들든 말든 전부 새빨갛게 물들이고 싶다고 생각하시죠?』

"……자, 잘 아는군!"

이번에는 다른 의미로 토모이치의 이마에 식은땀이 흘렀다.

과격하다는 수준을 아득히 넘어선 적의였다. 그것도 장래에 나타날지 모를 가공의 남자를 상상했을 뿐인데 일본이 위기에 빠질 정도였다.

한순간 참으라고 말할 뻔했지만, 그건 왠지 아버지로서 패배하는 기분이었다. 그래서 그만 경쟁하고 말았다.

"어흠. 아무래도 내 마음은 잘 아는 모양이니까 그 이야기는 잠시 미뤄 두지. 그걸 감안하고 자네에게 확인하고 싶어."

『네.』

"모두와 부부가 된다…… 그 뜻을 꺾을 생각은 없다. 그렇지?"

『네. 상식 밖의 일이고, 아버님처럼 불쾌하게 생각하는 사람이 있다는 것도 압니다. 그래도 철회하지는 않아요. 앞으로 무슨 일이 있어도 반드시. 인정받을 때까지 평생 노력할 생각입니다.』

"……자랑이 아닌데도 당당하군."

『언젠가 이게 제 나름의 성의와 각오라고 인정받는 날이 오도록 최선을 다할 겁니다.』

토모이치의 스마트폰을 쥔 손에 힘이 들어갔다. 정말로 말도 안 되는 소리다.

하지만 그는 진심이다. 인정할 수밖에 없을 만큼 그 마음이 전해진다.

"지금 당장 네 얼굴을 한 대 갈기고 싶어."

『얻어맞을 각오라면 하고 있는데요.』

"딸한테 혼나잖아. ……에효, 정말로 우리 딸이 왜 자네랑 만났는지 몰라."

토모이치는 그 자리에 멈춰 섰다. 집이 이미 눈에 보였다. 이대로 집으로 들어갈 생각은 들지 않았다. 그 전에 물어야 할 말이 있으니까.

"딸의 행복을 바라지 않는 아버지는 없어."

『네.』

"그 딸이 행복하다고 해. 내가 본 적 없을 만큼 귀여운 표정으로."

딸을 봤다. 정말로 질투가 날 만큼 귀엽게 웃으며 고개를 끄덕였다.

"웃기지도 않은 미래를 밀어붙이려는 망할 자식에게 물으마. 우리 딸한테, 카오리한테 쭉 이런 표정을 짓게 해 주겠다고 맹세할 수 있나? 나는 행복하다고 평생 가슴을 펴고 말할 수 있는, 그런 여자애로 만들어 주겠다고 맹세할 수 있나?"

전화 너머로 갑자기 분위기가 바뀌는 것이 느껴졌다. 그건 지금부터 하는 말에 영혼을, 의지와 마음을 전부 쏟겠다고 전해지는 침묵이었고…….

『맹세라면 이미 옛날에 했습니다. 절대로 어기지 않습니다.』

"……."

멈춰 선 채 토모이치는 하늘을 우러렀다.「젠자아아앙―!」 이라고 외치고 싶은 충동을 억눌렀다.

그리고 압착기로 꽉 쥐어짜듯이, 딸의 소원을 이루기 위해 말을 짜냈다.

“……다음에 우리 집에 들러. 식사라도 하지.”

『감사합니다. 금방 찾아뵙겠습니다.』

토모이치의 팔에 충격이 퍼졌다. 돌아보니 카오리가 만면에 웃음을 띠고 안겨 있었다.

작은 목소리로 「아빠, 고마워. 사랑해!」라는 최고의 선물을 받았다. 피를 토하는 심정으로 쥐어짠 말도, 답답하던 마음도 그 말을 들으니 조금 보답받은 기분이었다.

동시에 이게 다 하지메라는 존재 때문이라고 생각하자 패배감이 밀려들었다.

“차, 착각하지 마! 딱히 자네를 인정한 건 아니니까! 조금이라도 카오리를 슬프게 해 봐! 그거, 그거 한다! 태평양이랑 운석이야!”

『하하, 무섭네요. 명심하겠습니다.』

마치 츤데레 같은 대사에 하지메도 카오리도 무심결에 웃고 말았다.

그렇게 좋게 좋게 이야기가 끝나려던— 그때였다.

『……하지메♪ 야한 속옷, 입어 봤어. 어때?』

『하지메 씨~! 봐 주세요, 하지메 씨가 고른 이 속옷, 엄청난 곳에 구멍이 나 있어요오!』

『주인님, 오늘 밤은 다 같이 야전이다! 애욕에 흠뻑 젖어 보자꾸나!』

『잠깐, 야! 하필 타이밍이! 노크를 하라고 내가 몇 번—.』

전화 너머에서 왠지 흥분과 교태가 섞인 목소리가 들렸다.

토모이치의 얼굴에서 감정이 싹 빠져나갔다. 카오리도 한순간 빵긋 웃었지만, 정색한 아버지를 보고 머리를 감싸 쥐었다.

"……어이, 변태 자식."

『……?! 오해예요, 아버님. 해명할 기회를─.』

"줄 거 같아? 후후, 이상한걸? 너는 정말로 이상한 애야. 후후후."

토모이치에게서 으스스한 웃음이 올라왔다. 그리고 카오리가 뭐라고 말하기 전에─ 폭발했다.

"아까 한 말은 취소다, 이 망할 자식아! 너 같은 변태한테 우리 딸은 절대 안 줘! 일평생 다가오지도 마! 너 같은 놈은 태평양에서 운석이나 맞아아아아아!!!!"

『잠깐, 기다─.』

소리치자마자 토모이치는 지금까지 쌓일 대로 쌓인 스트레스를 풀듯 스마트폰을 땅에 패대기쳤다. 빠각, 하며 시원하게 박살 났다.

옆에서 「내 포오온─?!」이라는 비통한 외침이 울려 퍼지지만, 딸을 지키는 아버지라는 이름의 전사가 된 토모이치에게는 들리지 않았다.

심지어 그 스마트폰이 불구대천의 원수라도 되는 양, 혹은 두 번 다시 전화 너머의 가증스러운 짐승 자식과 말을 섞지 않겠다는 양 콱콱 짓밟았다.

"아, 아빠! 그걸 왜 부숴!"

"그 망할 자식과의 연을! 전력을 다해 끊는 거야! 카오리,

앞으로 절대 그 변태와 만나지 마! 아빠와 약속해!”

물론 그런 약속을 할 리 없었다. 그보다 야한 속옷을 골라 줬구나…… 라고 살짝 부럽기도 했다.

그런 딸의 심정이 전해졌는지, 토모이치는 부들부들 떨기 시작했다. 그리고…….

“아빠는! 저~얼대로 인정 못 해애애애애애!!!!!!”

밤의 주택가에 영혼을 실어 선언하고 집과 반대 방향으로 달려가 버렸다.

딸이 알아줄 때까지 가출할 작정으로.

아버지의 의도를 깨닫고 카오리는 어깨를 축 늘어뜨렸다.

“보통 알아주지 않아서 가출하는 건 딸 아니야~?”

그리고 자신을 소중하게 생각해 주는 기쁨과 황당함이 절묘하게 블렌딩된 표정을 지으며 아버지의 뒤를 쫓았다.

딸이 사랑하는 사람을 절대로 인정하고 싶지 않은 아버지와 어떻게든 인정받고 싶은 딸의 한밤중 술래잡기가 시작됐다.

그 후, 하지메가 토모이치에게 인정받았는지 어떤지는…….

일단 신을 죽일 때만큼 노력했다고만 말해 두겠다.

제5장 ◆ 야에가시 집안의 비밀

나구모 집 지하가 마개조되기 전날, 정오를 넘긴 시각.

하지메는 어떤 강변의 주택가를 무표정으로 걷고 있었다.

딱히 기분이 나쁘지는 않지만, 목적지를 생각하면 발걸음이 조금 무거워졌다. 대응하기 어려운 일이 확실하게 생기기 때문이었다. 벌써 몇 번이나 들렀는데 갈 때마다 놀라게 된다…….

"대미궁에 들어갈 때가 차라리 편했어. 뭐, 받아들일 수밖에 없나."

복잡미묘한 웃음이 떠오르지만, 뺨을 쳐서 정신을 가다듬었다. 필요성을 생각해도, 장래를 생각해도 이것만은 피해 갈 수 없는 길이니까.

길을 따라 길게 이어지는 훌륭한 울타리에 접어들었다. 목적지인 주택이었다.

울타리를 따라서 걷다 보니 중후한 목조 대문이 나왔다.

문은 열려 있었고 안쪽으로 넓은 부지와 큰 일본 가옥, 정확히는 저택이 보였다.

저절로 옷매무새를 고치게 되는 역사가 느껴지는 집이었다.

문패에 적힌 글자는 「야에가시」. 큰 원목 간판에는 「야에가시 유도장」이라는 글자도 있었다.

문 옆에 있는 라미네이팅 가공된 벽보에는 일반적인 검도 교실 안내도 적혀 있어, 이 문턱을 넘는 심리적 기준을 조금 낮춰 주고 있었다.

그렇다, 이곳은 도장이 병설된 시즈쿠의 친가였다.

사전에 방문 연락은 해 뒀다. 그대로 현관까지 들어와도 된다고 들었다.

하지만 왜일까. 열린 문일수록 발을 내딛기 망설여진다. 하지메의 경계 센서가 왱왱 울리고 있었다.

그래서 하지메는 문기둥에 달린 인터폰 버튼을 눌렀다.

『네, 누구신가요?』

알고 있었던 것처럼 즉시 여성이 대답했다. 차분하고 귀가 편안한, 어른이라는 느낌을 주는 음성이었다.

「가족회」에서 얼굴을 보기도 했고, 사정이 있어서 반 아이들 중에서 가장 만날 기회가 많았던 야에가시 집안이기 때문에 잘못 들을 리 없었다.

야에가시 키리노. 시즈쿠 어머니의 목소리였다.

"나구모 하지메입니다."

『어머, 시간에 딱 맞춰 왔네요, 하지메 씨. 어서 와요. 그런데 당신이라면 그냥 들어와도 된다고 전달하지 않았던가요?』

"가까운 사이일수록 예의를 지키라고 하니까요."

『후후, 그렇다고 칠까요..』

역시 조금 거북하다. 내심 그렇게 생각하며 심호흡하고 부지 안으로 발을 내디뎠다.

그 순간, 휙 하고 바람을 가르는 소리가!

"역시나……."

대수롭지 않게 이마 앞에 내민 손. 그 손가락 사이에 작은 공 세 개가 껴 있었다.

날아든 물건을 잡은 것이다. 조금 힘을 줘서 깨자 수상한 가루가 나왔다.

여러 향신료의 냄새가 강렬하게 비강을 찔렀다. 최루탄이다.

이마에 명중해 내용물이 퍼지면 보통 사람은 눈물 콧물 범벅이 되고 멈추지 않는 기침으로 몸부림칠 것이다.

"어느 시대냐고 따지고 싶지만…… 이 가문이니까."

귀환 후 소동을 통해 알게 된 야에가시 집안의 지식. 그리고 시즈쿠와의 관계를 전한 결과가 이것이라면 하지메는 맞서 싸울 뿐이다.

그래도 역시 헛웃음은 나오지만.

왜냐면 야에가시 집안은 정말로 예상을 초월한 어처구니없는 가문이었으니까.

안채 현관까지 상당한 넓이를 자랑하는 마당을 걸어갔다.

이곳은 눈을 즐겁게 해주는 일본식 정원이 아니라, 손질은 하지만 잡초와 자갈이 깔린 평범한 마당이었다.

정문에서 현관까지는 디딤석이 깔렸고 석등이 불규칙하게 놓였으며 큰 나무도 몇 그루 보였다. 좌측 안쪽에는 작은 연못도 있었다.

조금 떨어진 곳에는 독립된 단층 건물이 보였다. 야에가시 류 도장이었다.

하지만 휴일인 이날, 평소에는 많은 문하생이 대련에 힘쓰는 소리가 들릴 그곳이 으스스할 만큼 조용했다.

커다란 나무 옆을 지나면서 무심코 메마른 웃음이 나올 뻔했다— 살기!

위를 보자 목도를 머리 위로 치켜들고 나뭇가지에서 뛰어내린 노인이 하카마를 휘날리며 떨어지고 있었다! 검에 실린 기운이 심상치 않고 눈에는 일격필살의 의지가 깃들었다!

"실례합니다, 슈조 씨."

바위 정도라면 깨부술 일격을 한 손으로 가볍게 받아낸 하지메는 평범하게 머리 숙여 인사했다.

흰머리에 주름이 깊어 80대 정도로 보이는 이 노인은 야에가시류 사범이자 시즈쿠의 친할아버지니까 예의는 차려야 한다.

그보다 오늘로 세 번째 방문인데 저번 두 번도 습격받아 솔직히 익숙해졌다.

이번에도 올 거라고 생각해서 발걸음은 무거웠지만.

"음, 잘 왔다, 하지메. 천천히 있다가 가게."

"감사합니다."

온화한 말과는 달리 슈조는 무표정으로 목도를 꾹꾹 밀어붙였다. 객관적으로 보면 완전히 정신 나간 사람이었다.

말없이 바라보는 슈조와 하지메.

잠시 후, 슈조는 역시 아무 일도 없었던 것처럼 물러나더니 걸음을 돌렸다.

"점심은 아직 안 먹었지? 지금 준비하는 중이니 그때까지 시즈쿠와 지내도록 하게. 방에 있을 게야."

"먼저 보고와 논의부터 하지 않아도 되나요?"

"말하지 않았나? 천천히 있다가 가라고. 열심히 힘써 준 모양이니까."

"아, 네. 감사─."

슈조의 기운이 흐려졌다. 그리고 그 순간을 노린 것처럼 새로운 살기가!

퍼뜩 숙인 하지메의 머리 위로 날카롭고 거친 폭풍이 지나갔다. 누군가의 상단 발차기였다.

이어서 몸을 숙인 하지메의 시야 끝으로 하카마 옷자락이 보였다. 어떤 자세로 날렸는지, 시간 차를 거의 두지 않고 물 흐르듯 자연스럽게 하단 발차기가 날아들었다.

그것을 옆으로 뛰어 피하면서 한 손 물구나무의 요령으로 몸을 돌려 착지했다. 그 시선 앞에는 자세를 가다듬는 습격자가 있었다.

"안녕, 하지메. 잘 왔어. 천천히 있다가 가."

"……감사합니다, 토라마사 씨. 실례하겠습니다."

야에가시 토라마사. 시즈쿠의 아버지이자 야에가시류 부사범. 대체 어디서 생겼는지 모를 뺨에 난 세 줄기 상처가 트레이드마크인 험상궂은 중년이었다.

친아버지인 슈조와 같은 말을 역시나 무표정으로 말하며 아무 일도 없었던 것처럼 떠났다.

그 순간, 옆에서 고속으로 목도가 날아온다! 머리를 휙 꺾어 피한 하지메는 근처 석등 뒤에서 혀를 차는 소리를 똑똑히 들었다.

또 이번에는 물이 첨벙 튀는 소리가! 연못 안에 숨어 있던 아저씨 문하생이 날뛰는 매 같은 포즈로 튀어나왔다! 그 입에서 무수한 바늘이 발사된다!

하지메는 그것들을 검도의 발걸음처럼 미끄러지듯 피했지만, 그 직후, 뭔가를 깨닫고 그 자리에서 크게 백 텀블링했다.

간발의 차로 땅 아래에서 튀어나오는 목도와 흙투성이 젊은 문하생. 작게 「쳇, 보내 버릴 수 있었는데」라고 투덜댔다.

그 말에 어색하며 웃으면서 착지한 하지메는 빠르게 팔을 들어 날아든 물건을 잡았고, 그대로 반대 방향에서 날아든 물건을 쳐서 떨어뜨렸다.

잡은 물건은 화살이었다. 끝은 고무였지만 분명히 화살이다. 궤도를 거슬러 오르자 안채 지붕 위에서 활을 겨누는 문하생들이 있었다. 반대쪽 문 위에도 뭔가를 투척한 것처럼 팔을 교차한 문하생이…….

하지메는 깊이 고개를 끄덕였다. 그리고 반쯤 확신하면서 물었다.

"저기, 토라마사 씨. ……야에가시류는 사실 닌자 유파죠?"

"무슨 소리야? 닌자가 현대에 있을 리 없잖아, 하지메. 만화를 너무 많이 본 것 아닌가? 시즈쿠의 반려가 되려는 사람이 그러면 곤란해."

"그, 그런가요. 하지만……."

"그리고 「닌자」가 아니야. 「시노비[#3]」다. 틀리지 말도록."

"사실상 실토 아닌가요?"

주위를 보자 연못에 숨었던 아저씨 문하생이 도복을 벗고 있었다. 그 안에는 검은 닌자 복장이……

방금 쳐서 떨어뜨린 물건을 보자 전에 박물관에서 본 봉형 수리검과 흡사한 물체가 흩어져 있고— 몸을 앞으로 기울여 바람처럼 달리는, 이른바 닌자 달리기를 구사하는 문하생이 눈 깜짝할 사이에 그것들을 챙겨 갔다.

지붕 위 문하생은 끝에 갈퀴가 달린 밧줄을 써서 가뿐하게 내려왔다.

그들을 가리키며 토라마사에게 시선을 돌리지만…… 어느 샌가 사라졌다. 간신히 안채로 들어가는 뒷모습은 보였으나, 대단히 재빨랐다.

그리고 전혀 발소리가 나지 않았다. 모든 사람이.

하지메는 숨을 스으읍 들이마셨다. 뭔가, 스멀스멀 올라오는 답답함을 눌러 넣기 위해서.

그런 그때, 들뜬 목소리가 들렸다.

"하지메! 어서 와!"

안채 툇마루에서 화사한 기모노를 입은 시즈쿠가 작게 손을 흔들고 있었다.

하지메가 한쪽 손을 들어 인사하며 다가가자 시즈쿠의 입에 더 큰 미소가 걸렸다.

#3 시노비 일반적으로 닌자로 알려진 첩자의 역사적 명칭은 「시노비」이며, 「닌자」는 근대에 정착된 용어다.

옅게 화장도 한 모양이었다. 아무래도 하지메가 온다고 하여 단장했나 보다.

여전히 사소한 부분에서 꼼꼼함이 엿보이는 시즈쿠를 보자 가슴속 답답함이 개는 기분이었다.

"시즈쿠는 일상복을 더 좋아하지 않아? 일부러 기모노를 입은 거야?"

"으, 응. 아직 보여 준 적이 없어서……."

"그랬어? 고마워. 피로가 싹 가셨어. 엄청 예뻐."

"으…… 고마워."

쑥스럽게 웃는 기모노 시즈쿠는 굉장한 파괴력을 발휘했다.

평소 늠름한 기사 같은 시즈쿠가 아니라 사랑에 빠진 평범한 소녀의 모습. 하지메의 얼굴에도 자연스럽게 미소가 피어났고ㅡ.

그 찰나, 옷에 손을 넣고 소음 기능이 달린 미니 돈나를 소환. 뽑는 손도 보여 주지 않고 총신을 옆구리에 숨겨 왼쪽으로 연사! 공중에서 퍼지는 무수한 불똥과 금속음!

깜짝 놀란 시즈쿠가 시선을 옮기자 주의해서 보지 않으면 모를 정도로 봉긋하게 솟아오른 지면과 그곳으로 고개를 내민 작은 대나무 통들이…….

아마 아직 땅 아래에 문하생들이 숨어 있나 보다.

땅 아래에 통로가 있고 지면으로 위장한 뚜껑을 살짝 들어 바람총으로 저격하는 구조 같았다.

"거, 거기, 당신들! 또 이런 짓을! 여기 나와 보세요!"

시즈쿠가 얼굴이 새빨개져 고함쳤다. 하지만 그들은 시즈쿠의 말을 듣지 않았고 땅바닥을 살짝 들썩이며 이동해 어딘가로 사라졌다.

시즈쿠가 부들부들 떨었다. 하지메는 살짝 가엾게 바라보면서도 자꾸 신경 쓰이던 부분을 물어봤다.

"이봐, 시즈쿠. 너희 집, 닌자의 후예 같은 거지? 맞지?"

"……그럴 리가 없다고 생각하는데."

소환 전에는 이런 일이 한 번도 없었다. 귀환 후 하지메가 처음 방문했을 때 처음으로 알았다. 특수한 집 구조나 야에가시류의 알려지지 않은 기술을.

가장 놀란 사람은 오히려 시즈쿠였다.

"한 번 물어봐 줘.『나 모르는 사이에 닌자 훈련을 받았어?』라고."

"캐물었어. 야에가시류가 뭐냐고."

"대답은?"

"흔해 빠진 검술과 약간의 잡기래."

"딸에게도 숨기냐……."

먼 산을 보며「우리 가족은 대체……」라고 중얼거리는 시즈쿠를 하지메는 점점 더 가엾은 눈길로 바라봤다.

기껏 비상식적인 세계에서 돌아왔는데 자기 외의 가족에게는 비상식적인 이면이 있다는 사실이 뒤늦게 발각됐으니까…….

역시 시즈쿠는 어딜 가나 심신이 고달파질 팔자인가 보다.

"……하지메, 그…… 싫어하지는 말아줘."

시즈쿠는 기모노 소매로 입가를 가리고 불안하게 부탁했다. 하지만 하지메는 어리둥절했다. 교과서적인 기우였다.

"그럴 리가 없잖아."

"그래도 방금 반응을 보면 또 할아버지나 아버지가 덤벼든 거지? 제발 그만하라고 몇 번이나 말했는데……."

"아버지와 할아버지야. 딸을 나 같은 놈한테 빼앗긴다고 생각하면, 나도 마음은 이해해. 반대 입장이면 나도 총으로 쐈어."

"네가 그러면 안 되지. 아니, 공격하는 시점에서 둘 다 안 돼."

옳은 말씀. 하지만 하지메의 심정은 오히려 슈조와 토라마사에 가까워서 방문이 꺼려지기는 해도 싫어할 이유는 되지 못했다.

"야에가시 가문의 딸을 받아 갈 시련이라고 생각하면 반대로 가슴이 뜨거워져. 당당히 도전하는 느낌이라서."

"정말, 하지메도 참……."

다시 소매로, 이번에는 얼굴 절반을 감췄다.

올라가는 입꼬리를 보여 주고 싶지 않았나 보지만, 새빨간 얼굴과 귀, 초승달처럼 휜 눈으로 속내가 훤히 들여다보였다. 너무 귀여워서 강제로 팔을 치우고 싶어진다.

"아, 아무튼 들어와. 일단 내 방으로 대피해 있어."

"자기 집에서 자기 방으로 대피……."

"말하지 마……."

부끄러워하는 시즈쿠는 역시나 귀여웠다. 하지메는 쾌활하게 웃으며 현관으로 갔다.

그렇게 나란히 복도를 걸으며 즐겁게 대화를—.

그건 안일한 생각이었다. 방으로 가는 길은 대미궁이 따로 없었다.

벽 틈새로 나오는 창, 복도에 구멍 함정, 떨어지는 천장, 벽이 돌아가더니 무표정인 토라마사 출현&단도 이도류로 연속 공격! 복도 모퉁이 너머에서 「어이쿠, 미끄러졌네—?」라는 국어책 읽기가 들리더니 기둥을 기점으로 궤도를 바꾼 사슬낫이 날아들었다.

그것을 적당히 피하면서 하지메는 동정의 눈길로 시즈쿠를 바라봤다.

"시즈쿠…… 인정하자. 너희 집은 닌자 저택이야. 가족은 닌자고."

"내 집인데 이 나이가 될 때까지 이런 장치가 있는 줄 하나도 몰랐어. ……그보다 할아버지! 사슬낫은 쓰면 안 되죠! 벽에 찍혔어요! 이거 진짜죠?! 이런 건 어디서 구하셨대!"

길길이 화내는 시즈쿠가 기모노의 소매를 휘날리며 모퉁이를 돌지만, 그곳에는 이미 아무도 없었다.

시즈쿠는 털썩 무너지듯 무릎 꿇고 두 손으로 바닥을 짚었다.

"이봐, 시즈쿠. 역시 네 방 말고 거실로 가지 않을래? 내가 모조리 대처하니까 점점 과격해지는 것 같아……. 이대로 가면 네 소중한 인형이 망가질지도 몰라."

"……으으. 내 방은 안전지대라고 믿고 싶은데…… 그보다 내 방에서도 이상한 수작을 부리면 절대로 용서 안 해! 하지메를 습격한 시점에서 나 엄~청 화났다고!"

천장 위나 마루 아래, 벽 너머에 숨어 있는 가족과 문하생에게 시즈쿠는 고함쳤다.

일단 진심은 전해진 것 같았다. 인기척이 멀어져 갔다.

"그럼 가자, 하지메! 둘만의 시간을 보내는 거야!"

"그, 그래. 뭔가 이성의 끈을 살짝 놓지 않았어?"

시즈쿠는 하지메의 팔에 꽉 매달리며 걸음을 재촉해 자기 방으로 데리고 갔다.

이미 두 번 초대받은 적 있는 시즈쿠의 방은 여전히 귀여움으로 꽉 차 있었다.

꽉꽉 들어찬 인형들, 고양이 달력, 연분홍색 커튼과 이불, 토끼 귀가 달린 쿠션…….

무슨 연출인가 싶을 정도로 여자아이다운 방이었다.

시즈쿠가 작은 원형 유리 테이블 앞에 늘어진 라쿤 방석을 놔줬다.

하지메가 앉자 「삐익」이라는 소리가 났다. 이세계 마왕님이 소리 나는 캐릭터 쿠션에 앉는 모습을 같은 반 아이들이나 이세계 사람들(특히 황제)이 봤다면 틀림없이 폭소했을 것이다.

"잠깐만 기다려. 금방 차랑 과자를 내올게."

"아냐, 됐어. 그보다 이 집에서 혼자 남고 싶지 않아……."

"윽. 괘, 괜찮아! 방금 당부했고 내 방에는 이상한 장치가 없는지 확실하게 조사했―."

그 순간, 시즈쿠의 역설을 비웃듯 천장에서 덜컥 소리가 났다.

"하지메 씨, 다시 인사할게요. 어서 오세요. 괜찮으면 이거라도 드세요."

그렇게 말하며 키리노가 다과를 가지고 나타났다.

판자를 들춘 천장에서 그녀가 훌쩍 내려왔다.

한 손의 쟁반 위에는 맛있어 보이는 양갱과 찻잔이 올라가 있었다. 양갱 옆에 놓인 화과자용 이쑤시개는 미동도 하지 않았고 김이 피어오르는 차는 한 방울도 흘리지 않았다.

"엄마?! 어떻게…… 분명히 조사했는데……."

경악하며 천장을 올려다보는 시즈쿠 옆에서 키리노 엄마는 아무 일도 없는 것처럼 싱글싱글 웃었다.

빠르게 상을 차리는 모습은 기품이 있으면서도 빈틈이 없고, 그 흔들림 없는 분위기가 「강한 여성」이라는 인상을 줬다. 아름답기는 하나, 그 이상으로 멋있다고 평가받을 인물이었다.

"저, 저기, 엄마. 엄마는 쿠노이치[#4]야? 정말 그런 거야?"

사실 할아버지, 아버지와 달리 키리노는 돌아온 뒤로도 예전과 다를 바 없었다. 하지메를 습격하지도 않았다. 그런데 지금 동작은…….

시즈쿠의 표정이 말하고 있었다. 「어머니, 당신마저?」라고.

눈에서 당장에라도 빛이 사라질 것 같은 딸에게 키리노 엄마는 어리둥절한 표정을 지었다. 그러더니 「시즈쿠도 참, 못 말리는 아이라니까」라며 픽 웃었다.

"미안해요, 하지메 씨. 애도 당신이 왔다고 들떴나 보네요.

#4 쿠노이치 여성 닌자를 일컫는 말.

최선을 다해 농담을 생각했나 보지만…… 원체 진지한 애라서 별로 재미가 없죠? 이런 아이지만, 버리지 말아 주세요.”

“……걱정하지 마세요. 이 상황 자체가 재미있으니까.”

“훌쩍. 너무해, 하지메…….”

하지메는 눈물을 머금고 볼을 부풀리는 시즈쿠의 손을 잡았다. 그리고 아이를 달래듯 머리를 쓰다듬었다.

시즈쿠는 간지러운지 몸을 꼬지만, 곧 기쁘게 미소 지었다.

그렇게 깨가 쏟아지는 딸과 하지메를 보고 키리노는 「어머, 부모 앞에서 애도 참. 그래그래, 엄마는 나가 줄게」라며 유쾌하게 웃고 방에서 나갔다.

물론 천장으로 홱 뛰어서.

소리도 없이 원래대로 돌아온 천장 판자를 보고 시즈쿠는 또 눈의 광채를 잃었다.

“그 뭐냐…… 이렇게 조금씩 시즈쿠한테도 집안의 비밀을 알려 주시는 거겠지.”

“그럴, 까?”

“그래. 애초에 우리가 실종 중일 때나 돌아온 뒤 소동이 났을 때, 야에가시 집안이 맡아 준 역할은 커. 솔직히 그것만으로 일반적인 가정은 아니었다고 확신했을 정도야.”

「가족회」에서 가장 넓게 수색을 맡은 곳이 야에가시 집안이었다. 그 인맥은 어마어마했고 온갖 업계에 연줄이 있어 슈와 스미레도 놀랐다고 한다.

지역 경찰의 무술 지도도 맡았는데, 무엇을 숨기랴, 방금 연못에서 나온 날뛰는 매 같은 아저씨 문하생이 바로 그 경찰서 서장님 되시겠다.

귀환자 경위 조사에서 담당관 등 일부 관계자에게 인식 간섭만 걸고 쉽게 넘어갔던 이유도 같은 귀환자의 진실을 아는 그가 지시를 내려 준 덕분이었다.

"어릴 적부터 문하생으로 있던 분이라서 나는 성격 좋은 친척 아저씨처럼 생각했어."

문하생은 모두 한 식구. 그렇게 생각했는데, 야에가시 집안의 이면을 알고 난 뒤로는 그 의미가 달라질 것 같았다. 다시 시즈쿠의 눈빛이 어두워졌다.

그런 시즈쿠의 심경과는 별개로 야에가시 집안과 문하생, 경찰 서장처럼 인맥이 넓은 사람들이 학교 관계자와 이웃, 먼 친척 등 하지메가 다 대응하지 못하는 이들에게 큰 힘이 되어 준 것은 사실이었다.

무례한 언론 관계자, 호기심이나 불순한 의도로 돌격해 오는 몰상식한 자들에게서 그들을 남몰래 지켜 준 것이다.

그런 연유로 소동이 한창일 때도 하지메는 야에가시 집안과 연계했었고, 오늘 찾아온 이유도 사태가 일단 종식됐다는 보고와 감사 인사를 전하는 한편, 향후 방침을 논의하기 위해서였다.

"계기는 불가항력일지도 모르지만, 잘된 거 아냐? 가족을 더 깊이 알게 된 건."

"……그래. 왜 알려 주지 않았는지는 앞으로 추궁하고 싶지만. 그리고 정보를 찔끔찔끔 푸는 것도 열받아.”

그냥 하나부터 열까지 시원하게 설명해! 왜 행동으로 보여 주고 입으로는 아닌 척이야! 다 들켰다고! 시즈쿠는 퍽이나 못마땅한 눈치였다.

그런 시즈쿠 앞에서 하지메는 기껏 차려 준 차와 양갱을 먹으며 생각했다.

고등학교에 들어갈 때까지 가족의 비밀이나 집의 장치를 모를 수 있을까, 라고.

시즈쿠는 그렇게까지 둔한 인간이 아니다. 오히려 누구보다 예리한 인간이다.

그렇다면 시즈쿠의 가족이 필사적으로 숨겼다고 생각하는 편이 자연스럽다.

심지어 고등학생이 되어도 비밀로 했다면 시즈쿠에게는 평생 알릴 생각이 없었는지도 모른다.

그럼 외동딸에게 왜 가업을 숨기는가.

‘가족의 기대와, 그로 인한 억압……인가.’

빙설 동굴이 자연스럽게 떠올랐다. 허상과 싸우면서 시즈쿠는 본심을 폭로했다. 그 후 자세한 이야기도 들었다.

시즈쿠가 보인 재능에 가족이 얼마나 기뻐했는지, 주위 사람들이 얼마나 기대했는지.

그리고 그 결과, 시즈쿠의 본심이 얼마나 억압됐는지.

처음 이 집을 방문했을 때, 시즈쿠 없이 그녀의 가족들과 대화할 기회가 있었다. 그때 받은 질문은 역시나 빙설 동굴에서 있었던 일이었다.

시즈쿠에게 들었으면서 그들은 유일하게 현장에 있던, 그리고 딸이 마음을 허락한 남자에게 묻지 않을 수 없었다. 확인하지 않을 수 없었다.

빙설 동굴에서 한 경험과 그때 깨친 새로운 마음을 설명하는 시즈쿠의 말은, 정말로 본심이냐고.

하지메는 확실하다고 보장했다.

―그래. 시즈쿠는, 이제 괜찮은가.

―시즈쿠를 한 명의 여자애가 되게 해 줘서, 고맙다.

―고마워, 하지메. 그 애의 마음을 지탱해 줘서.

세 사람은 진심으로 안도한 분위기였다. 어쩌면 그 자리에 주저앉지 않을까 싶을 정도로, 다 큰 어른이 당장 울어 버리지 않을까 싶을 정도로.

시즈쿠가 자기 자신을 진심으로 좋아하게 됐다는 사실이, 그 성장이 가족들에게는 무엇보다 기쁜 듯했다.

그때는 많은 이야기를 듣지 못했지만, 짐작은 할 수 있었다.

'분명 후회했었겠지. 시즈쿠에게 검을 쥐여 준 걸.'

외동딸이 유파의 재능을 타고났는데 기뻐하지 않을 리 없고, 부모가 자식에게 기대하는 것도 자연스러운 일이다.

그래서 지나치게 열을 올리고 말았고, 정신을 차리자 가족에게도 약한 소리를 하지 않는, 자기 마음을 철저하게 죽이는 시즈쿠가 완성되어 버렸다.

그래서다. 그래서 그들은 숨긴 것이다. 더는 시즈쿠가 자기 마음을 죽이지 않도록 철저하게 야에가시 가문의 비밀을 숨긴 것이다.

그리고 지금도 시즈쿠를 생각해 한 번에 전부 이야기하지 않고, 조금씩 간을 보듯 「야에가시 가문」을 알려 주려는 게 아닐까.

어디까지나 추측이지만, 하지메는 이게 정답이라는 확신이 있었다.

조금 난폭하게 양갱을 입에 우걱우걱 채워 넣는 시즈쿠에게 하지메는 다정한 눈길을 보냈다.

"특이한 가족일지도 모르지만…… 사랑받고 있네."

"……아니라고는 못 하지."

어쩌면 시즈쿠도 어렴풋이 알고 있지 않을까.

시즈쿠의 입가에 묻은 양갱을 손가락으로 닦아 입에 쏙 넣었다.

"그럼 아내 중 한 명이 쿠노이치가 되는 건 일단 제쳐 놓고."

"안 될 거고 제쳐 놓지도 마."

하지메의 시선이 주위를 훑어봤다. 시즈쿠도 무뚝뚝한 얼굴을 빨갛게 물들이는가 싶더니, 하지메의 행동을 보고는 친구의 한냐 뺨치는 얼굴로 변했다.

주위에 조금씩 펼쳐진 기척들을 알아차린 모양이었다. 자기 집에서 나는 잘 아는 사람들의 기척이라 그런지 아무래도 알아차리는 게 한 박자 늦었다.

"그, 그렇게 말했는데 또!"

"워워, 진정해. 아마 그거야. 사태 종식은 이미 알고 계실 테니까 본격적으로 딸의 파트너로 어울리는지 시험하고 싶으시겠지."

"절대로 아니야. 그냥 오기가 생겨서 저래. 하지메한테 아무것도 안 통하니까."

그것도 확실히 가능성이 있었다. 슈조도 토라마사도 무인 기질로 보이니까.

하지만 그건 그렇고.

"그래도 키리노 씨도 참전하기 시작했어. 역시 시련 아니야?"

"……? 엄마 기척은…… 부엌인데? 지금까지도 아무것도 안 했잖아?"

"이 차와 양갱, 뭔가 탔어. 나한테 독은 통하지 않지만…… 아마 마비약일 거야."

"엄마아아아! 무슨 짓을 한 거야! 할아버지랑 아빠도 적당히 하지 않으면 전부 썰어 버릴 거야아아아아!"

마침내 폭발한 시즈쿠의 고함이 대낮의 야에가시 집에 울려 퍼졌다. 시즈쿠가 흑도를 들고 방을 뛰쳐나간다.

방에 남겨진 하지메는 마지막 양갱을 음미한 뒤 중얼거렸다.

"뭐, 카오리네 아버지에 비하면 힘 싸움이라서 편하지만."

마당에서 분기탱천한 시즈쿠가 「전부 여기 꿇어앉아!」라고 외치는 목소리와 슈조, 토라마사의 「음?! 시즈쿠, 실력이 좋아졌군!」, 「홋, 좋다. 보여 주실까. 이세계에서 돌아온 검사의 힘이란 것을!」이라는 긴박한 목소리가 울려 퍼졌다.

뭔가가 박살 나는 소리와 비명, 그리고 「아가씨 실성! 증원 요청!」이니 「지금 아가씨를 쉽게 막을 수 있다고 생각하지 마! 진을 짜라! 사방천주진 준비!」라느니 「아가씨가 그 꼬맹이한테서 떨어졌다! 백호 부대, 이 틈에 놈을 처리해!」 같은 문하생들의 목소리도 들렸다.

그런 소란과 접근해 오는 여러 인기척을 음악 삼아 하지메는 느긋하게 마비약 차를 마시며 뭐라고 말하기 힘든 표정으로 중얼거렸다.

"지구도 이세계도 크게 다르지 않네……."

참고로 친척 모임이 있다고 가족끼리 멀리 나간 시즈쿠가 「하지메, 눈앞에 이가와 코가[5]라고 주장하는 사람들이 있어. 누가 봐도 닌자 복장이면서 그냥 패션이라고 우기는데 나 어쩌면 좋아?」라고 울먹이는 목소리로 연락해 온 것은 이로부터 이틀 후의 일이다.

#5 이가와 코가 일본에서 가장 유명한 두 닌자 유파.

이세계에서 귀환하고 약 한 달.

11월에 접어들어 가을 기운이 서서히 물러가고, 오후도 절반이 지났을 무렵.

"변함없네~."

매우 기운 빠지는 목소리가 울렸다. 아이코였다. 그녀는 얼핏 봐도 낡은 감색 저지를 입고 툇마루에 앉아 있었다. 마루 밖으로 나온 다리는 칠칠찮게 흔들거리고 입은 반쯤 열렸다.

그리고 저지 가슴팍에는 「하타야마」라는 글자. 무엇을 숨기랴, 이건 중학교 시절 체육복이었다. 이 얼마나 슬픈 일인가. 여러 의미로.

사랑하는 사람에게, 아니, 학생들에게도 도저히 보여 줄 수 없는 모습이었다.

하지만 변명하자면 어쩔 수 없는 일이기도 했다.

"변한 건 엄마의 폭주에 20년간 버텨 준 자전거뿐인가."

드문드문 자란 잡초와 낡은 돌담, 바지랑대와 왜 있는지 모를 녹슨 드럼통.

익숙한, 그렇지만 그리운— 하타야마 집의 마당. 녹슬고 체인은 벗겨지고 펑크까지 난, 스스로 서지 못하여 돌담에 기댄 어머니의 자전거가 강한 애수를 자아냈다.

지금 아이코는 본가에 귀성해 있었다.

얼마 전까지 다양한 의미로 살인적인 시간 속에서 필사적으로 헤엄치던 아이코였다. 하지메의 노력으로 소동은 강제로 종료됐고, 복직 및 복학을 위해 해야 할 일도 일단 끝냈다. 이제는 관계 부처 위쪽에서 심의를 기다릴 뿐.

아이코는 마침내 얻은 자유로운 시간을 이렇게 시골 본가로 귀성해 한가로이 보내고 있었다. 그렇지만 격동의 시간 후 찾아오는 갑작스러운 자유는 어떻게 써야 할지 막막할 때가 있는 법이다.

"하지메…… 어떻게 지내려나……."

무의식중에 흘러나온 말에 스스로 깜짝 놀라고 말았다. 얼굴도 빨개졌다. 부끄러워서 두 손으로 얼굴을 붙잡고 데굴데굴 굴렀다.

참고로 귀성한 지 오늘로 사흘째였다. 이미 한 손으로 셀 수 없을 만큼 똑같은 짓을 반복했다.

왜인가?

'으으, 나는 선생님이고 하지메는 학생…… 이제 와서 할 소리는 아니지만!'

정말로 이제 와서 할 소리는 아니었다. 하지메는 물론이고 다른 학생들도 똑같이 생각하리라. 신화 결전 후, 귀환하기 전까지 몇 번이나 하지메와 뜨거운 밤을 보냈던가.

'분위기에 휩쓸린 건 아니야. 하지만……'

하지메를 향한 마음은 진심이었다. 결코 흔들다리 효과가 아니었다. 그건 단언할 수 있다.

하지만 연일 계속되는 경위 조사, 언론 취재, 그리고 학생들의 복학을 위한 관계 부처와의 논의.

너무 현실적인 문제들에 치이며 하지메를 계속 학생으로 취급하는 사이, 아이코는 새삼 두 사람의 관계성을 강하게 의식하게 됐다. 자신은 선생님이고 하지메는 학생이라고.

'내가 대체 무슨 짓을~! 학생한테 손을 대? 적어도, 적어도 졸업까지 참을 수는 없었어?'

아니, 어떻게 참아. 마음속에서 미니 아이코가 고개를 빼꼼 내밀었다. 묘하게 악마 같은 모습이었다. 마음의 천사와 악마가 있다면 천사 미니 아이코는 틀림없이 이성과 상식의 편일 것이다.

'기껏 첫 데이트에도 불러 줬는데 왠지 어색해서 거절해 버렸어……'

게다가 그 후 나구모 집 식사에 초대받은 것을 마지막으로 한 번도 만나지 않았다. 연락은 하지만, 그뿐이었다.

"……지금쯤 지지고 볶으면서 잘 놀고 있겠지……"

무릎을 끌어안고 뒹굴뒹굴. 한숨이 푹 나왔다.

불편해서 피한 사람은 아이코인데, 또 금세 상상 속에 빠져 외로움에 허덕인다.

확실하게 말하겠다. 지금 아이코는 열이면 열, 만장일치로 인정할 「무지하게 귀찮은 사람」이 되어 있었다.

'외로워……'

거짓 없는 아이코의 본심이었다.

'그래도 선생님과 학생은……. 드디어 세간도 조용해졌는데 발각되면…….'

그것 또한 성실해도 너무 성실한 아이코의 본심이었다.

'으으, 나이 차도 나고…….'

없는 병도 만드는 지경이다. 모 흡혈 공주님 앞에서 나이 이야기를 할 수 있냐고 물으면 얼굴이 새파래질 거면서 그건 새까맣게 잊으셨나 보다.

"애, 아이코. 왜 그렇게 굴러다녀? 이웃집에서 보면 창피하니까 그만해."

"으."

잔소리를 듣고 몸을 벌렁 뒤집었다. 브리지를 하다가 실패한 것처럼 말을 건 사람을 거꾸로 쳐다봤다.

단발에 둥그스레한 얼굴. 아이코가 초등학생 때 가정 수업에서 만든 꽃무늬 앞치마를 아직 애용하는 어머니— 하타야마 아키코였다.

한 손을 허리에 대고, 다른 손에는 목제 바구니를 들었다. 안에 든 것은 산더미 같은 귤. 집에서 키운 것이다. 아이코의 집은 농가로, 주로 과수원을 관리한다.

"먹을래?"

"먹을래."

아키코가 옆에 앉으며 묻자 아이코는 솔직하게 대답했다. 단, 누운 채로 입만 아 벌리고. 부모에게 먹이를 조르는 새끼 새처럼.

아니나 다를까, 버릇없다고 혼났다. 아이코는 마지못해 몸을 일으켰다. 이것도 학생들이 보면 놀랄 나태함, 아니, 응석이라고 해야 할까?

아키코가 껍질을 대충 까서 싱그러운 알맹이를 건넸다. 입에 쏙 넣자 익숙하면서도 그리운 새콤함이 마음까지 스며들었다.

아이코의 표정이 사르르 녹아내렸다.

외모는 완전히 어린애…… 동안 중의 동안이었다. 도저히 26세 성인 여성으로는 보이지 않는다. 마력 때문일까? 왠지 굉장히 컨디션이 좋은 피부도 아이코를 어려 보이게 하는 원인일 것이다.

"……이러고 있으면 얼마 전까지 TV나 인터넷에서 하루 종일 두들겨 맞던 애로는 안 보여. 그렇게 똑 부러지고 멋있었는데."

"하지— 학생들한테 못난 모습은 못 보여 주지. 당연하잖아?"

새침한 얼굴로 어깨를 으쓱하지만, 아키코 엄마는 첫 한마디를 놓치지 않았다. 살며시 눈이 가늘어진다.

"아이코."

"냠…… 왜~?"

"나구모 하지메는 언제 소개해 줄 거니?"

"쿨럭?!"

노란 즙과 귤 알갱이가 하타야마 집 마당에 튀었다. 「애가 더럽게!」라며 아키코 엄마가 꾸짖었다.

"뭐, 뭐야? 갑자기 왜—."

"왜긴 왜야, 은인이니까 그렇지. 제대로 얼굴을 보고 감사하고 싶은 게 당연하잖아?"

"아, 응. 그렇지. 응."

노골적인 동요와 안도에 아키코 엄마는 「정말 거짓말을 못하네」라며 속으로 피식 웃었다.

참고로 하타야마 가족도 「가족회」에는 참가했다. 그래서 슈와 스미레와도 면식이 있었다.

하지만 하타야마 집은 다른 지방에 있다. 가업도 있다. 1년 내내 그곳에 있을 수는 없었다.

수색 거점으로도 쓸 수 있으므로 아이코가 살던 빌라 방은 임대 계약을 유지했고 정기적으로 청소도 했지만, 실종자들이 귀환한 날에는 모두 본가에 있었다.

"기왕이면 집으로 초대할 순 없니? 네가 돌아왔을 때 쓴, 뭐더라? 「게이트」? 그게 있으면 거리는 관계없다며."

"아니, 그것도 그렇게 쉬운 게 아니고…… 걔도 바쁘고……."

우물쭈물하는 딸을 곁눈질하며 아키코는 회상했다. 아이코가 돌아오던 날을.

경천동지는 이를 두고 하는 말이리라. 거실에 대뜸 빛나는 소용돌이가 생기더니 빛 속에서 행방불명됐던 딸이 나왔으니까.

아이코가 바로 가족과 재회할 수 있도록 하지메가 학교 옥상에서 「게이트」를 이어 준 것이었다.

당연하게도 아이코의 가족은 혼란에 빠졌다. 부모님과 조부모로 네 명이 사는데, 경악해서 얼어붙었을 뿐인 아키코는 그나마 양반이었다. 할아버지는 안주가 목에 걸렸고 할머니는 기절했으며 아버지는 막 끓인 녹차를 가랑이에 쏟아 바닥을 뒹굴었다.

감동의 가족 상봉 운운할 상황이 아니었다. 아이코가 사라지는 「게이트」를 향해 「왜 거실로 보내요!」라고 바락바락 항의한 것도 정당한 분노였다.

"그럼 역시 우리가 찾아가는 게 예의겠네. 네가 그쪽으로 돌아갈 때 따라갈게."

"뭐, 정말 오게?"

"괜찮지? 소동도 잦아들었고 가면 안 될 이유가 없잖아."

"그, 그건 그런데……."

실종된 사이 있었던 일을 가족과 공유한 아이코는 쉬지도 않고 다음 날 아이들에게 돌아갔다.

집단 실종 사건 피해자 중 유일한 어른이자 교사였다. 자신이 앞장서서 다방면으로 설명할 책임이 있다. 아이코는 말리는 가족에게 그렇게 말하고 집을 나왔다.

그 후 전개는 더 말해 봤자 입만 아프다. 여론과 언론의 뭇매를 맞는 딸을 보고 걱정하지 않을 부모가 어디 있으랴. 하지만 아이코는 꿋꿋하게 가족이 자신을 찾아오지 못하게 막았다.

가족까지 여론의 장난감이나 호기심의 대상으로 만들고 싶지 않았으니까.

그러고 아이코가 약해져 있었다면 아키코도 무시하고 달려

갔으리라. 하지만 전화 너머의 딸에게서 전해지는 강한 의지, 미디어를 통해 본 딸의 의연한 태도는…….

솔직히 말해 압도당했다.

우리 딸이 언제 이렇게 강해졌나, 하고 깜짝 놀랄 정도로.

그곳에는 한 사람의 훌륭한 성인이자 교사의 모습이 있었다.

그래서 가족들은 딸의 말을 믿고 움직이지 않았다. 다시 돌아올 날을 기다리기로 했다. 결과가 어찌 되든 열심히 노력한 딸이 돌아올 장소만은 지키고자.

그래서 결국 하지메는 만나지 못했다.

딸의 목숨을 구해 주고, 가족과 다시 만나게 해 주고, 어떻게 했는지는 몰라도 여론의 물살에서도 지켜 줬다는 은인을 한번 만나고 싶다는 마음은 날로 강해져 갔다.

물론 그저 은인이라는 이유뿐 아니라 딸의 언동으로 보아 다른 의미로도 흥미가 동했기 때문이지만.

"아빠랑 할아버지, 할머니도 무척 만나고 싶어 해."

"으, 그렇지……."

"아이코의 왕자님을 한번 보고 싶다고."

"응—이 아니라! 누, 누가 내 왕자님이야! 오히려 마왕이지! 그래, 하지메는 모두의 마왕님이야!"

미끼를 던지면 알아서 낚여 버린다. 정말로 TV 화면 너머의 딸과는 다른 사람 같았다. 게다가…….

"나를 위해서 전 세계의 의식을 조종하는 사람이라니까! 나 참, 정말 어휴, 난감한 사람이야……. 아니, 치사한 사람, 인가."

이걸 변명이라고 하고 있다. 가족도 본 적 없는 부드러운 미소를 짓고 있다는 자각이 없나 보다.

심지어 무릎을 끌어안은 채 뺨을 장밋빛으로 물들이고 몸을 까딱~까딱 흔드는 모습을 보면 부모가 아니라도 그 속내를 훤히 알 수 있다.

"에헤헤, 「세상의 무책임한 반응 따위로 떠나는 건 용서 못해」래, 정말."

세계 규모의 세뇌에 「무슨 짓을!」이라며 혼내려던 마음도 그런 말을 들으면 저 멀리 날아가 버린다.

당시 하지메의 강한 눈빛과 말을 떠올리고 기어코 가벼운 도취 상태에 빠졌다. 옆에서 어머니가 너를 어쩜 좋냐는 눈으로 바라보는지도 모르고.

참고로 아이코와 하지메의 관계는 하타야마 집안 사람이라면 모두 짐작하고 있었다. 마찬가지로 아직 인사하지 못하는 이유도.

처음 이세계 이야기를 꺼냈을 때부터 푹 빠져 있다는 게 티가 났다. 전폭적인 믿음과 애정이 고스란히 전해졌다. 얼굴에 다~ 쓰여 있었다.

그것도 모자라 이번 귀성에서도 목걸이에 달린 반지를 보며 히죽히죽, 스마트폰을 보며 피식피식, 숨어서 통화할 때는 헤실헤실. 가만히 있다가도 문득 뭔가를 떠올리고는 혼자 몸을 배배 꼬기도 했다.

이만큼 노골적인데도 아직 체면을 신경 쓰느라 가족에게

소개하지 않았고, 아마 상대도 오지 못하게 막는 듯했다.

"내 딸이지만, 참 고달픈 성격이야."

"응? 뭐라고 했어?"

왠지 중학생 시절에 성장이 완전히 멈춰서 남자 이야기가 전혀 들리지 않는 딸의 미래를 부모님들은 제법 걱정하고 있었다.

그런 딸이 마침내 고른 상대였다. 만나 보고 싶지 않겠는가.

아이코의 우유부단한 태도에는 아무리 가족이라도 슬슬 진저리가 났다.

"그 모양이면「애인」이 생겨도 도망칠 거라고 했어."

"하윽?!"

조금 전에 하던 고민까지 합쳐져 크리티컬 히트. 아이코는 가슴을 붙잡고 쓰러졌다.

"……아무튼 알았어. 시기는 네가 알아서 잡아. 그래도 가까운 시일 안에는 꼭 만나게 해 줘. 부모님을 예의도 모르는 사람으로 만들면 안 된다?"

"응…….."

"그리고 네가 고른 사람이라면 누구든 두 팔 벌려 환영이야."

"응…… 어? 뭐?"

마침내 어머니에게 속내를 들켰다고 깨달았는지, 아이코의 얼굴이 끓는 주전자처럼 달아올랐다.

누가 봐도 뻔한 변명을 듣기 귀찮아서 아키코는 입만 뻐끔거리는 딸에게서 눈을 떼고 바로 화제를 돌렸다.

“그러고 보니 올해도 가을 수확제를 하고 있어. 집에 온 김에 보고 오면 어때? 안 간 지 몇 년 됐고, 너 야마시로 할아버지가 파는 솜사탕 엄청 좋아했잖아.”

“어, 아, 응. 그래? 벌써 그런 시기구나……..”

아직 얼굴에서 열이 빠지지 않지만, 추궁할 용기가 없어서 그 화제에 편승했다.

“그런데 야마시로 할아버지, 아직 살아 계셨네……..”

“어른한테 그런 소리 하는 거 아니야.”

“그치만 내가 고등학생 때 이미 아흔을 넘지 않았어?”

“맞아. 올해로 102세셔.”

“그, 그런데 아직 노점을 하셔? 괜찮아? 솜사탕 만들면서 하늘나라로 올라가시는 거 아니야?”

“얘가 정말 못 하는 소리가 없네. 지금도 정정하셔. 앞으로 30년은 현역이라고 큰소리치신다니까.”

“기네스라도 도전할 생각인가?”

실없는 이야기를 주고받는 사이, 어머니의 말이 마음속 답답함에 다시 불을 붙였다. 하지메와의 관계를 어떻게 해야 할까. 가족에게 어떻게 설명해야 할까.

답은 나오지 않았다.

아이코는 결국 머리를 일단 정리하기 위해 축제에 가 보기로 했다.

가을의 아름다운 노을도 밤의 커튼 너머로 사라질 시간대.

아이코는 연분홍색 유카타를 입고 익숙한 시골길을 걸었다. 한 손에 든 귀여운 주머니가 달랑거렸다.

늦가을의 밤이라 조금 쌀쌀하지만, 오랜만에 찾는 고향의 축제였다. 조금만 인내심을 발휘해 신발은 맨발에 조리. 유카타를 입으면 다소나마 어른스러워 보이는 건 일본인이기 때문일까.

"조금은 예쁘게 봐 주면 좋겠는데……."

이렇게 홀로 걸으면 역시 마음에 떠오르는 것은 사랑하는 사람. 이세계에서 겪은 거짓말 같은, 운명적인 추억들.

호수 마을에서 이룬 기적 같은 재회, 바라지 않았던 결과, 그리고 자신의 목숨을 구한 입맞춤.

"으으……."

탑 꼭대기에 갇혀 구출된 적도 있었다. 꼭 동화 속 공주님 같다. 필사적으로 싸우는 그의 힘이 되고 싶었건만, 자신이 초래한 결과 앞에서 추태를 보였다.

"우으……."

그 후, 위령비 앞에서 들은 말을 아이코는 평생 잊지 못할 것이다.

몸도 마음도 구원받은 그때, 그렇다, 그때부터 이미 속일 수 없는 열렬한 감정에 사로잡혀 있었다.

"아으……."

그리고 최후의 전투에서 살아남았을 때, 다시 한번 자각했다.

이성과 상식이 부정해도 그와 함께 살아가고 싶다고 생각했다. 그를 사랑하는 여성들과 나란히 서고 싶다고 염원했다. 그러기 위해서라면 어떤 고난과 시련에도 맞서 싸우겠다고 결의하고 각오했다.

그렇게 자신도 믿어지지 않을 만큼 맹렬히 대시한 결과, 결국에는 그가 항복한다는 것처럼 난감한 표정으로 그것을 건네줬다.

아이코는 유카타의 가슴 부분을 손으로 쓸었다. 단단한 감촉이 느껴졌다. 목걸이에 이어진 반지— 마왕의 아내라는 증거였다.

그리고 떠올랐다. 어쩌면 땅딸막한 자신은 평생 연이 없을지도 모른다고 생각한 밤의 밀행. 떠올리기만 해도 아직 얼굴이 화끈거렸다.

그건, 그건 다양한 의미로…… 엄청났다.

"으아아아."

밤길에서 혼자 허둥대며 얼굴을 붉혔다. 누가 봐도 수상했다.

이렇듯 본인은 아직도 하지메와의 관계로 고민하고 있으니까 가족들은 답답할 따름이었다.

이세계에서 여신이라고 추앙받고, 사람들을 선동하고, 학생을 위해서 일국의 국왕과 세계를 주무르던 종교의 교황에게도 맞서 싸운 교사는 사실 연애에 한없이 숙맥인 귀찮은 여자였다.

그런 수상한 여자에게 갑자기 말을 거는 사람이 있었다.

"아이? 뭐 해?"

"오헥?!"

아이코가 펄쩍 뛰어올랐다. 대단히 기괴한 비명도 나왔다.

이번에는 다른 의미로 얼굴을 붉히며 어느샌가 도착한 신사로 가는 길모퉁이를 보자 키가 크고 다부진 청년이 있었다.

"타, 타이시…… 놀랐잖아."

"아니, 나는 밤길에서 혼자 표정 연기하는 너한테 놀랐는데……."

후루카와 타이시. 유치원부터 고등학교까지 같은 곳을 나온, 흔히 말하는 소꿉친구였다. 집도 농지도 이웃해 있어서 가족 단위로 친하게 지내는, 서로를 잘 아는 친구다.

중고등학교에서는 사춘기 특유의 심경 변화인지 타이시가 거리를 둬서 사이가 멀어지기도 했지만, 이제는 두 사람 다 어른이었다. 집으로 돌아오면 여전히 가족 단위로 근황을 보고하는 사이였다.

그런 소꿉친구가 볼을 붉적이며 복잡한 표정으로 바라보니까 민망해 죽을 것 같았다. 일단 얼버무리려고 웃었다.

"그, 그보다 타이시야말로 이런 곳에서 뭐 해?"

"아니, 그냥. 아저씨가 말해 줬을지 모르지만, 나도 축제를 도와주고 있거든. 그런데 네가 돌아왔다고 들어서…… 이런 날은 이상한 인간도 나오니까."

걱정해서 마중 나와 준 모양이었다.

아이코의 실종은 그의 가족에게도 충격을 줬고 적잖게 걱정을 끼쳤다. 하타야마 집안이 수색에 나서느라 집을 자주 비울 때는 대신 농원을 관리해 줬다고도 들었다.

혹시 타이시네 어머니가 근처까지 나가 보라고 시켰나? 이웃집 아주머니의 변함없는 배려심에 마음이 흐뭇해졌다.

"일부러 나와 줘서 고마워."

감사를 전하며 자연스럽게 미소가 번졌다.

타이시는 왠지 급하게 얼굴을 돌렸다. 한 손으로 입을 막고서. 이곳이 밝았다면 붉어진 귀가 보였을 것이다.

"그, 그건 그렇고 어울리네. 유카타."

타이시는 신사로 걸음을 옮기며 어딘지 모르게 상기된 목소리로 화제를 던졌다. 아이코는 딱히 쑥스러운 기색도 없이 「그래? 고마워」라고 자연스럽게 답례했다.

이제 와서 다른 사람, 그것도 소꿉친구 상대로 일희일비하지는 않는다. 어디 사는 누구라면 사정이 전혀 달랐겠지만. 실제로 조금 전에도 혼자 상상하며 북 치고 장구 치고 있었고.

어깨가 살짝 처진 타이시에게도 특별히 신경 쓰지 않고 잡담을 나누는 사이, 둘은 곧 목적지에 도착했다. 인파와 축제 특유의 소란스러움이 눈과 귀를 채웠다.

"아하하, 아는 사람이 많네."

감회가 깊은지 눈을 가늘게 뜨는 아이코를 바라보며 타이시도 눈을 가늘게 떴다. 고향 축제에 아이코가 있다는 사실이

기쁘다. 그런 마음이 겉으로 드러나고 있었다.

그리고 그 광경을 두 사람의 지인들도 목격했다.

인사를 나누자 무사한 아이를 보고 기뻐하거나 안도하는 사람이 있는가 하면 나란히 선 두 남녀를 놀리는 사람도 있었다. 특히 옛날부터 두 사람을 아는 아주머니들.

부끄러워서 허둥대는 타이시 옆에서 아이코는 웃으며 딱 잘라 부정했고, 그때마다 타이시의 표정이 어색해져 동정의 시선을 샀다.

남편과 아이를 데리고 나온 동급생을 만났을 때는 지금 아이코에게 치명적인 공격—「아이코는 만나는 사람 없어~?」라는 질문을 받고 상태 이상에 걸리기도 했다.

말문이 막혀 얼굴을 붉히는 아이코에게 주변 사람들이 「오?」라고 반응하는 것은 당연했고, 설마 하며 그 시선이 타이시에게 쏠리니 그야 쓸데없이 얼굴에 힘이 들어갈 만도 했다.

아이코는 고향의 지인들과 나누는 그런 대화 자체에 감회가 새로운지, 축제가 썩 즐거운 기색이었다.

한편, 야마시로 할아버지의 솜사탕은 이미 예술의 경지에 도달해 있었다. 아니, 신기라고 해야 할까? 가게 앞에 늘어선 유명한 조각들이 솜사탕이라는 사실을 알았을 때는 아이코도 경악을 금치 못했다.

그리고 그것을 전부 말없이 건네줬을 때는 진심으로 난처했다. 그게 야마시로 할아버지 나름의 귀성 축하라고 생각해서 받았지만……

"그거 먹어도 되나?"

"……안 먹는 게 오히려 아깝지."

두 사람은 잠깐 쉴 곳을 찾아 아직 열기가 한창인 축제에서 벗어나 신사의 계단을 올랐다.

경내 벤치에 걸터앉은 아이코가 발을 흔들거렸다. 다른 사람은 없었다. 지치지는 않았지만, 괜히 숨을 후 내쉬었다.

"도중에 아버지가 맡아 줘서 다행이야. 집에서 천천히 먹어야지."

아버지— 하타야마 소헤이도 캔디 애플의 아류 같은 「사탕귤」 노점을 차려서 폭신폭신 비너스상들을 맡기고 왔다. 그러고 보니 그때 아버지가 짐꾼처럼 따라오는 타이시를 복잡미묘한 표정으로 바라봤는데…….

흠? 그건 뭐였을까? 아이코는 잠시 생각하다가 아무렴 어떠냐고 넘겨 버렸다. 그런데 타이시도 고향 청년단의 일원으로 축제 운영을 돕고 있을 텐데 언제까지 같이 있을 생각일까?

"타이시, 도와주러 가지 않아도 돼?"

"어? 아, 괜찮아. 응."

뭘까. 아까부터 묘하게 말수가 적다. 뭔가 살짝 긴장한 느낌이?

그래도…… 아무렴 어때~, 하고 넘겨 버리는 아이코. 이게 다 고향의 떠들썩한 분위기가 너무 편안한 탓이다.

이 신사 경내도 자주 왔었다. 무슨 신을 모시는지 관심도 없으면서 수험처럼 큰일이 있을 때면 동전을 챙겨 기도하러 오곤 했다.

불과 1년. 그런데도 모든 것이 그리웠다.

당연하게 존재했고, 특별히 좋아하지도 않은, 솔직히 말하면 조금 귀찮다고도 생각한 고향 땅. 그것이 지금은 둘도 없는 보물처럼 느껴졌다.

당연하게 존재하는 것은 없다고, 그 머나먼 이세계에서 지긋지긋하도록 보고 겪었기 때문이리라.

눈을 부드럽게 뜨고 고향의 축제를 보물처럼 바라봤다.

그런 아이코를 넋 놓고 바라보던 타이시는 이내 정신을 차리고는 난데없이 자기 뺨을 때렸다.

짝, 하는 메마른 소리에 놀라 아이코가 돌아봤다.

척 보기에도 긴장한 기색으로 타이시가 입을 열었다.

"아이, 여기로 돌아오지 않을래?"

"……? 지금 돌아와 있잖아."

"그게 아니라…… 지금 다니는 학교를 그만두고 여기서 생활하지 않겠냐고."

별안간 무슨 소리냐는 듯 아이코가 눈을 동그랗게 떴다.

타이시는 신경 쓰지 않고 말을 이었다. 진지한 표정으로, 설득하듯이.

"TV에서 봤어. 심각하더라. 딱히 너희 학생들이 나쁘다고 생각하진 않지만, 걔네와 같이 있는 한 너는 또 화살받이가 될지도 몰라."

"……그게 뭐? 당연히 해야지. 나는 선생님이니까."

"그만하면 됐잖아."

교사 자체를 그만두라는 말이 아니었다. 교직은 고향에서 찾으면 된다. 애초에 아이코가 말하는 「선생님으로서 당연한 일」은 당연하지 않다. 지금도 너무 많이 짊어졌다.

타이시는 그렇게 따졌다. 확실히 너무 많이 짊어진 것은 사실이었다. 교사에게도 자기 삶이 있다. 일반적인 교사의 시각에서 아이코의 책임감은 광기라고도 부를 수 있으리라.

하지만 이게 아이코였다. 이세계에 소환되어도, 죽음의 문턱에 서서도 변하지 않았다. 변하지 않은 「하타야마 선생님」이었다.

"나는 안 그만둬. 적어도 학교가 인정한다면 계속하고 싶어. 그 학교에서, 그 애들의 졸업을 지켜보고 싶으니까."

그렇게 말하고 일어섰다. 망설임 없는 눈빛은 강하다기보다 굳었다. 거기에는 명확한 의지가 담겨 있었다.

이 이야기는 끝. 그렇게 말하듯 축제로 돌아가려는 아이코를 타이시가 허둥지둥 일어나서 막아섰다. 그리고 짜증이 묻어나는 말투로 물고 늘어졌다.

사실은 입에 담고 싶지 않았던 말을. 지금 아이코에게는 치명적인 사실을.

"……네가 신경 쓰는 건, 정말로 그거야?"

"……무슨 의미야?"

"정말로 신경 쓰는 건…… 애인 아니야?"

"무무무무, 무슨 소리인지 모르겠네?!"

태연하던 아이코가 순식간에 동요했다! 전혀 굳지 않았다!

역시 이런 화제는 크리티컬!

어찌나 당황하는지 타이시도 독기가 빠져 쓴웃음을 지을 수밖에 없었다. 그래도 여기까지 오면 자신도 숨길 수 없기에…….

"숨겼다고 생각하는 건 너뿐이야. 너희 부모님도 나도 다 알아. 행방불명됐을 때 아이한테 애인이 생겼다는 거. 그리고 그 애인이…… 네 학생이라는 것도."

"으윽?!?!"

정말 교과서적인 리액션이었다. 표정만으로 무슨 생각을 하는지 훤히 들여다보인다.

구체적으로는 타이시에게 「어떻게 그걸?!」이라고, 부모님에게 「역시 들켰나?! 왜 들켰지?!」라고 생각하는 중이었다.

"어떻게 모르겠어. 너는 옛날부터 거짓말을 너무 못 해."

"그, 그래도 어떻게 학생인 것까지……."

"아니, 행방불명 중에 애인이 된 사이고, 부모님께 소개하기 꺼리는 상대라면 보통 학생부터 떠오르잖아?"

반박할 여지도 없다. 아이코는 머리를 싸잡았다.

어이없게 보던 타이시가 곧 표정을 고쳤다. 그리고 설득하듯 말했다. 지금 아이코가 하는 고민에 답을 주려는 것처럼.

"학생과 교사가 이어지다니…… 알잖아, 아이."

"―."

"너 자신이 그렇게 괴로워하잖아. 힘든 일을 겪었지. 비정상적인 상황에서는 이상한 생각도 들게 마련이야. ……나는 신경 안 써."

“타이시?”

목소리의 분위기가 변했다고 생각해 아이코가 고개를 들었다. 생각보다 가까운 곳에 진지한 눈동자가 있어서 반사적으로 거리를 뒀다. 하지만 타이시는 다시 그만큼 거리를 좁혔다.

“아이, 이제 그런 불순한 관계는 끝내자. 그리고 여기 돌아와서 처음부터 다시 시작하자. 처음엔 쓸쓸할지도 모르지만…… 앞으로는 내가 곁에 있을 테니까.”

“타이시, 그게 무슨…….”

아니, 이미 알고 있다. 타이시의 눈에 깃든 열기를 보면 아무리 둔감한 아이코라도 알아차린다.

타이시가 설마 자신에게 그런 감정을 가질 줄은 꿈에도 생각지 못했다. 적어도 학창 시절에는 애인도 있었을 것이다. 그래서 놀라움을 감추지 못했다.

“아이가 없어지고 나, 심장이 내려앉는 줄 알았어. 그때 깨달은 거야. 아이는 나에게 그만큼 소중한 사람이었다고.”

“이, 일단, 일단 진정하자.”

타이시가 슬금슬금 다가왔다. 딱히 무섭지는 않지만, 혼란스러웠다. 타이시의 표정에서 점점 감정이 고조되어 가서 더더욱.

거기서 비수 같은 말이 날아들었다.

“애인이랑, 잘 안 풀리지?”

“으.”

“당연해. 상대는 아직 애잖아. 너를 행복하게 할 수 있을 리 없지. 나라면 가업을 이어받아서 경제력도 있고 나이도 같아. 우리라면 분명 잘 맞을 거야.”

프러포즈에 가까운 고백을 받은 동시에 아이코의 등이 경내에 자란 나무에 닿았다. 어느샌가 이런 곳까지 물러나 있었다.

타이시의 양손이 아이코의 작은 어깨를 잡았다. 어릴 적부터 알고 지내면서 지금까지 한 번도 보지 못한, 아니, 자신을 향한 적 없는「남자의 얼굴」이었다.

만약 소환되기 전이라면, 어쩌면 아이코의 마음도 흔들렸을지 모른다.

하지만 아무리 강한 감정을 고백해도 지금 아이코의 마음에는 잔물결 하나도 일지 않는다. 오히려 마음에 강하게 떠오른 것은 눈앞의 소꿉친구가 아니라—.

“하지메…….”

“아이!”

나지막하게 흘러나온 이름. 눈앞에 있는데 자신을 보지 않는 사랑하는 이.

질투가 타이시를 움직였다. 어깨를 잡은 손에 힘이 들어갔다. 끌어안을 생각일까, 아니면 입술이라도 빼앗을 셈일까.

설마 타이시가 이렇게 막무가내로 밀어붙일 줄은 몰랐고, 그보다도 사랑하는 사람을 향한 마음을 의식하던 아이코는 한순간 반응이 늦고 말았다.

“안 돼, 하지메—.”

아이코는 반사적으로 일반인에게 위험한 수준의 힘으로 떠밀 뻔했지만—.

“그래, 여기 있어. 아이코.”

“어?”

“어?”

타이시와 아이코가 동시에 맥빠지는 소리를 냈다.

어느샌가 바로 옆에 빵긋 웃는 하지메가 서 있었다. 한쪽 손은 타이시의 멱살을 잡고, 다른 손은 아이코가 떠밀려던 손을 막고 있었다.

“윽, 너, 넌 누구야! 이게 뭐 하는 짓이야?!”

“그건 내가 할 말인데? 너야말로 남의 여자한테 뭐 하는 거야?”

그 직후, 타이시가 사라졌다. 그렇게 착각한 것은 마치 물수제비처럼 초저공으로 날아간 탓이리라.

멱살을 강하게 잡아 목이 조였는지 「켁」이라는 비명이 들렸다. 그대로 땅에 세 번 튕긴 타이시는 네 발로 엎드려 격하게 기침했다.

그런 타이시를 무시하고 아이코가 눈을 깜빡거리며 하지메를 쳐다봤다.

“하, 하지메?”

“그래, 나야.”

“왜, 왜 여기에?”

“여기 아이코가 있으니까?”

“아니, 의문형으로 그런 등산가 같은 말을 하셔도…….”

정신이 하나도 없는 아이코에게 하지메는 보란 듯이 슬픈 표정을 지었다.

"최근 고민이 너무 많아 보여서. 잠시 말을 나누고 싶었어."

"아, 그건 그……."

피하던 사람은 아이코였다. 굉장히 어색했다. 자기도 모르게 눈을 내리깔았다.

하지메는 표정을 싹 바꿔 심술궂은 미소를 지었다.

"가족분들께 인사도 드리고 싶었고. 그래도 온다고 하면 말리잖아? 그래서—."

"그래서?"

"서프라이즈~♪를 하기로 했지."

"하지메……."

이건 그거다. 연인 중 누가, 혹은 전원이 제안해서 하지메의 장난기가 발동한 것이다. 굿 럭이라며 엄지를 세우는 그녀들의 모습이 저절로 그려진다.

그녀들에게도 걱정을 끼쳤으리라고 생각하자 아이코는 괜히 더 부끄러워졌다. 그래도 마음을 써준 점은 솔직히 기뻤다.

"그래서 전이해 왔어요?"

"그렇지. 나침반을 썼더니 축제 이미지가 전해지더라고. 같이 즐기고 싶었어."

다시 보니 하지메도 유카타를 입었다. 어디 있는지 이해하고 일부러 아이코에게 맞춰서 갈아입었을까? 그런 점도 아이코의 마음을 따스하게 해줬다.

"갑자기 와서 미안하지만— 결과적으론 나이스 타이밍이었군."

다정하던 하지메의 눈에서 웃음이 사라졌다. 그 시선은 지금 막 일어선 타이시를 향해 있었다.

아이코가 퍼뜩 정신을 차렸다. 조금 전까지 다른 남자에게 고백받는 모습을 들켰다고 생각하자 맹렬한 수치심과 초조함이 밀려왔다.

"그, 그게, 오해예요! 타이시와는 딱히 그런 관계가 아니에요! 저는 눈곱만큼도 그런 마음 없으니까! 두근거림 제로! 가능성도 제로예요!"

"아~, 응. 그래……."

타이시가 다시 무릎 꿇고 쓰러졌다. 육체적 대미지는 거의 없을 테니까 아마 마음의 대미지일 것이다. 날려 버렸을 때보다 심각해 보인다.

반한 여자의 전면 부정…… 타이시를 노려보려던 하지메의 눈빛이 무심코 누그러들 정도로 날카로운 일격이었다.

그래도 그건 그거고 이건 이거다.

하지메는 뜬금없이 아이코를 뒤에서 껴안았다.

"하, 하지메?!"

아이코는 얼굴을 붉히며 동요하지만, 딱히 도망가려는 기색은 보이지 않았다.

"피하던 이유는 대충 알아. 보나 마나 서로의 입장을 새삼스럽게 의식했겠지. 정말로 새삼스럽게 말이야."

"하윽?!"

속을 훤히 들여다보고 있었다. 가족에게도 소꿉친구에게도 들켰던 나는 얼마나 단순한 인간일까……. 아무리 아이코라도 낙담할 수밖에 없었다.

"아이코가 바라면 졸업까지 참을 수 있어. 사귀는 방식을 바꾸고 싶다면 함께 생각하자. ……솔직히 상담하지 않는 게 제일 섭섭해."

"하지메…… 그러네요. 미안해요……."

아이코가 촉촉한 눈동자로 하지메를 올려다봤다. 끌어안은 하지메의 팔에 아이코의 손이 사랑스럽게 포개졌다.

"아이코가 「선생님으로 있고 싶은 마음」이 얼마나 강한지는 알아. 하지만 그렇다면 나를 타이르는 역할 정도는 해줘야지. 그때처럼."

「쓸쓸한 삶을 살지 않았으면 한다」— 【우르 마을】에서 아이코가 「선생님으로서 한 조언」이었다. 하지메는 그 말을 쭉 소중히 가슴에 간직했다.

그게 기뻐서 아이코의 표정도 포근해졌다.

"전제를 잊지 마. 아이코를 받아들이기로 정했을 때 내가 말했지?"

아이코는 떠올렸다. 자기도 하지메에게 사랑받고 싶다고 부탁한 신화 결전 후의 1개월. 그때 밝힌 서로의 각오. 마왕의 아내가 되는 조건이라고 해야 할까.

—앞으로 무슨 일이 있어도 나를 떠나는 건 용납하지 않아.

이 관계에 「헤어진다」라는 개념은 없다. 설령 아이코 본인이 거절해도 하지메가 놓아주지 않는다. 받아들이는 사람은 서로 평생을 바치기로 결정한 상대뿐.

헤어질 가능성을 고려하며 가장 사랑하는 연인 외의 여자를 받아들일 수는 없기 때문이었다. 무슨 일이 있어도 함께하는 미래를 위해서 전심전력을 쏟는다.

아무리 비상식적이고 최악이라고 비난받을지라도, 그것이 여러 여성을 받아들이기로 결심한 하지메가 보여 줄 수 있는 최소한의 성의였다.

요컨대 「마왕님에게서는 도망칠 수 없다」라는 뜻이다.

"알지?"

"……네에."

부드러우면서도 심장을 꽉 붙잡는 듯한 눈빛으로 물어 아이코는 생각할 새도 없이 대답했다. 얼굴이 새빨개져 그저 고개만 끄덕거렸다.

그걸 미소로 화답한 하지메는 드디어 아이코에게서 시선을 뗐다.

아이코가 「후엑~」이라는 한심하기 그지없는 소리를 내지만, 그건 일단 넘어가자.

지금 대화는 방금 들은 「누구냐?」라는 질문에 대한 답이기도 했다. 동시에 선고였다.

그 누구도 방해할 수 없는 분위기에 하지메와 아이코를 응시한 채 얼어붙었던 남자를 향한.

하지메의 시선으로 정신을 차린 타이시가 미간에 깊은 주름을 잡았다.

"……보아하니 너, 아이가 가르치는 학생이지? 아직 학생이라서 모르겠지만, 네가 있으면 아이가 괴로워져. 마음만으로 어떻게 할 수 있을 만큼 사회는 녹록하지―."

"충고 고마워. 다만, 상식을 갖춘 어른인 척하기에는 너무 늦었어."

칼같이 찌르는 말이었다. 순간적으로 반박하지 못한 것은 말속에 뼈가 있기 때문일까.

애인이 있는 줄 알면서도 밀어붙인 시점에서 설득력이 전혀 없었다.

"이번에는 너그럽게 봐줄게. 아이코는 포기해."

조용히 「아이코 소꿉친구만 아니었으면 파일 드라이버로 땅에 처박았어」라는 소리가 들려서 하지메를 멍하니 보던 아이코도 제정신으로 돌아왔다.

"그건 내가 할 소리지. 네가 뭐라고 해도 학생과 교사는―."

"……?! 흐악?! 꺄악, 앗, 안 돼!"

또 타이시의 말이 끊겼다. 할 말을 잃은 것이다. 자기를 날려 버린 자식이 사랑하는 사람의 옷 안으로 손을 집어넣고 더듬어 대고 있으니까! 그런 교태 섞인 소리, 들어 본 적도 없다― 아니, 그게 중요한 게 아니다!

"뭐 하는 거야?!"

"뭐 하는 거예요!"

타이시와 아이코의 목소리가 겹쳤다. 손이 쑥 빠지자 아이

코는 냉큼 가슴을 가렸다. 얼굴은 물론이고 귀까지 홍당무가 됐다.

두 사람의 항의를 한 귀로 흘린 하지메는 유카타 안쪽에서 꺼낸 것을 보여 줬다.

반지였다. 약혼반지다.

"아이코는 이미 애인이 아니라 아내야. 몸도 마음도 내 거라고."

"이, 이 자식이!"

완전히 악역의 대사였다. 아무리 봐도 소꿉친구를 빼앗긴 성실하고 착한 청년과 악독한 NTR남의 구도다. 물론 타이시는 단순한 친구니까 빼앗기고 자시고도 없지만.

그러나 타이시의 심정은 딱 그러했다. 머리끝까지 화가 나서 당장에라도 달려들 기세였다.

아무래도 물러날 생각은 없는지, 아직 아이코를 되찾을 수 있다고 믿는 모양이었다.

이미 끌어안고 있지 않은데도 떨어지지 않는 아이코를 보고 「아이, 그 녀석한테서 떨어져! 여기로 와!」라는 소리나 하고 있었다.

성인과 미성년, 학생과 사회인. 그 상식적인 차이 때문에 타이시가 착각하는 듯했다. 아직 자기가 유리하다고. 아이코도 알아주리라고.

그래서 한숨이 나왔다. 아이코가 뭐라고 말하기 전에 하지메가 최후의 일격을 준비했다. 동료에게 마왕이라고 불리는 그 무자비함으로 타이시의 「희망」을 박살 내기 위해.

"자업자득이지."

"뭐라고?"

"당신은 어릴 적부터 계속 아이코 곁에 있었어. 나한테 없는 강력한 무기야. 마음을 확인할 기회도 얼마든지 있었겠지. 아니야?"

"그, 그건……."

"하지만 당신은 그걸 전부 피했어. 아이코의 마음이 나한테 향할 여지도 없을 정도의 「돌아가고 싶은 이유」가 되지 못했어. 아니, 되려고도 하지 않았다고 봐야 하나?"

타이시의 입이 공기를 찾는 생선처럼 뻐끔거렸다. 반박하고 싶은데 할 수 없다. 말이 나오지 않는다. 마음이 인정해 버렸다.

"이건, 그 결과야."

피할 수 없는, 무자비할 정도의 정곡 찌르기. 빼앗겼다? 착각도 유분수다.

누구보다 아이코에게 가까운 곳에 있으면서 함께 걷기 위해 싸우지 않았다. 그래서 어느샌가 손이 닿지 않는 먼 곳으로 가 버렸다. 단지 그것뿐이다.

입장이나 사회적 지위를 따지기 이전의 문제였다.

타이시는 어금니를 꽉 물고 고개 숙였다. 아직 할 말을 찾는 것일까, 아니면 반박할 수 없는 자신을, 이 현실을 인정하고 싶지 않을 뿐인가.

아무 말도 하지 않는, 혹은 하지 못하는 타이시를 아이코가 다시 바라봤다.

그러다가 깨달았다. 그토록 심하게 굴렀는데 흙먼지만 좀 묻고 상처는 하나도 없다는 것을. 그러고 보니 타이시를 떠밀려던 아이코의 손도 막아 줬다는 것을.

가차 없는 말도 그저 감정대로 내뱉는 비난은 아니라고 느꼈다. 선량하고 모범적인 일본인처럼 행동하려고 노력한다지만, 자기 애인에게 손을 댄 것치고는 말투나 눈빛이 평소보다 덜 차갑게 느껴졌다.

적을 향한 분노를「무감정한 차가움」이라고 표현한다면, 타이시를 향한 분노는「감정이 담긴 차가움」이라고나 할까.

그 이유는 생각할 필요도 없었다.

'내 친구라서……'

자연스럽게 표정이 진지해졌다. 더는 방관할 수 없다고 생각해 숨을 크게 들이쉬었다.

하지메에게서 한 걸음 떨어지자, 그곳에는 언론과 싸우던 때의 아이코가 있었다.

하지메는 타이시에게 다가가는 아이코를 말리지 않았다. 다가가는 이유를 묻지도 않았다.

그 사실이 아이코에게는 더없이 기뻤다. 하지메의 신뢰가 열기가 되어 몸의 안쪽까지 불이 붙는 기분이었다.

"아이…… 나는……."

"타이시, 네 마음은 못 받아 줘. 받아 줄 마음도 없어."

단호하게 선고했다. 한 방에 희망을 부수는, 흔들림 없는 목소리와 눈빛이었다. 뒤에서 지켜보는 남자와 똑 닮았다고 느낄 정도로.

"……또, 고민하지 않겠어? 너는 올곧은 사람이니까."

"할지도 몰라, 그런 성격이라서. 그래도 내가 좋아하는 건 이 사람, 이 사람뿐이야. 그건 어쩔 수가 없어. 네 생각보다 나는 나쁜 여자라는 거겠지."

"하하, 나쁜 여자? 너한테 제일 안 어울리는 말이야."

힘없는 웃음이었다. 희망이 무너져 체념한 자의 웃음이었다.

마지막 순간 하지메를 노려보지만, 역시 미동도 하지 않았다. 그저 말없이 조용한 눈빛을 돌려줬다. 태연자약의 표본 같은 분위기로.

이래서는 누가 어린애인지 모르겠다…… 그렇게 생각한 시점에서 타이시의 몸에서 힘이 빠졌다.

"미안해."

타이시는 마지막으로 그렇게 말하고 혼자 경내를 떠났다.

그 모습을 바라보는 아이코 옆으로 하지메가 다가왔다.

"소꿉친구와 관계가 나빠졌다면 미안……."

하지메에게 어깨를 기대어 몸을 맡긴 아이코가 천천히 고개를 저었다.

"신경 쓰지 마세요. 시간은 걸릴지 몰라도 또 좋은 이웃으로 돌아갈 거예요."

"그럼 다행이지만……. 괜찮아 보이기는 한데 무슨 일 있으면 불러. 다음에는 반드시 파일 드라이버로 땅에 꽂아 버릴 테니까."

"……왜 땅에 거꾸로 꽂는 데 집착해요?"

아이코는 하지메의 농담에 피식 웃으며 떨어졌다. 그리고 하지메를 향해 돌아서서 꾸벅 고개를 숙였다.

"걱정 끼쳐서 미안해요. 만나러 와 줘서 고마워요."

사랑스럽다는 듯 하지메의 눈매가 부드러워졌다.

"신경 쓰지 마. 전에도 말했지만, 아이코의 그런 점 제법 좋아하니까."

"네? 그, 그런 점?"

"그래. 뭐든 열심히 하고 진심인 점. 고민하고, 실패하고, 헛돌고, 그래도 포기하지 않고 자기 나름의 답을 찾아서 앞으로 나아가려는 점."

그것이 바로 하지메가 눈부시다고 느낀 아이코의 장점이며 지금은 사랑스럽게 느끼는 부분이었다. 그리고 그 위령비 앞에서 하지메의 선언을 받아낸 부분이기도 했다.

"쭉 봤었으니까. 그대로 있어 주면 기쁘겠어."

"……그런 점이 치사하다는 거예요."

아이코는 등을 돌렸다. 견딜 수 없이 부끄러워서 악 소리치고픈 기분에 사로잡혔다. 자꾸만 올라가는 입꼬리를 되돌려 놓으려고 열심히 두 손으로 볼을 문질렀다.

하지메는 한순간 앞으로 돌아가서 어떤 얼굴인지 구경하고 싶은 충동에 휩싸이지만, 진짜 용건은 지금부터라고 생각해 자제했다. 본래 목적을 달성하기 위해서 조금 정신을 집중했다.

“자, 그럼…….”

“으으, 얼굴이 화끈거려…… 네? 뭐라고요?”

“지금부터 아이코네 집으로 가자. 부모님께 인사드려야지.”

“……네? 네에에?!”

아이코에게는 「저기 편의점이나 들르자」 수준의 가벼운 말이었다. 놀라서 돌아보자 의욕 충만한 하지메가 서 있었다.

“고민이 해결됐으면 이제 소개하지 못할 이유도 없잖아?”

“그, 그건 그렇지만요, 그래도 그게, 제가 학생한테 손댔다는 사실에는 변함이 없어서…….”

말하기 꺼려지는 건 똑같은 모양이었다. 마음의 준비가 되려면 앞으로 몇 개월이 걸릴까. 새로운 가족이 될 사람들이다. 하지메는 너무 오래 기다리고 싶지 않았다.

“으음, 아이코 집은 저쪽…… 오? 아버님이 노점을 내셨나. 근처에 계시네. 좋아, 인사할 겸 하타야마 집안의 맛을 체험해 볼까.”

“앗, 잠깐, 뭘 그런 거로 나침반까지 써요! 앗, 무시하고 가지 마요! 아버지한테 대체 무슨 소릴 하려구요!”

“당연히 「아버님, 따님은 이미 제 겁니다」지. 정석이잖아?”

“어디가?! 오히려 싸우자는 거죠!”

척척 걸어가는 하지메의 허리에 매달려 막아 보지만, 당연히 어림도 없었다.

“그보다 아이코, 내심 신경 쓰였는데 왜 나한테는 존댓말이고 그 자식한테는 반말이야? 너무하지 않아?”

"윽, 그건…… 적어도 졸업하기 전까지는 이대로 쓰면 안 돼요? 저는 학교와 사생활에서 딱딱 말투를 나눌 재주가 없어요."

"그건 그래."

"네…… 아니, 이야기 돌리지 마세요! 아는 사람도 많은데 아버지한테 그런 말을 하면…… 내일은 온 동네에 다 퍼져요!"

"괜찮아. 문제없어. 나는 신경 안 쓰니까."

"문제가 왜 없어요! 저는 신경 쓴다고요! 앗, 안아 들기까지?!"

하지메가 가뿐히 안아 들자 아이코는 포기한 듯이 두 손으로 얼굴을 가렸다.

경내에서 계단을 내려가는 중이었다. 굉장히 눈에 띈다.

마치 파티장 2층에서 에스코트를 받으며 등장하는 아가씨 같다. 그 이미지를 상상하자 도저히 주변을 볼 수 없었다.

하지만 귀까지는 막을 수 없었고, 사방에서 호들갑스러운 소리가 들려왔다. 이웃 아주머니부터 아이코를 귀여워하던 할아버지, 할머니들까지 「에구머니! 이게 웬일이냐」라며 저마다 한마디씩 소리를 질렀다.

끝내는 「아, 아이코?」라는 당혹감 섞인 아버지의 목소리까지. 손가락 틈으로 힐끔 보자 휘둥그런 눈으로 경악하면서도 바로 뭔가를 알아차린 듯 은은한 미소를 짓는 소헤이가 있었다. 옆에 있는 할아버지도 똑같은 반응이었다.

수치심은 순식간에 레드존으로 돌입했다.

"지, 지금 당장 집으로 보내 줘요……."

“점점 더 납치당한 공주님 같네.”

물론 집으로 돌아갈 수는 없었다. 이 마왕에게 이길 용사는 없으니까.

그 후, 지인도 많은 축제 한복판에서 당당하게 「가족에게 인사하는 애인」 때문에 신사는 그야말로 축제 분위기에 휩싸였다.

소헤이가 살짝 어색하게 웃으면서도 아이코를 돌려보내 줘서 고맙고 집으로 초대하겠다고 말하자 우렁찬 환호성과 박수갈채가 일었다.

아이코는 이 순간 고향의 전설(?)이 되었다.

참고로 그 후 아이코네 집에서 정식으로 인사하고 하지메의 여성 관계, 향후 하지메 가족과의 교류 등을 이야기했는데…….

적어도 카오리나 시즈쿠 가족만큼 힘들지는 않았고 의외로 빠르게 가족끼리 만날 약속도 잡았다.

딸을 몇 번이나 구해 준 사실과 「가족회」를 통해 안 나구모 부부에 대한 신뢰, 그리고 본인들의 마음을 존중한 결과일 것이다.

절대로 아이코의 농사 스킬과 은폐용 아티팩트를 이용해 어떤 작물이든 최고급 수준으로 자라는 「기적의 땅」을 남몰래 얻어 보지 않겠냐는 하지메의 제안 때문은 아니리라.

음흉한 얼굴로 악수를 나누는 애인과 가족을 보면서도 아이코는 그렇게 생각했다.

12월도 반절이 지난 무렵.

이른 아침의 주택가는 차고 맑은 공기에 잠겼고, 하늘은 구름 한 점 없이 푸르렀다.

그곳에 뭔가가 덜컹 부딪치는 소리와 「끄엑?!」이라는 비명이 퍼졌다.

"……하지메? 듣고 있어?"

"으, 응. 듣고 있어, 유에."

뚜벅뚜벅 규칙적인 발소리를 내며 하지메 옆을 걷는 유에가 살짝 불만스럽게 볼을 부풀리고 있었다.

키 차이 때문이기도 하지만, 아래에서 눈을 치켜뜨는 구도였고, 그런 그녀의 행동을 수도 없이 봤을 텐데 하지메의 심장은 한순간 철렁하고 말았다.

그래서 방금 부딪친 소리와 비명의 원인— 지나가던 자전거 출퇴근 회사원이 한눈팔다가 전봇대에 격돌한 사고 현장도 자연스레 머리에서 빠져나갔다.

유에는 잰걸음으로 하지메 앞으로 나와 화려하게 빙글 돌아섰다.

부드럽게 나부낀 금실 같은 머리칼이 아침 햇살에 축복이라도 받은 듯이 반짝였고, 똑같이 부드럽게 나부낀 치마가 매력적인 절대 영역으로 눈길을 강제로 사로잡았다.

또 「우왁?!」이라는 비명이 들렸다. 다른 고등학교의 남학생이 도랑에 발이 빠진 모양이었다. 하지만 뒤로 걸으면서 똑바로 응시하는 유에에게 마음이 빼앗긴 하지메는 눈길도 주지 않았다.

"뒤로 걸으면 위험해."

"……응. 그래도 이러면 서로 시야에 들어와."

반쯤 감긴 눈과 무표정이 기본인 얼굴에 변화가 일었다. 포근한 표정— 유에의 미소에 하지메는 기시감을 느끼고 한순간 눈을 깜빡이는 것도 잊었다.

……하지메의 옆을 지나가던 우체부는 뇌에 충격을 받았는지 급브레이크를 잡았다. 길에 주차된 자동차까지 불과 수 센티미터, 멋지게 드리프트로 정차했다.

"……하지메?"

하지메의 반응에 유에가 고개를 갸웃거렸다. 하지메는 기시감의 이유를 알아차리고 「망상이 현실이 됐군」이라고 중얼거렸다.

그 혼잣말을 듣고 유에는 고개를 반대쪽으로 갸웃하며 의문을 표했다.

그런 몸짓이 귀여워서 무심결에 끌어안고 싶은 충동을 하지메는 필사적으로 참았다.

그와 동시에 옆길에서 걸어오던 여고생이 갑자기 코를 잡고 웅크렸다. 그녀의 손 사이로 행복의 붉은 액체가 뚝뚝 떨어졌다.

작게 「오, 오늘도 만났어! 정말 천사야……」라고 중얼거린 이

여고생, 최근 매일 같이 같은 곳에서 붉은 행복을 쏟아내는 것으로 보아 건강에 문제가 있는 게 틀림없다.

"전에 그 옷을 입고 지금처럼 뒤로 걷는 유에를 본 적이 있어."

"……응? 그런 적이 있어?"

"아니, 현실에서는 처음이야. 다만, 자백하기는 부끄럽지만…… 하르치나 대미궁에서."

"……아. 후훗, 꿈꿨어?"

"웃지 마."

하지메는 왼고개를 틀며 볼을 긁적였다. 연인에게 자신의 망상과 소망이 구체적으로 알려지는 것은 이미 서로를 잘 아는 관계라도, 아니, 잘 아는 관계이기 때문에 조금 창피했다.

하지메가 품은 기시감의 정체는 대수 우아 아르트의 대미궁에서 받은 「꿈속의 이상 세계에서 탈출한다」라는 내용의 시련이었다.

하지메의 꿈은 나락 바닥에서 경험한 절망과 지옥의 고통이 없던 일이 되고 소중한 사람들과 보내는 평범한 일상이었다. 그 꿈속에서는 유에와 이렇게 학교에 다녔다. 싸움도 고통도 불안도 없이, 함께 햇빛을 받으며 느긋하게.

사첼백 책가방을 뒤로 들고 춤추듯 걷는, 하늘색 블레이저와 빨간 리본 타이, 무릎까지 오는 치마에 로퍼 차림의 연인— 하지메의 모교 교복을 입은 유에와.

모든 고난을 극복한 끝에 찾아온 이 광경이야말로 그때 꿈꾼 그 광경이었다.

"학교에는 익숙해졌어?"

화제를 전환하려는 하지메에게, 유에는 입꼬리에 웃음을 남긴 채 대답했다.

"……응, 신선하고 즐거워. 하지메랑 둘만 등교할 때는 특히."

"로테이션을 짜서 굳이 전철까지 타며 갈 필요는 없다고 생각하는데……. 지름길로 가면 자전거가 더 빠르다고."

"……하지메는 몰라. 단둘만의 등하교가 얼마나 가치 있는지. 이건 모두의 뜻이니까 이견도 반론도 인정하지 않아."

"그, 그래? 그래도 말이지……."

월초에 복학하고 얼마 동안 유에와 시아는 새로운 환경에서 우왕좌왕했고, 학교에서나 등하교할 때나 항상 하지메 옆에 붙어 있었다. 하지만 그것도 첫 일주일 정도였다.

금방 익숙해진 두 사람은 카오리와 시즈쿠도 섞어 하지메와의 1대1 등하교 로테이션을 계획했다.

아직 차례가 두 번밖에 돌지 않았지만, 계속 이어가는 건 확정이라고 한다. 하지메가 생각하는 이상으로 기쁜 듯했다.

모르는 바는 아니었다. 둘만 있을 기회는 의외로 적으니까 분명 귀중한 시간이라고 생각한다.

다만, 이 네 명의 경우 누구나, 특별히 유에에게는 제법 절실한 문제가 있었다. 살짝 흘러나오는 쓴웃음은 용서해 줬으면 한다.

"……둘뿐이면, 싫어?"

"그럴 리가 없잖아."

축촉한 눈동자로 그렇게 물어보면 하지메도 바로 답할 수밖에 없었다.

설령 주변 통행인이 모두 충돌하거나 넘어지고, 코로 행복을 분사하는 비극을 맞이하더라도.

유에와 단둘이 등하교하면 대개 이렇게 된다. 지나간 자리가 재난 발생 지역처럼 변하는 것이다. 그리고 하지메의 지탄(指彈) 기술이 의도치 않게 향상될 정도로 무례한 자들의 스마트폰도 승천한다.

하지메는 옷에서 꺼낸 붉은 테 안경을 유에에게 살며시 씌워 줬다. 안경 소녀 유에가 눈을 깜빡거린다.

일단 이미 인식 방해용 아티팩트는 붙여 놨다. 하지만 이상하게 둘만 등하교할 때는 평소 이상으로 효과가 미미했다.

그래서 새로운 아티팩트를 추가하기로 했다. 인식 방해 중첩이면 어떠냐는 생각으로.

ㅡ콰당! 끼기이익, 쾅! 끼리릭!

ㅡ귀, 귀여푸헉?! 히엑!

「안경 쓴 유에」 자체가 매력 뻥튀기 아이템이었나 보다.

"유에, 사실 매혹 개념 마법 같은 거 배우지 않았어?"

"……?"

하지메는 패배감에 젖은 표정으로 유에에게서 안경을 살며시 벗겼다. 이것으로 2패였다.

연성사의 정점 「진장」에 도달한 창조자건만, 왜 유에의 매력을 억제할 수 없을까. 그런 이야기를 저번 하교 후 스미레에게

했더니 어리둥절해하며 「너랑 같이 있으니까 그렇지」라고 당연하다는 듯 답했다.

사랑하는 사람과 단둘만의 시간을 보내느라 유에의 행복이 밑도 끝도 없이 흘러나온 결과라는 말이었다.

설마 정말로 그런 이유로? ……그렇게 생각하며 유에를 돌아보자.

"……왜~?"

유에의 온몸에서 하트 모양 거품이 뽕뽕 솟아나는 환상이 보였다.

어머니는 역시 혜안이 있으시다.

그러는 사이에 많은 사람이 분주하게 오가는 역전에 도착했다.

하지메 옆으로 돌아온 유에는 아주 자연스럽게 팔짱을 꼈다. 달콤한 향기가 하지메의 코를 간지럽혔다.

동시에 역무원이나 회사원분들이 「아침 댓바람부터 살판났네」라는 눈총을 쏴댔다. 학생은 더 노골적이었다. 당장 침이라도 뱉을 표정이었다.

"유에, 나한테서 떨어지면 안 된다?"

"……응? 그럴 예정은 영원히 없는데?"

그런 말이 아니다. 행복에 취해 정신 상태가 몽롱한 유에는 주변 상황을 전혀 깨닫지 못하고 있었다. 아니, 신경 쓰지 않을 뿐인가?

뭐가 됐건 적개심이 들끓었다. 선량하고 모범적인 일본인이 되기 위해 노력하는 하지메에게는 약간의 시련이 될 정도로. 반사적으로 「보물고」에서 돈나를 꺼내려는 자신을 열심히 억눌렀다.

"사람이 많으니까."

"……응, 알았어. 더 붙을게."

"아니, 그게 아니라— 그래, 그냥 그렇게 하자."

제대로 걸을 수나 있냐 싶을 정도로 유에가 꽉 안겼다. 표정을 보니 대단히 만족스러우신가 보다.

하지메는 그냥 포기하고 받아들였다. 늘 가는 승강장에서 매일 아침 반복되는 광경이 펼쳐지려고 했기 때문이기도 하지만.

아무리 봐도 하지메와 유에가 서는 줄에 사람이 집중되어 있었다. 남자가 많고 여자도 제법 있었다.

그들은 언뜻 보면 폰이나 신문, 책 따위를 보는 것 같지만, 하지메의 눈에는 힐끔힐끔 눈알을 굴리는 모습이 뻔히 보였다.

'매일매일 아침마다 질리지도 않나. 여기 정말 일본 맞아? 살기까지 느껴져. ……뭐, 매일 아침 다른 여자랑 등교하면 당연할지도 모르지만.'

줄 선 사람 중에는 유에뿐 아니라 시아의 팬도 있을 것이다. 「시아를 가지고 놀아? 저 쓰레기 자식」이라는 나지막한 목소리가 드문드문 들려왔다.

참고로 카오리나 시즈쿠와 등교할 때는 하지메가 집까지 배웅 나간 뒤 전철을 타는데, 그때도 대부분 같은 상황이 펼쳐진다.

평범한 남고생이라면 바늘방석이라는 표현으로도 한참 부족한 상황에 정신이 나가 버릴 것이다. 물론 이세계에서 마왕 취급받는 남자에게는 귀찮을 뿐 아무 타격도 없지만.

뒤에 선 회사원 같은 아저씨가 묘하게 거리를 좁혔다고 감지한 하지메는 유에의 허리에 손을 둘러 정면으로 당겼다. 그리고 뒤쪽으로부터 숨기려고 끌어안았다.

웅성거렸다. 살인적인 시선이 배로 늘었다.

"……후후. 지켜 줘서 고마워, 하지메♪"

"저기, 유에. 역시 전철은 포기하면 안 될까?"

치한 따위는 생길 수 없었다. 무단으로 유에에게 접촉하려는 것을 하지메가 용납할 리 없으니까.

하지만 아침마다 그 매력으로 많은 사람을 정서 불안으로 만들 필요도 없었다.

그런 뜻을 내포한 의견에 유에는 「응~」이라며 잠시 생각에 빠졌다. 그러더니 천천히 검지를 척 세웠다.

"……「모두 우리에게 관심 갖지 말아라, 얍~」."

귀여운 말투로 신비한 울림이 흘러나왔다. 눈에 보이지 않는 힘이 파문처럼 역 전체로 퍼졌다. 그 순간, 두 사람을 의식하던 사람들의 눈이 단번에 빛을 잃었고…….

그 직후, 흠칫하며 정신을 차리더니 왜 자기가 장사진에 껴있는지 모르겠다는 표정으로 흩어졌다.

"이건 뭐, 「신언」 바겐세일이군. 그렇게까지 전철 통학을 하고 싶어?"

“……응. 하지메식으로 말하면 이건 로망. 그러니까 양보 못 해.”

“여, 역설하네. 알았어. 안경을 더 개량해 둘게.”

“……이번에도 안경이야?”

“그래, 안경.”

그건 하지메도 양보할 수 없었다. 안경 소녀 유에 님은 하지메의 취향에 완벽히 부합했다. 그 안경은…… 좋은 것이다.

진지한 하지메의 얼굴을 보고 유에는 저도 모르게 웃음을 터뜨렸다.

인형 같은 소녀의 순수한 미소는 다시 주변의 주목을 받지만…….

도매금으로 팔리는 신의 말씀이 모든 시선을 차단했다.

그 후에도 학교에 도착할 때까지 하지메의 말대로 바겐 세일이 벌어졌다.

이세계 흡혈 공주님은 자기 욕망을 위해서라면 신의 권능을 아낌없이 휘둘렀다.

하지메》》넘을 수 없는 벽》》기타 등등이었다.

학교에 도착한 하지메와 유에는 역시나 주목을 받으며 신발장으로 갔다.

그러나 그 주목도 꽤 나아진 편이었다. 복학한 당시에는 용건도 없는 이들이 현관부터 교실까지 옹기종기 모여 대기할 정도였다.

지겹도록 언론에 거론되는 유명인들이 같은 학교에 있으니까 호기심도 발동할 만하다. 학생들에게 그것을 참으라고 해 봤자 통제가 될 리 없었다.

물론 교내에서는 인식 방해로 쫓아내지도 않았고, 하물며 「위압」도 하지 않았다.

향후 학교생활을 생각하면 위화감이나 공포를 주는 것은 자충수가 될 수 있기 때문이었다.

특별한 짓은 아무것도 하지 않는다. 귀환자는 모두 모범적인 학생.

가능한 한 그렇게 행동거지를 조심한 결과, 쉽게 끓고 쉽게 식는 그들은 서서히 흥미를 잃어 최근에는 꽤 진정된 상태였다.

하지만 그 탓에 이번에는 다른 이유로 이목이 모였다.

"……우."

유에가 신발장을 열자 편지가 우수수 쏟아졌다. 꽤나 고전적인 방법이라는 생각도 들지만, 그 외에 마음을 전하는 방법이 없으니까 어쩔 수 없으리라.

왜냐면 유에의 연락처는 레어 중의 레어, 입수 난이도 SSS급이었다. 함부로 알려 주는 사람이 있을 리 없었고, 흑심이 있는 사람이 직접 물어도 알려 줄 리 만무했다.

직접 고백도 불가능했다. 애초에 부른다고 나오지 않고, 때와 장소를 가리지 않고 달려들면 절대영도의 시선과 위압감으로 입도 벙긋하지 못한다.

이미 승산은 0퍼센트를 넘어서 마이너스에 돌입했다.

"여전하네."

"……응. 주의 문구 붙였는데."

귀찮은 표정을 숨기지도 않는 유에는 편지 다발을 모조리 꺼냈다.

실내화로 갈아신고 신발장을 닫자 그곳에는「편지 사절!」이라는 글자가. 효과는 전혀 없었다. 규칙도 다 같이 어기면 무섭지 않다는 정신일까?

몇 통을 대충 훑어보고「역시 있네」라며 난감한 표정을 지으면서도 남은 편지 다발을 신발장에 처박았다.「시라사키 카오리」라는 명찰이 붙은 신발장에.

"또 여자한테 온 러브레터야?"

"……응."

처박지 않은 편지가 그것이었다. 매번 그랬다. 유에에게 오는 러브레터 중 30퍼센트는 여학생에게서 온 것이었다.

"……러브레터보다는 팬이라거나 친구가 되고 싶다는 내용이야. 하지메가 있는 줄 알면서 흑심을 내비치는 멍청이는 알바 아니지만, 친해지고 싶다는 여자애의 편지는 함부로 할 수 없어."

"그런 점이 인기 있는 이유겠지."

외모는 몰라도 내면은 성인 여성이었다. 흘러나오는 여유와 포용력은 동년배에게 없는 것이었고, 하지메 이외의 남자에게는 기본적으로 냉랭하게 대응해도 동성에게는 상냥했다.

그리고 굳이 말할 필요도 없겠지만, 믿기 어려울 정도로 아름다웠다. 동년배 여자애가 반하는 마음도 알 만하다.

곤란한 표정이지만 사랑받아서 나쁜 기분은 아니라는 유에를 재미있어하며 하지메는 자기 신발장을 열었다.

귀여운 편지 몇 통이 단정하게 쌓여 있었다. 유에 님의 시선이 푹 박힌다.

사실 하지메도 의외로 받는다.

유에나 시아가 함께 사랑하는 유일한 남자. 그것만으로 주목도가 높고, 지켜보는 사이 위풍당당하고 태연자약한 특유의 분위기에 가슴 설레는 여자가 제법 있는 모양이었다.

"너희가 있는데 왜 기회가 있을 거라고 생각하지?"

"……반대로 몇 명이나 있어서 아닐까?"

"……말 되네."

반박할 수 없는 하지메는 어쩔 수 없이 편지를 꺼내서 다른 신발장에 넣었다. 참고로 그 신발장에는 「아마노가와 코우키」라고 적혀 있었다.

「과거시」로 누가 하지메에게 수작을 부리는지 몰래 조사하던 유에가 문득 입꼬리를 씩 끌어올렸다.

"……하지메. 제일 위에 있는 편지, 안 읽어도 돼?"

"제일 위? 뭔가 있어?"

미심쩍어하는 하지메에게 유에가 그 편지를 꺼내며 말했다.

"……응. 하지메를 연모하는— 남자가 보낸 러브레터."

“하아압!!”

빛의 속도로 편지를 가로챈 하지메는 편지를 악력으로 초압축해서 학교 건물 밖으로 전력투구했다. 핀볼보다 작게 압축된 편지가 아무렇지 않게 시속 166킬로미터를 내면서 레이저 빔처럼 날아갔다.

「아앗, 내 편지가!」라는 비통한 목소리와 함께 중성적인 남학생이 튀어나온 기분도 들지만, 아마 착각일 것이다.

“……너무해, 하지메. 귀여운 남자아이의 마음을 던져 버리다니.”

“이세계의 미스터 레이디들이 머리를 스치는 바람에 반사적으로 그만…….”

“……하지메, 눈치챘어? 일부 남자들에게 엄청 인기야.”

“그거야 뭐……. 그냥 친구가 되고 싶을 뿐이라면 괜찮지만, 그 녀석들의 뜨거운 눈빛이 나를 미치게 해. 보는 순간 크리스타벨과 친구들이 자동으로 연상돼. 내 엉덩이를 응시하던 그 끈적한 눈이!”

“……크리스타벨, 좋은 사람인데.”

“애인의 트라우마라고. 좋은 사람으로 끝내지 말아 줘.”

질색하는 하지메를 보며 유에는 키득키득 웃었다.

그렇게 유에가 즐거워하는 모습에 끌려 등교하던 학생들의 걸음이 점점 느려졌다.

일부러 구경하러 오지는 않게 됐지만, 등교 시간이 맞으면 조금이라도 미모의 소녀를 보려고 인파가 생기기 시작했다.

그래서 하지메는 유에의 손을 잡고 얼른 교실로 갔다.

하지메와 유에의 교실은 최상층 가장 구석에 자리했다. 다른 교실은 없었다. 사용 빈도가 낮은 전용실과 준비실이 많은 층이었다.

사람이 거의 오지 않는 이런 곳에 교실이 있는 이유는 이곳이 「귀환자」 복학을 위해 필요한 조치이기 때문이다.

학교 관계자나 일부 재학생, 그들의 보호자가 불안시하는 의견과 기적적으로 생환한 아이들을 내쫓는 것은 비도덕적이라는 여론, 귀환자가 뿔뿔이 흩어지지 않게 한곳에 모아 두고 싶은 정부의 의지.

그것들의 타협점이 원래 다니던 학교의 격리된 곳에 「특별교실」을 설치한다는 결론이었다.

참고로 그런 사정으로 인해 담임은 아이코였다. 소환 전에는 담임을 맡지 않았었으니까 어떻게 보면 출세한 셈, 일지도 모른다.

"같은 2학년이라도 옆에 있으면 거북하겠지, 학생들도."

"······응?"

고개를 갸웃거리는 유에에게 아무것도 아니라며 머리를 흔들었다.

하지메가 소환된 시기는 2학년 때였다. 하지만 귀환자는 진급하지 못하여 그대로 2학년으로 복귀했다.

당연하다. 1년 치 수업을 통째로 빼먹었으니까. 하지만 「유급」으로도 취급하지 않았다. 어디까지나 휴학 후 복학한 형태였다.

사태가 사태인지라 타당한 조치였지만, 관계 부처의 의견을 반영한 결과이기도 했다. 불이익이 되는 낙인만 찍히지 않는다면 귀환자들도 바라던 조치였다.

잃어버린 1년분의 학교생활을 되찾고 싶은 마음이 강했으니까.

원래 친했던 동급생 친구와 학년이 떨어지고 후배가 같은 학년이 되어 심경이 복잡하기는 했다. 사실 하지메가 수단을 고르지 않고 손을 써서, 「한계 돌파」라도 써서 학력을 키우면 진급도 가능했을지 모른다.

하지만 그러면 반년도 지나지 않아서 졸업한다. 기껏 이세계에서 단단한 인연으로 묶인 동료들과 빨리 헤어지고 싶지 않다는 것이 만장일치의 결론이었다.

그 일들을 떠올리는 사이, 최상층에 도착했다.

교실이 있는 복도에 들어선 순간 사람이 줄었다. 멀어진 소음이 조금 적막했다. 하지만 오늘 아침은 반 아이들 말고도 사람이 있었다. 노기 섞인 고함이 들렸다.

“저건…… 교감 선생님과, 완전히 가려서 안 보이지만 아이코인가?”

“……응. 싸우나?”

유난히 번들거리고 절대로 모양이 무너지지 않는 7대3 가르마가 특징인 교감 선생님이 등을 돌리고 서 있었다. 너무 완벽해서 오히려 부자연스러운 머리가 가발이라는 사실은 공공연한 비밀이었다.

뒤에서는 「가발 선생님」 혹은 안경을 써서 「가발 안경」이라고 불리는 교감 선생님 앞으로 검은 스타킹을 신은 가느다란 다리가 보였다.

기척을 느껴봐도 아이코가 틀림없었다. 아무래도 아침부터 교감 선생님에게 야단이나 잔소리를 듣는 모양이었다.

서로 돌아본 하지메와 유에는 기척을 차단하고 교감 선생님의 뒤로 살금살금 다가갔다.

"알겠나, 하타야마 선생. 자네가 아직 우리 학교 교직에 서 있는 건 온정적 처분일세. 자네 처지를 똑바로 인식했으면 좋겠군!"

"네, 넷. 그건 물론 감사드리고 있고……."

"그러면 왜 기자 앞에서 우리 학교의 평판을 해치는 무책임한 발언을 하는 건가? 나로서는 도무지 이해할 수 없어!"

"죄, 죄송합니다. 절대로 그럴 의도는……."

"그러면 왜 「특별 교실은 학교 측의 차별」 같은 소리를 해!"

"오해예요! 차별이라고 안 했습니다! 그저 학교가 학생들을 조금 더 평범하게 대우해 주길 바라는 마음에……."

교감의 심기가 불편한 이유는 아이코가 기자에게 한 발언 때문이었다.

하지메의 세계 규모 인식 간섭으로 보도와 취재 열기는 수그러들었다. 하지만 완전히 사라지지는 않았다. 특히 프리랜서 기자는 뒷배가 없는 대신 통제도 힘들었다.

그런 자들은 아직도 끈질기게 따라붙는 경우가 있었다. 물론 약속도 잡지 않고.

아이코도 매너를 무시하는 상대와는 말을 섞지 않지만, 최근 찾아왔던 기자에게는 무심코 반박해 버렸다.

특별 교실은 귀환자가 위험하다는 증거가 아니냐는 말에 참지 못한 것이다.

학생들은 위험인물이 아니다. 본래 평범하게 학교에 다녀야 할 아이들이다.

다시 말해 평범한 취급을 받지 못한다? 학교가 아이들을 차별한다! 그런 기사가 나와서 인터넷에서 또 화제가 되었다.

당연히 학교의 전화통에는 불이 났다. 외부 대응을 진두지휘한 사람, 아니, 처음부터 그게 역할인 교감 선생님으로서는 불만이 생길 만도 했다.

그렇지만 윽박에 죄송스럽게 움츠러든 아이코를 보면 하지메와 유에는 울컥할 수밖에 없었다.

(저 머리털도 없는 가발 교감이. 절반 이상은 화풀이잖아.)

(……응. 우리를 격리한 건 사실이면서.)

하지메와 유에는 아직 아이코에게 고래고래 소리치는 교감을 아니꼽게 바라봤다. 두 사람은 기척을 감춘 채 교감에게 더 접근했다.

그제야 아이코도 하지메와 유에를 알아차린 듯했다.

하지메가 미소 지으며 입만 움직여 「안녕」이라고 전하자, 아이코도 잔소리에 열을 올리는 교감을 힐끔거리며 입만 움직여 「안녕하세요」라고 답했다.

하지메는 방긋 웃으며 고개를 끄덕이고는…….

(일단 쏴 버릴까?)

슬쩍 돈나를 꺼내서 교감의 뒤통수를 조준했다.

"안 돼요! 절대!"

"음? 그래, 하타야마 선생. 모교란 학생에게 평생 잊을 수 없는 소중한 장소지. 절대로 그 평판을 훼손해서는 안 돼. 애당초—."

아이코가 무심결에 두 손으로 X자를 만들며 외쳤다. 마침 교감이 「학교가 오명을 써도 상관없나?」라고 발언한 직후라서 돌발적인 기행도 기적처럼 대화에 녹아들었다.

이어서 유에가 검지를 척 세웠다.

(……안심해, 아이코. 지금 이 얼마 남지 않은 모근을 사멸시켜 줄게.)

손가락 끝에 불이 붙었다. 시선은 교감의 머리를 향해 있었다.

"이 이상은 안 돼요! 완전히 사라질 거예요!"

"잘 아는군, 하타야마 선생! 이 이상의 악성 루머는 막아야 하네! 신뢰를 잃으면 학생들의 소중한 모교가 완전히 사라질 수도 있어!"

또 기적적으로 대화 릴레이가 이어졌다.

그건 그렇고 전멸 위기에 필사적으로 발버둥 치는 모근들이 비상경보라도 울렸는지, 교감이 갑자기 뒤를 돌아봤다.

하지메와 유에는 짠 것처럼 사각지대로 이동했다.

기분 탓인가, 하고 교감이 아이코에게 시선을 돌리자마자 하지메와 유에도 슬쩍 원위치로 복귀했다.

교감이 손목시계를 확인했다. 잔소리를 마무리하려나 보다. 분명 그는 그 나름대로 자신의 신념에 따라서 중요한 이야기를 하는 것이다.

하지만 아이코는 뒤에 있는 두 사람이 신경 쓰여서 교감의 이야기는 머리에 하나도 들어오지 않았다.

(뭐 해요! 저는 됐으니까 빨리 교실에 들어가세요! 그런데 어라? 왜 내가 입을 움직여서 대화하지?)

어쨌거나 결혼 케이크 커팅식처럼 함께 교감 선생님의 가발로 손을 뻗지 말았으면 좋겠다.

아이코는 교사다운 얼굴이 되어 「장난은 그만하세요!」라고 눈으로 꾸짖었다.

통했나 보다. 하지메와 유에는 시무룩하게 어깨를 늘어뜨렸다.

『아이코를 돕고 싶었을 뿐인데…….』

『……우우, 미안. 다 아이코 좋으라고…….』

아무리 봐도 연기지만, 그 「염화」가 얼마나 처량하게 들렸는지, 가뜩이나 상황을 쫓아가지 못하던 아이코는 순진하게 죄책감을 느끼고 가슴을 붙잡았다.

그런 아이코에게 하지메와 유에는 더 장난기가 발동해 눈을 글썽이며 호소했다.

『아이코는 이제, 내가 싫어졌구나…….』

『……아이코는 이제, 내가 싫어?』

반한 남자와 존경하는 정실에게 그런 소리를 들으면 이미 혼란에 빠진 아이코가 냉정하게 대처할 수 있을 리 없었다.

"아니에요! 좋아하는 게 당연하잖아요!"

"뭐?! 하, 하타야마 선생, 갑자기 무슨 소릴……."

왠지 교감 선생님이 심하게 동요했다. 당황한 기색이 역력하지만, 최선을 다해 차분한 척하며 헛기침한다.

"하, 하타야마 선생. 그, 그건 대체 무슨 뜻인가?"

참고로 교감 선생님이 방금 한 이야기는 「자네에게는 교사가 무엇인지 처음부터 교육해야겠군. 그야 싫어하는 사람이 뭐라고 해 봤자 제대로 듣지도 않겠지만」이었다.

이 얼마나 완벽한 타이밍과 내용인가. 하지메와 유에도 깜짝 놀랐다.

'어, 어쩌지? 무슨 이야기인지 전혀 모르겠어!'

아이코 선생님 대위기. 하지메와 유에에게 정신을 너무 팔았다.

「사실 하나도 안 들었어요!」라고는 입이 찢어져도 말할 수 없었다. 분위기상으로도, 입장상으로도. 그래서…….

"그, 다른 뜻이 있는 게 아니라, 말 그대로인데요……."

상황을 볼 겸 두루뭉술하게 대답해 봤다.

안색을 살피듯 위를 살짝 보자 눈이 마주친 교감 선생님은 더 허둥댔다. 안경을 밀어 올리는 손가락이 미세하게 떨렸다.

"마, 말 그대로……. 하타야마 선생, 자네, 이런 곳에서 갑자기……. 농담은 그만두게."

교감 선생님이 엉뚱한 방향으로 고개를 홱 돌렸다. 하지메와 유에는 경이로운 이동술로 시야 밖으로 벗어난다! 이번에는 살짝 위험했다!

한편, 아이코의 위기는 계속됐다. 왠지 얼굴을 붉히며 힐끔거리는 교감 선생님에게 형용하기 어려운 불쾌감을 느껴 자기도 모르게 가슴을 꽉 부여잡으면서 두뇌를 풀가동했다.

'반응이 이상한 건 일단 넘어가자. 떠올려야 할 건 이 직전에 한 이야기. 고려할 건 교감 선생님의 성격과 기본 방침! 이 사람은 학교의 명예를 중시해. 그건 학교가 학생을 지키는 장소고, 인생에 길이 남을 소중한 추억의 장소라고 생각하기 때문이야. 그래서 내 부주의한 발언에 화를…… 앗, 그거다! 좋아한다는 말을 농담으로 여긴 건 내가 학교를 사랑하지 않는다고 생각하기 때문이야! 그럼 그렇지 않다고 어필해야 해!'

그 생각에 든 시간, 불과 2초.

서로의 인식에 큰 괴리가 있다는 것을 눈치채지 못한 채 아이코는 결연한 표정으로 크게 숨을 들이쉬었다. 그 올곧은 눈빛에 교감 선생님은 흠칫 떨었다.

"농담이 아니에요. 저는 (학교와 학생을)정말 좋아해요! 아뇨— (학교와 학생을)사랑한다고 말해도 과언이 아니에요!"

"뭐, 뭐라고오오오오?!"

꽉 쥔 주먹, 등 뒤로 거칠게 부서지는 파도가 보일 정도의 역설. 부정할 수 없을 만큼 전해지는 진심.

압도된 것처럼 한 발 물러선 교감 선생님은 잠시 후…….

"나, 나는, 처자식이 있는 몸이라고오오오오오~!"

그런 소리를 외치며 달려갔다. 하지메와 유에를 눈치채기는 커녕 소중한 가발이 훌렁 벗겨진 줄도 모른 채.

아이코는 갑자기 알 수 없는 소리를 외치며 사라진 교감 선생님을 멍하게 바라봤다.

"……아이코, 너는 기적을 낳는 사람이야. 이렇게 예술적으로 성립하는 대화, 난생처음 봐."

"네? 에?"

"아이코, 교감은 아마 네가 고백했다고 생각할걸? 자기를 「싫어하는 사람」이라고 말했는데 네가 그렇게 반응했으니까."

"예?"

아이코의 머리가 멍해졌다. 하지만 곧 이해했는지 얼굴에서 핏기가 싹 가셨다.

망설일 시간은 단 1초도 없다. 여러 면에서 위험하다!

아이코는 가발을 재빨리 손가락으로 집고 소리쳤다.

"교, 교감 선생니이이임! 오해예요! 오해라고요!! 그리고 가발! 교무실에 들어가지 마세요! 조례가 지옥으로 변해요!!"

아이코가 쏜살같이 달려갔다.

오늘도 활기차게 헛도는 귀여운 담임의 뒷모습을 바라보며 유에가 한마디 했다.

"……응. 역시 학교는 즐거워. 이게 하지메가 바라던 일상."

"아니, 어, 응……."

이건 그다지 흔해 빠지지 않은 학교생활이라는 본심은 목구멍으로 삼켰다. 즐거워 보이는 유에의 기분을 망칠 필요는 없으니까.

유에를 데리고 교실로 향했다.

문 앞에 서자 문 너머로 떠들썩한 소리가 들렸다. 기척을 살피니 다른 학생은 모두 등교한 모양이었다.

교실 문을 열었다. 그 순간 소음이 뚝 끊겼다. 그리고 잠시 후.

"크흡."

"풉, 푸흡."

일부 예외를 제외하고 반 아이들이 일제히 고개를 돌려 버렸다. 책상에 엎드리거나 손으로 얼굴을 가리며 부들부들 떠는 사람까지, 하나같이 뭔가를 참는 느낌이었다.

복학하고 약 보름째. 이미 매일 아침의 일상이 되어가는 현상이었다. 하지메의 눈가가 움찔거렸다.

"야, 하고 싶은 말이 있으면 해."

하지메에게서 위압감이 발산됐다. 결국 류타로가 대표로 나서서 대답했다.

"나구모 너, 교복이! 안 어울려!"

푸핫, 하고 타마이 아츠시와 아이카와 노보루, 니무라 아키토가 웃음을 터뜨렸다. 거기에 덩달아서 츠지 아야코와 요시노 마오를 시작으로 한 일부 여자도 참지 못하고 웃음소리를 냈다.

이미 반 아이들의 기억 속에 「소환되기 전 나구모 하지메」는 남아 있지 않았다.

백발에 안대, 금속 의수와 검정 코트, 허벅지에는 대형 리볼버. 그것이야말로 「나구모 하지메」. 그것이야말로 「모두의 마왕님」이었다.

그냥 겉모습을 예전처럼 되돌렸을 뿐이라면 문제없었다.

하지만, 하지만 교복은 안 된다. 적이라면 신도 죽이는 남자가 단정하게 교복을 입고 통학한다…….

그런 어처구니없는 광경에 아이들이 참을 수 있을 리 없었다. 보름이 지나도 아직 익숙해지지 않는다!

그래도 너무 웃었다고 생각했는지, 코우키가 주의를 줬다.

"다, 다들 너무 웃잖아. 그야 무슨 코스프레 같기는 하지만—."

퉁! 둔탁한 총소리가 울렸다. 이어서 「으악?!」이라는 비명과 의자에서 굴러떨어지는 소리도. 소음 기능이 달린 미니 돈나에서 고무탄이 발사된 것이었다.

문명 사회— 특히 이 법치국가 일본에서는 조용히 비살상으로 쏘는 것이 중요하다. 주위에 피해를 줘서는 안 된다.

그리하여 탄생한 하지메 특제 「배려 덩어리 탄」이기에 코우키의 머리에서 뇌수가 튀는 일은 없었다. 다만, 용사의 육체라도 굉장히 아플 뿐이었다.

"왜 쏴?! 그리고 왜 나야?!"

코우키의 타당한 항의를 가볍게 무시하고 마왕님은 교실을 내려다봤다. 그 눈동자가 대신 말해 줬다. 「전부 맞고 날아갈래?」라고.

아이들이 합을 맞춘 것처럼 무표정으로 변했다.

"……하지메. 자제해, 자제."

“하지메 씨~, 선량하고 모범적인 일본인이 된다고 하지 않으셨어요? 아니면 총알 논파가 설마 일본의 문화?”

“하지메, 시아가 오해하니까 총은 집어넣자.”

“아니, 오해로 넘어갈 문제가 아니지. 그보다 카오리, 코우키를 고쳐줘. 봐, 아파서 브리지 자세가 됐잖아. 깔끔한 새우등이야.”

웃지 않던 일부 예외— 먼저 등교한 시아, 카오리, 시즈쿠에게 설득당해(?) 하지메는 어깨를 으쓱하고 미니 돈나를 넣었다.

그때, 시아의 교복을 힐끔 체크했다. 시아는 방심하면 바로 치마를 올려 입고 셔츠 단추도 푼다. 가슴과 배꼽 노출에 너무 익숙해서 무의식적으로 그런다나.

오늘은 괜찮아 보이므로 안심했다. 토끼 귀도 아티팩트로 제대로 숨겼다.

은폐용 아티팩트 장식품은 여러 종류로 만들어 줬는데, 오늘은 머리띠 타입이었다. 끝에 볼록 튀어나온 손가락만 한 원포인트 토끼 귀 장식은 시아가 고집하여 만든 것이었다. 아주 귀여웠다.

자기도 모르게 표정을 풀면서 아침 인사를 건네자 그녀들은 활짝 웃으며 화답했다. 반 아이들도 함께 「안녕!」이라고 호의와 신뢰에 찬 인사를 돌려줬다.

소환 전에는 생각하지도 못한 광경이었다.

자기 자리에 앉은 하지메에게 시아와 카오리, 시즈쿠가 다가왔다. 물론 가방을 둔 유에도.

카오리와 시즈쿠가 하지메 자리에 모이는 것은 소환 전에도 종종 보던 광경이지만, 코우키와 류타로 대신 이세계의 흡혈 공주와 토끼 귀 미소녀가 있는 광경은…….

"아직도 익숙해지질 않아."

"그러게."

저마다 수다를 재개한 교실에서 나카노 신지와 사이토 요시키가 작게 말했다.

두 사람이 별생각 없이 코우키와 류타로를 곁눈질하자 그 둘도 같은 생각을 했는지 뭔가 미묘한 미소를 돌려줬다.

게다가 이야기가 들렸는지 나나에게서 통렬한 농담이 날아들었다.

"정 그러면 예전처럼 시비 걸어 봐."

"뭐? 에둘러 죽으라는 말이냐?"

"제발 시효 지났다고 해줘……."

신지와 요시키가 함께 부르르 떨었다. 그리고 동요해서인지 그만 말실수를 하고 말았다.

"애초에 눈엣가시로 여겼던 건 다이스케―."

"야, 신지."

"―아."

다시 교실에 정적이 깔렸다. 신지가 척 보기에도 아차 싶은 표정으로 입을 틀어막았다.

소환 전후의 결정적인 차이. 잊을 수 없지만, 구태여 언급하고 싶지 않은 그것.

네 사람분의 빈 자리. 함께 돌아오지 못한 급우들.

분위기가 얼어붙었다고 할 정도는 아니었다. 하지만 누구도 입을 열기 힘들고, 뭐라고 해야 할지 말을 고르듯 우물거렸다.

그런 어색한 분위기를…….

“뭐야, 분위기가 왜 이래?”

아무 거리낌도 없이 깨 버린 사람은 역시나 하지메였다.

“딱히 터부도 아니고, 추억 정도는 마음대로 얘기해.”

“아니, 뭐, 그건 그렇지만.”

“콘도 집은 몰라도 히야마네는…… 이런저런 일이 있었잖아?”

요시키가 눈치를 살피듯 하지메를 봤다. 어울리지 않게도 하지메에 대한 배려가 엿보였다. 그건 신지도 마찬가지였다.

그래서 하지메는 코웃음 쳤다.「너무해!」라며 둘 다 항의했다.

“걱정하지 마. 히야마 집에서 있었던 일 따위 눈곱만큼도 신경 안 쓰니까.”

““그렇게 보이네요!””

하지메가 등받이에 몸을 기대고 다리까지 꼬아 단언했다. 미소녀가 둘러싼 탓에 교복을 입고도 굉장히 마왕 같았다.

어쨌거나 이게 무슨 이야기인가 하면 히야마 다이스케, 콘도 레이치, 시미즈 유키토시, 그리고 나카무라 에리— 돌아오지 못한 네 명의 가족과 대면했을 때의 이야기다.

이 점에 관해서 아이코가 설명하러 간 것은 물론이고, 거기에 하지메도 동행했다. 적어도 다이스케와 유키토시의 죽음에는 하지메가 크게 관여했다. 아이코에게 전부 떠넘길 수는 없었다.

그리고 히야마 가족과 콘도 가족에게 설명할 때는 신지와 요시키도 함께 있었다.

두 사람이 함께 가겠다고 부탁한 결과였다. 그것이 두 사람이 악우에게 보내는 최소한의 성의와 전별이었으리라.

각 가정에는 거짓도 숨김도 없는 진실을 전했다. 이때를 위해서 준비한 과거 영상을 기록한 아티팩트도 썼다.

콘도 가족과 나카무라 가족은 큰 문제 없이 넘어갔다.

에리의 어머니는 처음부터 「가족회」에도 참여하지 않았고, 오히려 딸의 실종을 기뻐했다고 한다. 진작 이사를 가 버려 「도월의 나침반」으로 현재 위치를 조사했을 정도다.

에리의 어머니는 설명할 엄두도 내지 못했다. 딸 이름만 나와도 발광하다시피 날뛰는 바람에 대화가 성립하지 않았고 일찌감치 철수해야만 했다.

콘도네 가족은 당초 무슨 말을 해도 전혀 믿지 않았다. 아이코와 함께 쫓겨났고 그 후로는 문전박대. 하지만 그러고 나서도 신지와 요시키가 꾸준히 방문한 결과, 아직 마음의 정리는 되지 않았지만 이야기를 믿는 방향으로 기울었다고 한다.

아들을 죽인 장본인인 에리가 없고, 그 어머니도 어디 사는지 알 수 없는 터라 갈 곳 잃은 감정을 털어내지 못하는 듯하지만. 그들의 동향은 신지와 요시키가 계속해서 주의하고 있었다.

반면, 문제가 있었던 곳은 히야마 가족과 시미즈 가족이었다.

히야마 가족은 과거 영상을 가짜라고 단정했다. 혹은 아들의 추태와 악행을 단순히 믿고 싶지 않았거나.

하지만 과거 영상을 가짜라고 믿는다면 하지메에게 당하고 마물 무리 속으로 던져진 사실도 부정해야만 한다.

아들은 살아 있다. 자기 욕망을 채우기 위해 친구를 배신하고 사람들의 목숨을 앗아가지 않는다.

그들은 그렇게 맹신할 수밖에 없었지만, 그럼에도 증오와 분노로 불탔다. 아들을 데리고 오지 못하고 아들의 명예를 실추했다는 이유로.

신지와 요시키의 말도 듣지 않고, 심지어 배신자라고 욕하면서 아이코와 하지메에게도 차마 들어주지 못할 폭언을 퍼부은 그들은 끝내 폭력까지 휘두르려고 했고…….

개심하지 못한 것, 데리고 돌아오지 못한 것은 사실인지라 아이코가 그것을 달게 받으려고 한 지점이 하지메의 한계선이었다.

자비 없는 「위압」. 숱한 전장을 경험한 전사도 맹수 앞의 사슴처럼 얼어 버리는 힘 앞에서 평범한 인간이 버틸 수 있을 리 없었다. 다리에 힘이 풀려 벌벌 떠는 그들에게 하지메는 얼음처럼 차가운 눈빛으로 고했다.

—이것만 말해 둔다. 앞으로 뭘 어떻게 생각하고 뭘 믿든 그쪽 자유지만, 나는 후회하지 않고 사과할 생각도 없어. 내 사람들한테 손을 대려거든 각오해.

그들이 평소에는 선량하더라도, 아무리 아들의 귀환을 염원했어도 하지메에게는 관계없었다.

일부러 설명하러 왔다. 그게 최대한의 성의며 배려였다. 히야마 다이스케는 지금도 변함없이 하지메의 「소중한 사람」을 죽인 「적」이니까.

싸늘한 눈빛이 그 감정을 여실히 히야마 가족에게 전달했다.

앞으로 히야마 가족이 어떻게 할지는 모른다. 하지만 하지메는 자신의 선언을 번복할 마음이 없었다. 용서할 생각도.

아이코나 신지, 요시키가 만나러 가더라도 말리지는 않지만, 히야마 가족의 동향은 항상 감시하고 있었다.

한편, 시미즈 가족은 조금 다른 불쾌함을 안겨줬다. 그들의 경우, 아들의 생사보다 자기네 사회적 체면이 중요한 듯했다.

그들의 가장 큰 두려움은 유키토시의 소행이 아이코나 학생들의 입으로 세상에 퍼지는 것이었다. 특히 형과 동생의 반응은 노골적이었다.

설령 하지메 일행의 이야기가 거짓이고 본인이 살아 있어도, 나중에 혼자서만 생환하면 세상이 어떻게 생각할까. 게다가 함께 납치된 동료들이 거리를 둔다면······.

그럴 바에야 차라리······ 그렇게 생각하는 기색이었고, 그래서 그들은 집요했다. 유키토시가 정말로 죽었다면 그 죽음을 영웅적으로 전하고 어떤 형태로든 시미즈 가문의 명예에 오점이 될 발언을 하지 않겠다는 확약을 받으려고 했다.

아직 아들을 걱정하던 부모들도 형제의 장래를 생각해 마지막에는 똑같은 요구를 해 왔다. 만에 하나의 사태에 대비해 전원에게 비밀 유지 계약을 맺으려는 철두철미함까지 발휘하면서.

그런 시미즈 가족에게 오히려 격분한 사람은 아이코였다. 달래느라 얼마나 힘들었는지 모른다.

결국 마지막에는 하지메의 「위압」으로 일시적 해결을 봤지만, 시미즈 가족은 아직도 경계하는 듯했다.

아무튼 이 일련의 사건은 넘어가고…….

사실 나카무라 가족에게 설명하러 동행한 타니구치 스즈가 하지메의 말에 헤죽 웃으며 말했다.

"그래도, 응, 맞아. 나구모 말대로 추억 정도는 얘기할 수 있잖아?"

그 가슴속에 누구를 그리고 있는지, 이 반에서 모르는 사람은 없었다.

"나카노 쪽 애들한테는 미안하지만……."

"아, 뭐, 딱히 상관없어. 안 그래, 요시키?"

"그거야말로 신경 쓰지 마, 타니구치. 나카무라한테…… 좋은 감정은 없지만, 그렇게 따지면 우리도 시라사키랑 야에가시 앞에서 얼굴 못 들고 살아."

다이스케의 소행을 막지 못했다. 눈치도 채지 못했다. 그 결과, 가장 큰 피해를 받은 사람은 카오리였고, 마음의 상처를 받은 사람은 시즈쿠일 것이다.

거북해 보이는 신지와 요시키에게 카오리와 시즈쿠는 천천히 고개를 저었다.

“괜찮아. 끝난 일인데 뭘.”

“터부시해서 이야기 나올 때마다 분위기 망치는 것도 별로야. 신경 쓰지 마.”

신지와 요시키뿐 아니라 카오리와 시즈쿠의 부드러운 분위기에 이끌려 교실의 분위기도 중화됐다.

“그러고 보니 나구모, 나카무라 가문 묘를 알려줘서 고마워.”

“그 어머니한테 그렇게 사정사정했으니까. 나침반으로 조사했을 뿐이니까 별거 아냐. 그보다 다녀왔어?”

“응.”

에리는 소멸한 「신역」에서 진짜 최후를 맞이했다. 심지어 죽기 직전에는 다른 아이들도 감지하지 못한 신비한 공간에 있었다. 이 세상에서 스즈밖에 모르는 진실. 그래서 자기 입으로 말하고 싶었다고 한다. 결국 전할 수 없었지만.

그렇다면 적어도 나카무라 가문의 묘만이라도 알고 싶다고 스즈가 애원했으나, 그 답 역시 듣지 못했다.

“에리의 묘도 아니고 공양할 유품도 없으니까 의미는 없지만.”

“바보야, 의미는 네가 찾는 거지.”

헤실헤실 웃는 스즈의 이마에 누군가 가벼운 딱밤을 때렸다. 범인은 류타로였다. 「갑자기 왜 때려!」라며 화내는 스즈에게 류타로는 유난히 다정한 표정을 지었다.

“네 마음이 풀린다면, 에리를 조금이라도 느낄 수 있다면 뭐든 상관없잖아. 그보다 혼자 가지 마. 다음에는 나도 데리고 가.”

“……왠지 열받아. 류타로 주제에 건방지게.”

“내가 왜?!”

불퉁한 스즈와는 달리 여자들에게서 일제히 「어떡해~♪」라는 시선이 날아들었다. 류타로에게는 남자들이 당장에라도 침을 뱉을 듯한 시선이 꽂혔다.

그런 그때, 마침 종이 울리고 아이코가 들어왔다. 그리고…….

“자, 여러분~! 자리에 앉으세요! 홈룸을— 어, 분위기가 왜 이래?”

여학생들의 뜨뜻미지근한 분위기와 남학생들의 험악한 분위기에 흠칫 떨었다.

이러니저러니 하는 사이 1교시가 시작됐다.

교단에 선 사람은 수학 교사 아사다. 가늘고 찢어진 눈, 한 올도 흐트러지지 않은 머리가 특징이며 생활지도를 열심히 하는 것으로 유명한 선생님이었다.

학생을 너무 자주 생활지도실로 불러서 학생들 사이에서는 생활지도실이 아사다 교실이라고 불릴 정도였다.

그 아사다 선생님의 눈이 교실을 돌아봤다. 마지막에 하지메를 향한 눈은 더욱 가늘어져 실눈이 되었다. 평소대로다. 아마 하지메가 눈 밖에 난 모양이었다.

“나구모, 풀어 봐.”

“네, 선생님.”

오늘도 칠판에 난문을 적고 무자비하게 지명했다. 하지메가 고분고분 대답하며 일어나자 여기저기서 웃음을 터뜨리는 소리가……. 류타로를 포함한 몇몇이 책상에 엎드려 있었다.

“~라고 생각합니다, 선생님.”

푸힛! 하고 돼지 같은 웃음소리가 들렸다. 신지였다. 참지 못했나 보다. 옆에서는 요시키가 너무 떠는 바람에 책상이 덜컹거렸다.

“또 너희냐! 대체 뭐가 우스워!”

아사다 선생님이 노하셨다. 오늘은 정말로 못 참겠다는 분위기였다.

언제나 이 모양이지만, 하지메를 지명하면 매번 웃음이 새어 나오기 때문에 마치 자신을 비웃는 것처럼 들리는지도 모른다.

“죄송합니다, 선생님. 쟤들한테는 제가 잘 말해 둘게요.”

하지메가 죄송스럽게 눈썹을 팔자로 떴다. 나나도 웃음이 픕 터졌다. 옆자리에서는 타에코가 배를 잡고 있었다. 유카는 자기 손등을 너무 꼬집어서 눈물을 글썽였다.

아츠시가 웃음을 너무 참느라 떨리는 목소리로 속마음을 흘렸다.

“나, 나구모가 존댓말…… 지독히도 안 어울려…….”

교복도 안 어울리지만, 존댓말은 더더더 안 어울려! 바로 그런 의미의 웃음이었다.

“선생님에게 존댓말을 쓰는 게 왜 우스워!”

“지당한 말씀입니다, 선생님. 이 녀석들이 바보라서 그래요. 죄송합니다.”

일부 여자들이 「이제 그만해~!」라고 비명 같은 소리를 질렀다. 「우리 마왕님은 머리 안 숙여!」라며 한탄하는 아이도 있다. 웃음뿐 아니라 슬픔도 있었다.

같은 반 아이들은 다양한 이유로 하지메의 존댓말을 못 들어 주겠나 보다.

하지메도 다른 가족의 부모님, 예를 들어 티오의 할아버지인 아둘에게는 존댓말을 썼고, 그건 아이들도 알 것이다. 그런데 왜 다른 사람에게 쓰는 존댓말에만 반응하는가.

이것도 꽤 익숙해진 편이지만…… 완전히 익숙해지려면 아직 시간이 조금 더 필요할 듯했다.

“나구모, 너는 네 입장을 알고 있나?”

“무슨 말씀이시죠?”

“「귀환자」는 입지가 좁다는 의미다. 리더 격인 네가 같은 반 애들을 부추겨 교사를 웃음거리로 만들었다. 이게 얼마나 입장을 위태롭게 하는지 몰라?”

귀환자를 불안시하는 의견 때문에 설치된 격리 교실이었다. 모범적인 언동을 보여 주지 않으면 무슨 말을 들을지 알 수 없었다.

반 아이들도 하려는 말을 이해하고 자세를 바로—.

“선생님, 오해입니다. 웃음거리가 된 건 저죠. 절대로 선생님이 아니에요. 덧붙여 말하면 저는 선생님께 진심으로 감사하고 있다고요! 믿어주세요, 선생님!"

너나 할 것 없이 얼굴이 일그러졌다. 정말로 추할 정도로. 그치만 마왕님이 너무 진지한걸. 마치 학원 드라마의 한 장면처럼. 물론 그건 하지메가 본심에 진심을 더해 한 말이지만, 제삼자에게는 우스울 따름인가 보다.

그래도 아사다 선생님의 실눈은 놓치지 않는다!

"……나구모, 신용이란 평소 행실이 쌓여 만들어져."

"맞는 말씀입니다."

"그리고 평소 행실이란 숨기려고 해도 밖으로 새게 마련이야. 다 들었어. 너, 제법 문란한 이성 교제를 하고 있다지?"

아사다 선생님의 눈이 유에, 시아, 카오리, 시즈쿠를 돌아봤다.

"나는 너처럼 경박한 인간을 용납할 수 없어. 성실한 학생에게 악영향을 주기 때문이지. 넌 자기가 부끄럽지도 않나?"

아니, 나도 학생인데 말을 그렇게까지 해야 하나? 라고 생각하면서도 하지메는 복잡한 표정으로 귀를 기울였다.

『……하지메. 이 녀석 밟을까?』

유에 님의 눈빛이 험악했다. 「염화」만 들어도 심기가 불편하시다.

『아서라, 처음부터 교단에 서 준 선생님이야.』

사실 1년 전 사건과 이번 귀환 소동으로 적잖은 교사가 사직서를 냈다.

매일 이어지는 언론 대응과 강압 취재, 재학생의 보호자와 무관한 사람들의 따발총 같은 질문과 민원 세례.

교사도 성인군자가 아니다. 자기 인생이 있다. 「이딴 직장에서 어떻게 일해!」라며 다른 학교로 이직하거나 전직한다고 누가 탓할 수 있으랴.

교감 선생님이 혈뇨를 눌 만큼 필사적으로 고용한 새 교사나 그만두지 않은 교사 중에서도 복학 당시에는 「그 반 수업만은 좀……」이라며 주저하는 사람들이 있었다.

그러니까 처음부터 교단에 서 준 아사다 선생님에게는 정말로 감사하고 있었다. 왠지 눈엣가시로 여기는 기분도 들지만.

"듣고 있나, 나구모."

"네, 선생님. 불건전한 이성 교제 절대 금지. 맞죠?"

아사다 선생님의 눈이 움찔움찔 경련했다. 네가 말할 자격이 있냐는 듯이. 더불어 그 시선이 유에, 시아, 시즈쿠, 카오리를 훑었다. 하지메와 그녀들의 관계쯤 전부 알고 있으리라.

하지만 그와는 별개로…….

'응? 지금……'

하지메가 눈을 살짝 찌푸렸다. 착각일까? 한순간, 느낀 기분이 들었다.

원래 조금 부정적이라고 해야 할지, 비관주의적인 선생님이었지만, 방금 유에나 시아를 보는 눈에는 그 이상의 감정, 혐오가 묻어 있지 않았는가?

오늘은 생활지도에 발동이 걸렸는지 추가 잔소리가 시작됐다. 반 아이들이 「우리가 잘못하긴 했지만…… 수업은 안 해도 돼?」라며 서로를 돌아봤다.

잔소리의 내용 자체는 규율의 중요성이었다. 구구절절 옳은 말이라서 하지메는 겸허하게 경청했지만…… 그때 또 「염화」가 날아들었다.

『하지메 씨, 하지메 씨.』

『응? 시아, 왜 그래?』

『실은 말이죠, 얼마 전부터 아사다 선생님이 종종 말을 걸어요.』

『무슨 말을 했는데?』

『하지메 씨에 관해 꼬치꼬치 캐묻거나, 반대로 옛날 하지메 씨 이야기를 들려주거나…….』

처음에는 하지메의 변화를 걱정하는 줄 알았다. 하지만 간난신고하며 살아온 시아의 안목은 정확했다.

『왠지 나쁜 인상을 주려는 느낌을 받을 때가 있어요.』

목소리에 불쾌감이 묻어 나왔다. 확증은 없고 무엇보다 하지메가 고마워하는 교사 중 한 명이었다. 입지가 좁은 것도 사실이라서 괜한 마찰을 빚지 않게 언제나 웃으며 들어줬지만…….

『참고로 카오리 씨랑 시즈쿠 씨, 그리고 유에 씨한테도 그랬대요.』

염화용 아티팩트는 반 아이들 전원에게 지급했고, 지금은 대상 지정도 하지 않아서 염화 내용이 모두에게 들렸다. 하지메가 눈길을 돌리자 세 사람도 고개를 끄덕였다. 모두 어딘지 모르게 불쾌한 눈빛이었다.

자신들의 관계에 세간의 눈이 곱지 않은 것은 사실이었다. 생활지도에 힘쓰는 선생님이 강하게 주의해도 이상하지 않았다.

그래서 특별히 신경 쓰지 않고 흘려들었는데, 하지메에 대한 악의 같은 것이 은근히 느껴졌다고 한다.

『왜지? 왜 나는 지도해 주지 않지?』

『네가 받고 싶었냐!』

류타로의 말을 무시하고 다시 아사다 선생님을 봤다.

소환 전에도 잠자기 상습범이어서 원래 인상이 좋지 않은 것은 당연했다. 엄한 언동도 달게 받아야 한다고 생각했지만…….

'보통 문제가 있으면 원흉인 학생을 지도하지 않나?'

생각해 보니 이상했다. 확실히 생활지도 이상의 감정이 섞인 것처럼 보인다. 특히 오늘따라 더.

어쩌면 그녀들을 지도해 봤자 계란으로 바위 치기라서 울분을 감추지 못하는 수준까지 온 것일까?

『어쨌든 선생님과는 한번 허심탄회하게 이야기를 나눠 봐야겠어.』

반 아이들이 「뭐? 신문 안 하는구나……」, 「진짜 순해졌네……」 같은 소리를 놀란 표정으로 중얼거렸다.

『유에, 방과 후에 따라와 줘. 괜찮다고 생각하지만…… 경우에 따라서는 아사다 선생님께 **평화적인 설득**이 필요해.』

『……응. 맡겨 줘! 내 「신언」이 불을 뿜는다!』

반 아이들이 「아, 역시 신문 하는구나!」, 「역시 순해지지 않았어!」 같은 소리를 왠지 안심한 표정으로 중얼거렸다.

그리고 유에 님은 굉장히 의욕이 충만했다. 대화를 건너뛰고 신의 말씀이 불을 뿜으려고 한다. 아사다 선생님, 미운털이 제대로 박혔다.

"애초에 너는 평소부터―."

그렇게 들리지 않는 대화가 오가는 줄도 모르고 아사다 선생님은 종이 울릴 때까지 잔소리를 계속했다.

참고로 결론부터 말하면 유에 님의 「신언」은 불을 뿜었다.

과거에 무슨 일이 있었는지 모르지만, 아사다 선생님은 학생의 연애에 부정적인 수준을 넘어 증오마저 느끼는 듯했다.

생활지도에 힘쓰는 이유도 그런 학생에게 잔소리하며 희열을 느끼고 싶었으니까.

피해를 주지 않고 일만 제대로 하면 성격까지 청렴결백할 필요는 없다. 실제로 지금까지는 그렇게 해왔나 보지만…….

하지메가 나타나면서 그 어긋난 취향이 제어되지 않는 모양이었다. 밑바닥 인생이 하렘의 주인이 됐다는 사실이 더욱 눈꼴사나웠고, 지도해도 효과가 없다면 「귀환자의 비정상적 인간관계」로 언론에 몰래 제보할 생각이었다나 뭐라나.

구체적으로 어떤 대화가 오갔는지는 모르지만, 하지메에게 레드카드 감이었다는 것만은 아이들도 알 수 있었다.

왜냐면 그 후 아사다 선생님이 「송구스러우나, 오늘 수업을 시작해도 되겠습니까!」라며 생기발랄한 군인처럼 말하게 됐으니까.

이미지 변신이라고 설명하는 아사다 선생님에게 학생들은 상당히 당황하면서도 「전보다 훨씬 낫다」라고 호평했다.

아무튼 여담은 넘어가고, 이후 순조롭게 수업을 소화하여 4교시째.

수업 종료를 알리는 종소리가 울린 직후였다. 영어 교사 야나기 사치코(45세)가 교실에서 뛰쳐나간 것은.

딱히 학생들이 괴롭히지는 않았다.

오히려 학생들은 무척 성실했다. 하지메가 존댓말을 써도 더는 웃지 않았다.

하지메가 「또 웃으면 전부 엉덩이에 파일 벙커가 꽂힐 줄 알아」라며 정색했기 때문은 아니었다. 수업 중에 웃으면 안 되는 건 상식이니까!

그럼 왜 사치코 선생님은 도망치다시피 교실에서 나갔는가.

"역시 언어 이해는 사기 스킬이야."

"나, 이것만큼은 에히트한테 감사해도 된다고 봐."

노보루와 아키토가 다시 생각해도 놀랍다는 듯 언급한 「언어 이해」의 사기성 때문이었다.

이것 덕분에 모두가 원어민이 되어 버렸다. 오히려 사치코 선생님보다 완벽했다.

그런 연유로 사치코 선생님은 매 수업마다 극도의 긴장과 불편함을 느끼고 도망치듯 교실을 떠나는 것이었다.

"선생님들이 우리 반 수업을 기피하는 것도 자업자득이라는 느낌이 들어……."

"고전 문학이나 한자도 술술 읽히니까……. 왠지 죄책감이……."

쓴웃음을 짓는 시즈쿠에게 카오리도 난감한 표정을 지었다.

"이런 점 때문에 비정상이라고 생각하는 거겠지……."

"1년 동안 공부하지 않았는데 왜 학력이 올라! 라고 생각하겠지."

"그래도 조절하기도 어려워."

유카는 씁쓸한 표정이 되고, 나나는 사치코 선생님이 나간 문을 미안하게 바라보며, 타에코는 미간에 주름을 잡았다. 일본 생활에 익숙해지고 싶은 것은 모두 마찬가지였다.

아무튼 오전 수업은 끝났다. 이제 점심시간, 밥 먹을 시간이었다. 보통은 매점에 빵을 사러 가는 사람도 제법 있지만…….

모두 그 자리에서 도시락을 꺼냈다. 아무도 교실을 나가려고 하지 않았다.

심지어 복도 끝에서 우당탕탕 달려오는 소리가 들렸고, 그 직후 문이 벌컥 열렸다. 작은 사람이 뛰어들듯 교실로 들어왔다.

"아이 쌤, 오늘도 교실에서 먹게?"

"아, 네. 별 이유는 없지만요, 별 이유는……."

살짝 눈을 굴리며 도시락이 든 주머니를 흔들거리는 사람은 아이코였다. 복학 첫날부터 점심에는 반드시 찾아왔다. 무시무시한 속도로.

이미 익숙해져 유에가 바로 자리를 양보하고 본인은 하지메의 무릎 위로 이동했다.

동시에 초조한 목소리가 메아리쳤다.

"어, 어쩌지. 도시락 깜빡했어……."

노무라 켄타로였다. 의자를 덜컥 밀치고 일어나 돌이킬 수 없는 실패를 한 얼굴로 망연자실했다.

"켄타로, 내 거 조금 나눠 줄게."

"쥬고, 고마워."

"아, 노무라, 내 거도 먹어도 돼!"

"츠지…… 고맙다. 넌 직접 만든다고 했지? 맛있어 보이네."

"에헤헤, 입에 맞으면 좋겠는데……."

"내 거도 받아."

"……코스케? 있었어?"

"아침부터."

쥬고와 아야코, 그리고 엔도 코스케가 도시락 반찬을 나눠 줘서 켄타로는 표정을 조금 펴며 의자에 앉았다.

코스케가 등교한 사실을 지금 알아차린 하지메가 경악했다. 「내가, 몰랐다고?」라며 무심결에 유에와 시아를 돌아보지만, 다들 눈을 동그랗게 뜨고 있었다. 사정은 똑같은가 보다.

역시 마왕이 「반의 비밀 병기」라고 칭하고 「신의 사도」마저 완벽하게 포착하지 못한 심연경이었다.

오전 수업이 끝나고 나서야 교실 안에서 인지될 줄이야…….

그 약한 존재감은 이미 이해의 범주를 넘어섰다. 판타지보다 판타지다.

"그러고 보니 어제도 본 기억이ㅡ"

"있었다니까? 심지어 우리 대화도 했다니까, 나구모?"

"……내 기억에 무슨 짓을 했어?"

"넌 내 눈물샘에 뭐 하는 짓이야? 눈물이 안 멈추잖아."

코스케가 눈물을 주르륵 흘렸고, 장난이 아니라 정말로 기억나지 않는 하지메의 표정은 뻣뻣해졌다. 더군다나 겸연쩍었다. 굉장히.

"……젠도, 존재감을 증폭하는 아티팩트는 제대로 달았어?"

"유에 씨, 엔도예요. 가공의 존재(존도)처럼 부르지 마세요."

유에의 표정도 뻣뻣해졌다. 설마 그럴리가, 라며.

귀환 후 소동에서 하지메의 오른팔로 칭해도 과언이 아닐 만큼 열심히 일해서 이름을 확실하게 기억했는데…… 어라? 그러고 보니 풀 네임, 뭐였지?

"참고로 아티팩트는 왠지 터졌어요. 나구모, 미안."

"하지메 씨의 아티팩트가 부서지는 건 예삿일이 아니에요. 어비스게이트, 대체 뭘 한 거예요?"

"엔도 코스케입니다, 시아 씨. 그 이름은 다시 꺼내지 마세요."

굉장히 평탄한 어조였다. 그런데 시아의 표정이 반사적으로 뻣뻣해질 만큼 박력 있는 주장이었다. 어지간히 싫은가 보다. 심연경(어비스게이트)이라는 호칭이.

신을 죽인 마왕과 마법 최강 흡혈 공주, 물리 최강 토끼의 얼굴을 동시에 굳힌 심연경.

역시 「신의 사도」도 식겁한 남자……. 몇몇 아이들이 전율한 눈으로 쳐다봤고, 남은 이들도 감탄 반 실소 반이었다.

"아, 그래도 엔도는 라나 씨 애인이잖아. 언젠가 하우리아 족의 식구가 된다면 지금부터「그런 거」에 익숙해지는 편이 좋지 않아?"

"윽, 시라사키…… 아픈 곳을……."

코스케를 평범하게 인식할 수 있는 유일한 존재— 성숙한 토끼 귀 연인, 라나 하우리아의 이름을 꺼내면 코스케도 약해진다.

중2병을 사랑해 마지않는 일족과 자신의 최강 스킬을 발동하면 강제로 중2병에 걸리는 남자…….

궁합은 최고라고 생각하지만, 본인은 아직「심연경 모드」를 받아들이기 어려운가 보다. 코스케는 고민스러운 기색으로 얌전히 자리에 돌아갔다. 그 순간 존재감이 스르륵 흐려졌다……. 강하게 의식하지 않으면 머릿속에서도 사라질 것 같았다.

교실에 있는 모두가 생각했다. 정말로 뭘까, 이 이해할 수 없는 생물은……이라고.

"어흠, 그보다 노무라. 빨리 매점 다녀와. 그거로는 부족하잖아."

묘한 분위기를 환기할 겸 하지메가 켄타로에게 지적했다. 실제로 십시일반 모은 반찬을 깨작거리는 켄타로의 모습은 살짝 애처로웠다.

사실 복학 첫날부터 점심시간에 교실에서 나가지 않는 아이들이 계속 신경 쓰였다. 다른 학생들이 호기심 어린 눈으로 쳐다보는 게 싫어서라고 생각했지만, 그런 것치고는 지나칠 정도로 나가지 않았다.

하지메가 미심쩍게 바라보자 켄타로가 눈길을 휙 피했다. 그리고 조용히 중얼거렸다.

"……나구모한테서 떨어지기 싫어."

"소, 소름 끼치는 소리 하지 마."

질겁하는 하지메에게 켄타로는 「아, 아니야! 그런 뜻이 아니야!」라며 허둥지둥 해명했다.

"야, 생각해 봐! 또 소환당하면 어떡해! 나만 소환당하는 것도, 나만 남겨지는 것도 죽어도 싫어! 점심의 안전지대는 나구모 옆이야!"

이 녀석, 무슨 헛소리야……? 하지메는 어이없게 쳐다보지만, 주위를 돌아보자 모두 눈길을 휙 피했다.

"저, 정말로? 앗, 설마 아이코가 점심마다 교실에 오는 이유도?"

"아, 아하하……."

자세히 보자 모두 가방과 옷 안쪽에 자기 전용 아티팩트를 가지고 있었다. 언제 예측하지 못한 사태에 빠져도 대응할 수 있는 완벽한 전투 준비 태세! 라고 한다.

"너희…… 점심시간이 완전히 트라우마가 됐잖아."

반 아이들은 모두 어정쩡하게 웃고 있었다. 고집스럽게 교실에서 나가지 않는 이유는 「모두의 마왕님」 곁에서 떨어지고 싶지 않아서라고 한다.

그런 아이들을 어이없게 돌아보던 하지메는 잠시 후 한숨을 쉬었다.

"나 참, 걱정하지 마."

반 아이들과 아이코, 그리고 유에와 시아가 모두 하지메를 주목했다.

그리고 숨을 헉 삼켰다. 하지메가 웃고 있었으니까. 조소가 아니라 보는 이를 안심시키는 따뜻한 웃음. 넓은 도량이 느껴지는 인자한 웃음이었다.

"너희가 사라지면 똑바로 데리고 와 줄게."

코스케와 아츠시는 눈을 동그랗게 떴고, 류타로는 씩 웃으며 「오냐, 그때는 부탁 좀 하자!」라며 엄지를 세웠다. 다른 남학생들도 믿음직스럽게 웃어 보였다.

"……으, 정말, 그런 점이 문제야!"

"냐하하하, 지금 건 천하의 나나 님도 살짝 두근거렸어."

"유카, 괜찮아? 얼굴에 불난 거 같은데?"

유카를 시작으로 몇 여학생은 자기도 모르게 얼굴을 붉혔다. 젓가락을 툭 떨어뜨리고 가슴을 부여잡는 애까지 있었다. 일부 「허억허억, 역시 마왕님의 애완동물이 되고, 되고 싶—」, 「과호흡?! 정신 차려!」라며 위기에 빠진 아이도 있지만, 나머지는 역시나 「부탁할게~!」라며 신뢰의 미소를 보냈다.

하지메를 둘러싼 연인들의 표정이 따뜻했다. 특히 카오리와 시즈쿠는 옛날 하지메도 떠올랐는지 녹아내릴 듯한 미소였다.

"아마노가와가 소환되면 내 알 바 아니지만."

"쑥스럽다고 날 들먹여서 얼버무리지 말아 줄래?"

팔짱을 끼고 엉뚱한 곳을 보는 하지메에게 코우키가 눈총을 날렸다. 그 대화에 단순히 놀라던 학생들도 웃음을 터뜨렸다.

"나구모, 나구모! 크리스마스에는 뭐 해?"

밝은 분위기에 들떴는지 나나가 딱 일주일 남은 중요 이벤트의 예정을 확인했다. 목적은 뻔하다. 유카가 잡아먹을 듯이 나나를 노려봤다.

"시간 있으면 파티나 하자!"

"미안. 예정이 있어서."

아~, 역시나. 애인들이 있으니까. 그래도 한 명 더 섞여도 모르지 않을까?

당장 그렇게 말할 것처럼 히죽대는 나나의 볼을 유카가 힘껏 잡아당겼다. 「아화아화!」라고 눈물을 글썽이며 항의하는 나나와 깔깔대는 타에코.

사이 좋은 유카 그룹을 훈훈하게 바라보던 하지메는 「아, 그러고 보니」라며 뭔가 떠올린 것처럼 입을 뗐다.

"크리스마스 전에 저장 마력에 여유가 생기면 릴리를 부를 생각이야."

뭐, 릴리아나 공주가 드디어?! 반 아이들이 웅성댔다.

"새해까지 머물 예정이고, 그때 토터스로 넘어갈 수도 있는데…… 가고 싶은 사람?"

씩 웃으며 교실을 훑어봤다.

반 아이들은 서로를 돌아봤다. 그 표정을 보면 묻지 않아도 대답은 만장일치인 줄 알지만, 대표로 류타로가 쓴웃음을 지으며 답했다.

"있겠냐."

토터스가 싫다는 뜻은 아니었다. 하지만 돌아오고 아직 두 달째였다. 아무리 열정적인 인간이라도 그리워할 시간은 아니었다.

답을 알고 있었는지 하지메도 고개를 끄덕였다.

"하긴, 겨우 돌아왔으니까. 연말은 가족과 느긋하게 보내는 것도 괜찮지."

점심시간조차 불안해하는 아이들이었다. 쉬는 동안 하지메와 만나지 못해서 아쉬워하는 분위기까지 있었다. 그래서 한마디를 덧붙였다.

"어차피 우리는 졸업까지 계속 같은 반일 거야. 학교생활을 즐길 시간이라면 많아."

부드러운 목소리였다. 배려하는 느낌은 아니지만, 역시 안도감을 주는 목소리였다.

"서두를 필요는 없어. 안 그래?"

하지메의 물음에 이의를 제기하는 사람은 아무도 없었다.

불안이 느껴지지 않는 쾌활한 대답이 점심의 교실에 울렸다.

오늘은 크리스마스를 하루 앞둔 종업식날.

큰 문제 없이 학교생활을 보내던 특별 교실 학생들도 겨울 방학 예정으로 이야기꽃을 피우며 학교 건물에서 나왔다.

아직 복학하고 한 달도 지나지 않았지만, 학년이 달라진 전 동급생(현재 3학년)과 담소를 나누는 학생도 있었다.

학년을 불문하고 여전히 인기가 많은 시즈쿠는 물론이고, 분위기 메이커의 대표 격인 스즈, 친구가 많았던 카오리도 어색함을 쉽게 극복하고 원래 관계를 되찾았다.

코우키와 류타로를 필두로 동아리에서 열심히 활동했던 나가야마 쥬고 같은 남자들도 마찬가지였다.

유에와 시아는 현관에서 발이 묶였다. 여후배 집단이 열성적으로 말을 거는 탓에, 조금 전부터 하지메를 힐끔거리며 눈빛으로 SOS 신호를 보냈다.

물론 하지메는 싱긋 웃으며 눈길을 돌렸다. 쿠웅, 이라는 만화 같은 효과가 보인 것 같았다.

"왜 안 도와줘?"

현관 밖 기둥에 기대어 기다리던 하지메에게 누군가 말을 걸었다. 돌아보자 손가락으로 머리카락을 돌돌 꼬는 유카가 있었다.

"교우관계를 넓히라는 배려야."

“여자 집단에 얽히기 싫을 뿐이면서.”

한심해하는 얼굴은 굳이 보지 않는다. 하지메는 눈을 돌렸다. 더불어 화제도 돌렸다.

“그보다 가게를 빌려달라고 해서 미안. 성수기일 텐데.”

“상관없어. 정말로 바쁜 건 내일이니까.”

유카는 노골적인 화제 전환에 피식 웃으며 어깨를 으쓱였다.

“그리고 부모님도 기뻐하셔.”

“그래?”

“그래.”

무사히 종업식을 마친 뒤풀이와 모종의 이유로 반 아이들 모두 유카네 가족이 운영하는 가게에 모일 예정이었다.

유카의 부모님은 외동딸을 데리고 돌아온 하지메 일행, 그리고 함께 싸워 준 친구들에게 진심으로 고마워해서 가게에 와 주는 것이 마냥 기쁘다고 했다.

“그건 그렇고…… 부모님이 이상한 소리를 해도 그냥 무시해.”

“이상한 소리?”

“그, 그 왜, 마지막으로 「가족회」가 모였을 때, 착각하신 거 같아.”

“착각?”

“여러 말 들었잖아!”

“여러 말?”

“왜 기억을 못 해!”

갑자기 얼굴이 새빨개져서 고함치는 유카에게 하지메는 진심으로 영문을 모르겠다는 표정을 보였다. 하지만 아는 사람은 안다. 이건 사람을 놀릴 때의 얼굴이라고.

"앗~, 유카가 나구모한테 놀림받고 기뻐한다!"

"아버지 얘기가 들리던데, 드디어 보고할 생각이야? 너도 하렘에 참여한다고."

"안 기뻐했고 참여도 안 해!"

나나와 타에코가 히죽대며 다가왔다. 여자 셋이 모이면 접시가 깨진다고 하는데, 실제로 목소리가 시끄러웠나 보다. 하교하다가 단체로 깜짝 놀라는 학생들이 보였다.

—특별 교실에는 하렘왕이 있다.

평소 하지메 주변 인물을 보면 그런 소문이 나지 않을 리 없었다. 하지메는 이미 「귀환자」와는 별개로 유명인이었다.

그런 양아치 자식의 마수에 새로운 희생자가?! 남학생들은 킬러 같은 안광으로 노려보고, 여학생들은 경멸 반 호기심 반으로 주목했다.

"……흠, 유카. 배짱 좋아."

"유에 씨?! 아니—."

"흐응? 유카, 그런 짓 하는구나?"

"카오리?! 오해야!"

기척도 전조도 없이 유카의 등 뒤에서 유에와 카오리가 얼굴을 불쑥 내밀었다. 그 뒤에서는 시아와 시즈쿠도 다가왔다.

소문 자자한 하렘 멤버가 모두 모였다. 유카 그룹까지 합치면 총 일곱 명의 여자가 하지메를 둘러싼 구도였다.

어디선가 「이 세상은, 잘못됐어……」라는 비통한 목소리가 들렸다.

그리고 시즈쿠를 「언니」라고 부르는 「영혼의 동생들(자칭)」^{소울 시스터즈}이 형용하기 힘든 얼굴로 무슨 준비 운동을 시작했다.

잠깐의 여유도 없다. 평화롭게 종업식날을 넘기기 위해서라면.

"이야기가 끝났으면 빨리 가자. 목 빠지게 기다리—."

하지메는 얼른 이곳을 뜨자고 재촉하지만, 문득 퍼지는 웅성거림을 듣고 무심결에 입을 다물었다.

정문 쪽에 사람이 모여 있었다. 그 너머로 익숙한 기척이 느껴졌다. 하지메는 자연스럽게 하늘을 우러러보고 말았다.

그러는 동안에도 인파를 가르고 누군가가 걸어왔다.

우윳빛 원피스 코트를 입은 금발 벽안의 소녀였다.

앳된 티가 남은 얼굴은 중학생 정도로 보였다. 하지만 그 분위기는 일반인이 아니었다. 전신에서 기품이 흘러나왔다.

그것도 당연하다. 왜냐하면 그녀는 진짜 이세계 공주님이니까.

애교 있는 웃음을 흩뿌리는 그녀는 자연스럽게 길을 터 주는 학생들에게 일일이 감사 인사를 전했다.

눈이 마주치거나 인사를 받은 학생들은 성별 상관없이 동화 속에서 튀어나온 공주님을 본 듯한 표정을 지을 뿐이었다.

대체 누구지? 아무리 봐도 「귀족 아가씨」 같은 느낌인데? 이사장이나 어디 높으신 분 지인인가?

웅성거림의 틈새로 여기저기서 그런 목소리가 들렸다. 하지만 그것도 여기까지다.

"앗."

공주님이 입을 열었으니까. 지금까지 지은 웃음에 감정이 담기지 않았다고 바로 알 수 있는, 빛나는 웃음이었다.

머리에 묶인 리본을 흔들거리고, 타이츠를 신은 얇은 다리와 쇼트 부츠로 땅을 박찬 공주님— 릴리아나는…….

"하지메 씨! 에헤헤, 저 왔어요♪"

예의 남자 앞에서 친근하게 인사했다.

"""""또 너냐아아아—!!"""""

이 종업식날, 노성인지 태클인지 모를 고함이 온 학교에 울려 퍼졌다.

시간을 이틀 거슬러 오른다.

나구모 집 거실은 지금 약간의 긴장과 파티장 같은 유쾌함 사이에 있었다.

폭죽을 손에 들고 코주부 안경이나 알록달록 고깔모자를 쓴 파티 피플— 슈와 스미레가 잔뜩 긴장한 탓이었다.

"……어머님. 그렇게 긴장하실 필요는……."

"할아버지, 릴리 언니는 착해."

유에와 뮤가 달래지만, 「「괜찮아, 문제없어」」라고 말할 뿐 분위기는 변하지 않았다.

그럴 만도 했다. 현역 왕녀가 방문하니까. 단순한 일반 가정에.

심지어 아들과 사랑을 나눴으면서 왕족의 책무를 다하기 위해 영원한 이별을 각오한 고결한 왕녀님이었다.

이번 방문도 일시적인 휴가. 신년이 지나면 귀국해 다시 일국을 지휘한다.

단순한 공주님이 아니라는 말이다.

유에가 왔을 때는 모든 것이 숨 돌릴 틈 없이 벌어져 긴장할 틈도 없었지만, 새삼스럽게 이세계의 특별한 신분과 입장을 가진 분을 맞이하려니 저절로 몸이 긴장됐다.

"너무 깝죽댔나?"

"그래도 스미레, 여기서 더 격식 차리면 거리감 느낄 거야."

"그치…… 가족이 될 사람인데. 역시 코주부 안경은 끼고 있어야겠네."

"그래, 잘 생각했어."

더 잘 생각해 보라고 모두가 생각했다. 그래도 슈와 스미레가 최대한 정성껏 릴리아나를 환영하고 싶어서 한 일이므로 훈훈하게 지켜보기로 했다.

"그보다 하지메 씨 좀 늦지 않아요? 요리 식겠어요."

탁자에는 여러 요리가 차려져 있었다. 시아와 레미아의 역작이었다.

"후훗, 오랜만의 재회잖아요."

"그렇지. 릴리가 그리 보여도 제법 정열적인 구석이 있어."

레미아가 의미심장하게 웃고, 티오도 마법으로 요리를 보온하며 다 이해한다는 표정으로 말했다.

아마 지금쯤 재회의 기쁨을 누리며 뜨거운 입맞춤이라도 나누고 있으리라고. 하지메가 지구로 돌아오고 첫 재회니까 충분히 그럴 수 있었다.

세계 사이에 「게이트」를 열려면 막대한 마력이 필요하다. 일단 마력 소비 억제와 재접속 실험으로 편지 정도는 보낸 적이 있었다. 오늘 데리러 간다는 이야기도 미리 전해 뒀다.

그렇지만 역시 얼굴을 볼 수 없고 온기를 나눌 수 없는 시기는 퍽 외로웠으리라.

그렇게 생각하면 잠시 둘만의 시간에 빠지는 것도 이해할 수 있었다.

"아, 왔어!"

거실 공간이 일그러졌다. 빛이 소용돌이쳤다. 이세계의 진짜 공주님이, 온다.

"여보, 최고의 환영식을 하는 거야!"

"그래, 우리 새로운 며느리가 될 아이야. 첫인상을 망칠 순 없지!"

그럼 파티 피플은 그만두는 편이……라는 생각이 얼핏얼핏 들지만, 이미 늦었으므로 지켜볼 뿐이었다.

그렇게 빛나는 「게이트」 너머에서 연분홍색 드레스와 티아라로 치장하고 단아하게 모습을 드러낸 릴리아나는—.

""우리 집에 온 것을 환영합니다!""

"아— 「광절」!"

펑 터지는 폭죽 소리에 반사적으로 장벽을 전개해 버렸다.

하늘하늘 날리는 색색의 종이 꽃가루가 빛의 장벽에 막혀 전부 떨어졌다.

찬물을 끼얹은 듯한 분위기가 감돌았다.

슈와 스미레는 「사고 쳤다……」라고 절망하는 표정.

릴리아나도 한 박자 늦게 착각을 알아채고 「사고 쳤네요……」라고 절망하는 표정.

"엉? 왜 그래?"

한발 늦게 돌아온 하지메가 당황하는 가운데, 지켜보던 이들은 입을 모아 「와……」라며 안쓰러워서 못 보겠다는 분위기인 터라 유에가 대표로 수습에 나섰다.

"……머, 멋진 반응 속도! 근년 보기 힘든 훌륭한 장벽!"

흡사 모 와인 캐치프레이즈[#6] 같았다.

물론 분위기는 바뀌지 않았다.

◇◇◇◇◇◇◇◇◇

"그런 일이 있었어요."

클래식한 양식점 내부에서 릴리아나의 낙심한 목소리가 울렸다.

양식점 『위스테리아』— 소노베 가족이 경영하는 가게였다. 「가족회」도 종종 집회 장소로 쓰던 곳으로, 귀환 후 기타 가

#6 모 와인 캐치프레이즈 「보졸레 누보」는 매년 캐치프레이즈를 내놓는데, 해마다 과거에 보기 힘든 걸작이 탄생한 것처럼 광고하여 인터넷 밈이 되었다.

족 모임도 이곳에서 이루어졌다.

그래서 이번 뒤풀이 겸 릴리아나 환영식에도 소노베 집안이 호의를 베풀어 가게를 빌려줬다.

벽 쪽 가운데 자리에 릴리아나, 그 주위에는 하지메 그룹. 물론 티오와 레미아도 참가했고 뮤는 아빠 무릎 위에 앉았다.

"으으, 좋은 첫인상을 위해서 몇 번이나 연습했는데 왜 하필 「광절(정색)」이에요. 완전히 환영 거부잖아요."

릴리아나는 그때 일을 떠올리면 마음이 아픈지 얼굴을 두 손으로 덮었다.

테이블석에 있는 코우키와 류타로 등도 이 이야기에는 연민 섞인 웃음을 지었다.

카오리와 시즈쿠도 열심히 달래 줬다.

"에, 에이, 그래도 릴리는 전후 바로 나라를 재건하느라 정신이 없었잖아."

"항상 전장에 선 기분이었지? 신역의 마물도 아직 각지에 조금 남아 있다고 하고."

"캬, 역시 인류 연합군 총사령관님이야! 안 그러냐, 코우키!"

"마, 맞아! 신경 쓸 필요 없어! 오히려 감탄하시지 않았을까―."

"굉장히 송구스러워하시던데요?"

고개를 든 릴리아나는 정색하고 있었다. 이세계 왕녀님에게 결례를 범했다고 호들갑 떨던 시부모님이 예술적인 큰절을 했을 때의 심경이란…….

말로 하지 않아도 전해졌다. 아이들은 살며시 눈길을 피했다.

"지금은 평범하게 대해 주니까 됐잖아."

하지메가 따뜻한 카페오레를 맛있게 마시며 대수롭지 않게 말했다.

"첫인상은 중요하다고요! 완벽하게 하고 싶었는데!"

"……이해해."

"이해해요!"

그건 맞다며 유에와 시아 외의 여성진도 고개를 깊이 끄덕였다. 이 성공한 인간들, 이라며 릴리아나는 부러워하는 눈빛으로 유에 그룹을 바라봤다.

"괜찮아요, 릴리 씨! 저는 직접 큰절했으니까!"

"뭐가 괜찮다는 거예요."

아이 쌤, 머리 박았구나……. 새롭게 밝혀진 사실에 학생들이 복잡미묘한 표정을 지었다.

"아아, 라나 씨도 똑같은 말을 했었지. 평소의 중2병을 버리고 가족한테도 엄청 평범하게 인사해 줬어."

코스케, 너 있었냐……. 그가 이곳에 있었다는 사실에 학생들이 놀라움을 감추지 못했다. 코스케는 눈물을 찔끔 흘렸다.

그건 그렇고 사실 이번에 토터스에서 넘어온 사람은 릴리아나만이 아니었다.

코스케가 죽기 살기로 마음을 쟁취한 토끼 귀 누님— 라나 하우리아도 함께였다. 떨어져 버린 연인들을 위한 하지메 나름의 배려였다.

코스케가 라나와 이어진다면 코스케도 하우리아의 식구라

는 뜻. 그리고 하우리아는 하지메의 식구였다. 신경 쓰는 것은 당연했다.

그래서 그 호의를 기꺼이 받아들인 라나는 릴리아나와 나구모 가족의 교류를 방해하지 않으려고 마지막에 전이해 인사만 똑바로 한 뒤 바로 떠났다.

물론 향한 곳은 코스케의 집.

코스케의 가족도 사전에 전해 들어서 제법 안절부절못했지만, 가장 안절부절못한 사람은 코스케였을 것이다. 왜냐하면 사랑하는 사람이라도 하우리아였다. 즉, 심각한 수준의 상시 중2병이 발동 중이다.

이런 것을 부모님은 받아 줄까……. 하지만 그 걱정은 기우였다.

슈와 스미레에게는 보스에게 충성를 맹세한 일족의 전사라고, 정말로 보는 사람이 창피할 정도의 언동으로 인사했건만, 코스케 가족에게는 완벽한 첫인상을 주기 위해서 필사적으로 「옛날의 평범한 언동」을 다시 익혔다고 한다.

코스케의 부모님은 상식적이고 정중한 인사 후 일족이 선호하는 언동도 숨김없이 고백한 라나에게 오히려 큰 호감을 느꼈다고 한다.

"그런가요……. 라나 씨도 성공했나요. 그렇단 말이죠."

어쨌든 라나는 성공적으로 인사를 마쳤고, 지금도 볼일이 있는 코스케 부모님을 따라갔다고 한다. 이에 대한 릴리아나의 소감은 「라나 씨, 당신마저」였다.

“어머님도 아버님도 시원시원한 분이시다. 계속 담아 둘 것 없어. 그리고 그 옷도 잘 어울려.”

“맞아요, 정말 귀여워요.”

티오와 레미아의 위로로 겨우 「삐뚤어진 왕녀」의 표정에 빛이 났다.

가슴팍에 달린 큰 리본이 귀여운 긴팔 롱 원피스는 코트와 함께 스미레가 선물한 것이었다.

일단 릴리아나의 옷은 카오리와 시즈쿠의 도움을 받아 하지메도 준비했지만, 큰절 소동도 있었던 탓에 릴리아나는 스미레의 선물을 우선했다.

분위기를 파악한 처신이었다. 하지만 그 이상으로 그들의 배려가 기뻤다. 긴장한 사람은 슈와 스미레만이 아니었으니까.

“그렇죠! 귀엽죠! 에헤헤.”

쑥스쑥스, 꼼질꼼질. 가슴의 리본을 만지는 릴리아나는 무척 귀여웠다.

사랑하는 사람의 가족이 받아 줘서 행복하게 웃는 얼굴에 「왕녀」다운 위엄은 없었고, 단 한 명의 「여자아이」가 있을 뿐이었다.

흐뭇한 눈빛의 집중포화 속에서 릴리아나는 더 쑥스러워져 헛기침했다.

“다시 인사드릴게요, 여러분. 환영식을 열어 주셔서 감사드려요.”

자리에서 일어나 조금 왕녀의 얼굴로 돌아와 사람들을 훑어봤다.

“여러분이 무사히 가족과 재회해서 안심했어요. 여러분이 구해 주신 세계의 주민으로서, 다시 한번 말씀드릴게요. 정말로 감사합니다. 그리고—.”

재회의 기쁨은 이미 한 사람씩 나눴다. 하지만 한 번으로는 부족했다.

이 가슴 안쪽에서 흘러나오는 환희는 몇 번이든 전하고 싶다. 그런 마음이 역력히 드러나는 함박웃음과 함께 릴리아나는…….

“이렇게 여러분의 고향에 올 수 있어서, 재회할 수 있어서 진심으로 기뻐요!”

실로 아름다운 커트시를 선보였다.

이세계에서 사권 모두의 친구이자 최고의 친구인 공주님이 인사하자 성대한 박수와 환성이 터졌다. 많은 학생은 오히려 도움을 받은 사람은 자기라며 감사의 말도 되돌려 줬다.

“역시 선동가야. 분위기 잘 띄우네.”

“누구 탓이라고 생각하세요?”

살짝 눈을 찌푸리고 하지메의 볼을 콕콕 찔렀다. 아직 외로움이 덜 가신 것일까. 아니면 재회의 기쁨이 덜 가신 것일까. 제법 스킨십에 적극적이었다.

반 아이들은 그 정다운 모습을 놀리면서 —일부는 심술이 나거나 부러워하기도 했지만— 바라보는데…….

“다들 오래 기다렸지? 요리가 완성됐단다~.”

“음료는 안 부족하니? 더 필요한 사람은 말하렴.”

어딘지 모르게 느긋한 분위기가 느껴지는 두 목소리가 가
게 안쪽에서 들렸다.

상냥해 보이는 안경 쓴 남자와 똑같이 상냥해 보이는 머리
핀 한 여자가 나왔다. 함께 가게 이름이 들어간 앞치마를 걸
친 이 두 사람이 유카의 아버지 「소노베 히로유키」와 어머니
「소노베 유리」였다.

두 손 가득 든 요리를 싱글싱글 웃으며 테이블에 내려놓았다.

학생들이 「고맙습니다!」라고 활기차게 인사하고 아이코가 다
시 가게를 빌려 준 사실에 감사했다. 그리고 하지메 그룹 앞
에도 커다란 접시가 쾅 놓였다.

"야, 소노베. 좀 거칠지 않아?"

"무, 무거웠어."

그 말대로 많이 먹기 방송에서나 볼 법한 접시였다. 요리도
산처럼 담겼다.

하지만 옮길 요리가 남았는데 그 자리에서 가만히 눈알만
굴리는 모습을 보아…….

"아하하, 미안해, 하지메. 너한테 우리 유니폼을 처음 보여
줘서 그런가? 조금 긴장했나 봐."

"어떠니, 하지메. 제법 잘 어울리지 않아?"

"잠깐, 아빠! 엄마까지! 뭘 묻는 거야!"

바로 그런 이유인가 보다.

흰 블라우스에 와인레드 앞치마, 머리 위에 단정하게 올려
놓은 같은 색상의 베레모. 『위스테리아』의 유니폼이었다.

나나와 타에코처럼 가게에 자주 오는 친구들은 유카가 휴일이나 가게가 바쁠 때 일을 돕는다는 걸 알아서 익숙하지만, 분명히 하지메에게는 첫 공개였다.

"와, 유카 씨, 정말 귀여워요!"

"뮤! 유카 언니 좋겠다. 뮤도 입고 싶어!"

"어, 그, 그래?"

시아와 뮤가 가감 없이 칭찬하자 유카는 기분이 썩 나쁘지 않아 보였다. 머리끈으로 묶은 머리카락을 손가락으로 빙글빙글, 꼼질꼼질. 그리고 시선은 힐끔힐끔.

그 시선이 향하는 곳이 어디인지는 말할 필요도 없으리라.

"여기요, 재스민 티 주세요~."

"윽, 주문 감사합니다. 오늘은 무료예요!"

하지메가 아무 감상도 없이 주문하자 유카는 얼굴을 새빨갛게 물들이며 성큼성큼 주방으로 돌아갔다.

그건 아니지, 라는 시선이 쏠리지만, 하지메는 깔끔하게 무시했다. 연인도 아닌 이성에게 괜한 호감 표시는 하지 않는다.

"어머나, 차였네?"

"갈 길이 멀겠어."

소노베 부부가 뭐라고 수군댄다. 의미심장한 눈빛도 느껴진다.

물론 하지메는 눈치채지 못한 척했다. 이 부부의 호감도는 왜 이다지도 높은지 모르겠다. 하지메의 여자관계도 알고 있을 텐데.

화낸다는 개념을 어디에 두고 온 듯 온화한 두 사람이니까

사소한 건 신경 쓰지 않고 딸을 응원하는 것일까?

"……으, 유카 저 녀석. 토터스에서 있었던 일을 대체 어떤 식으로 설명했지?"

"대강 상상은 가. 무의식적으로 티가 났겠지, 아마."

유에와 카오리가 소곤소곤 말했다. 아마 그게 맞을 것이다.

"그런데 하지메, 크리스마스에는 가족끼리 나간다며?"

"네. 부모님은 안 오지만요."

아들과 며느리들의 데이트에 부모 동반은 말이 안 된다고 부모님이 먼저 말을 꺼냈다.

정작 며느리들은 함께 있고 싶은 기색이었지만, 이브는 집에서 잔칫상이라도 차려 한적하게 보낼 예정이었고 부부만의 시간도 필요할 테니까 따로 움직이기로 했다.

"그래, 멋진 계획이네. 그런데 어디에 가려고?"

히로유키는 숙련된 동작으로 네 접시를 동시에 옮기며 싱글싱글 웃었다.

"유원지에 가려고요. 뮤는 가 본 적이 없으니까요."

"어머, 좋은걸! 아마 크리스마스 이벤트도 있을 거야!"

유리도 싱글싱글 웃었다. 하지메는 이 뒤에 나올 말을 짐작하면서도 일단 웃어 보이지만…….

"괜찮으면 한 명 더 껴서―."

"네! 재스민 티 하나!"

"술집이냐."

아버지의 제안을 딸이 잘라 버렸다. 조금 숨이 거친 건 허둥지둥 달려왔기 때문일까. 새빨간 얼굴로 부모님을 엄청나게 노려봤다.

히로유키와 유리는 두 손을 들고 주방으로 후퇴했다.

그러는가 싶더니 얼굴을 빼꼼 내밀고는…….

"다들 유카랑 친하게 지내 줘서 고마워."

"솔직하지 못한 애지만, 앞으로도 잘 대해 주렴."

포근한 웃음으로 그 말만 남긴 뒤 안쪽으로 휙 사라졌다.

뭐라고 말해야 좋을지 모를 분위기. 수치인가 분노인가, 유카가 부들거렸다.

"그…… 유카 언니도 같이, 갈래?"

"……아, 안 가! 가게 도와야 해!"

잠깐의 「침묵」이 유카의 본심을 보여 주는 것 같았다. 히죽대는 나나와 아츠시가 유카를 놀리기 전에 아이코가 일어섰다.

"자, 잔 들어요! 무사히 마친 종업식과! 릴리 씨의 방문을 축하해 건배합시다!"

건배사가 시작되고 학생들은 일제히 잔을 들었다. 그리고 올해 마지막 전원 집합을 맛있는 음식과 함께 즐겼다.

“왁, 와아~!!”

“오오~!”

경악 섞인 환성과 천진난만한 환성이 겹쳤다.

목소리의 주인은 시아와 그 옆에서 하지메가 목말 태운 뮤였다. 소리는 내지 않아도 유에, 티오, 카오리에 시즈쿠, 레미아와 아이코, 그리고 릴리아나도 어린아이처럼 눈을 초롱초롱 빛내고 있었다.

그 와중에 릴리아나만은……왠지 사냥감을 노리는 짐승 같은 눈으로 보이기도 했지만, 아무튼 그건 넘어가자.

거리에서는 주목을 한 몸으로 받는 집단이지만, 여기서는 그렇지도 않았다.

그녀들의 미모, 천진난만하게 떠드는 뮤의 사랑스러움으로 주목을 받기는 했으나, 누구나 훈훈하게 웃거나 공감의 미소를 짓고 지나칠 뿐이었다.

그럴 수밖에.

이곳은 어느 유명 유원지. 잠깐 동안 비현실적이고 비일상적인 꿈의 시간을 제공하는 장소다.

캐릭터 머리띠를 한 사람, 얼굴에 페인트하거나 실을 붙인 사람, 분장까지 한 집단도 있는가 하면 곳곳에 마스코트도 있었다. 그렇다면 미녀 집단도 당연한 풍경 중 하나다.

환성이나 흥분이 느껴지는 비명, 여기저기서 울리는 효과음과 음악. 손님을 기다리는 각종 놀이기구.

가족, 친구 혹은 연인들이 근사한 추억을 만들기 위해 와 있었다. 더군다나 오늘은 크리스마스. 누구나 자신들의 시간을 즐기느라 여념이 없었다.

"후후, 유에 두리번거리는 것 좀 봐~. 어린애 같네?"

"……죽어, 바보 카오리."

유에도 자각은 있는지 카오리에게 놀림 받고 볼을 붉혔다.

하지메는 눈웃음을 지으며 그 모습을 보다가 문득 뭔가를 떠올리고 시아에게 손을 뻗었다.

"시아."

"네? 앗, 으아, 뭐예요?!"

시아가 머리를 확 감쌌다. 하지메가 은폐용 아티팩트 이어커프를 벗겼기 때문이었다. 당연히 폭신폭신한 토끼 귀가 적나라하게 드러났다.

"여기서는 숨길 필요도 없다고 생각해서. 오히려 남들에게 보여 주자."

네가 자랑하는 폭신폭신함을.

그러면서 웃는 하지메를 보고 시아는 말문이 막혔다. 하지만 그것도 한순간뿐. 시아의 표정이 확 밝아지더니 가슴을 쭉 폈다. 덩달아 토끼 귀도 쭉 세웠다.

"흠, 확실히 이곳은 별세계 같구먼. 레미아도 해 보거라."

"아마 인어를 소재로 한 놀이기구도 있었을 거야."

티오가 레미아의 귀가를 조심히 더듬어 귀고리를 뺐다. 시즈쿠도 뮤에게 웃으면서 자기 귀를 콕콕 가리켰다.

레미아는 간지러웠는지 조금 부끄럽게 목을 움츠렸고, 뮤는 스스로 귀고리를 뺐다.

그 순간, 모녀의 에메랄드 블론드 머리카락이 에메랄드그린으로, 귀는 지느러미 모양으로 변했다. 이세계의 인어가 그 모습을 드러낸 것이다.

특히 오늘 뮤는 두꺼운 홍백색 모자와 상의, 아래에는 미니스커트와 따뜻해 보이는 흰 타이츠, 솜털 같은 퍼가 붙은 쇼트 부츠 차림이었다.

그렇다, 조그만 산타다. 지금은 인어 산타라고 불러야 할까. 귀여워도 너무 귀엽다!!

하지메는 뮤를 살며시 내려놨다. 「뮤?」라며 고개를 갸웃거리는 뮤를, 돈나를 뽑듯 유려하게 꺼낸 스마트폰으로 찰칵.

그대로 아무 일도 없었던 것처럼 다시 목말 태웠다. 보통 사람이라면 놓칠 정도로 자연스럽고 재빠른 동작이었다.

"주인님, 지금은 나도 날개 정도는 꺼내도—"

"거추장스러우니까 하지 마."

"……?! 너무해, 허나 오늘 첫 발째, 좋구나!"

편승할 수밖에 없다, 이 흐름에! 흡족해하는 하지메를 보고 티오가 제안했지만, 속사 같은 속도로 금지당했다.

신나서 사도 모드로 천사 어필을 하려던 카오리가 무표정이 됐다. 유에 님이 히죽댄다. 손가락으로 옆구리도 찌른다.

참고로 하지메가 거추장스럽다고 한 이유는 날개 크기 때문이 아니다. 옷 때문이었다. 티오도 세련된 니트 코트를 입었는데 옷을 찢고 꺼낼 수도 없지 않은가.

"아, 괜찮으면 이거 쓰실래요?"

아이코가 가방에서 동물 머리띠를 꺼냈다. 나비일까? 더듬이 모양까지 있었다.

"마음에 드는 걸 고르세요!"

"아이코, 그거 어디서 났어?"

"방금 입구 쪽에서 팔길래 그만 사 버렸어요!"

싱글벙글 웃으며 곰 귀? 머리띠를 찬 아이코가 「크앙—!」 하며 포즈를 잡았다.

아무래도 가장 기대하던 사람, 들뜬 사람은 아이코 같았다.

지나가는 아이들이 웃고, 다른 일행도 아련한 미소를 지었다. 뮤마저 왠지 상냥하게 웃고 있었다.

얼굴이 새빨개진 아이코는 슬쩍 곰 귀를 뺐다.

"……들떠서 죄송해요. 유원지는 학생 때 수학여행 이후로 처음이라…… 반 친구들과도 좀 서먹하던 시기였고…… 그리고 사회인이 되면 이런 곳에 올 기회가 없어서……. 우리 학교 수학여행 후보지에도 유원지는 없고요……."

"알겠어, 그만해도 돼. 오늘은 마음껏 즐기자."

"……에헷."

원래 유원지를 상당히 좋아하나 보다. 창피해하면서도 곰 귀를 다시 차는 모습은 그 동안과 맞물려 정말로 어린애 같았다. 보기만 해도 마음이 따스해지는 광경이었다.

"그럼 어디부터 갈까?"

일행이 일제히 팸플릿을 펼쳐 손가락으로 가리켰다. 저마다 관심 있는 곳을 조사해 왔나 보다. 들뜬 것은 다들 매한가지 같았다.

아니, 역시 한 명만 방향성이 이상한 녀석이 있었다.

"네네네! 우선 기념품 가게부터 도는 게 좋다고 생각해요!"

목소리가 우렁차다. 어필이 강렬하다. 그리고 눈이 충혈됐다. 릴리아나였다.

"아니, 기념품은 보통 마지막에 사잖아?"

"안 사니까 괜찮아요!"

"그럼 뭐 하러 가?!"

"네? 그야— 시장 조사밖에 더 있나요?!"

"꿈과 환상의 테마파크에서 현실성 넘치는 말을 해 줘서 고맙다!"

무슨 뜻이냐며 다른 일행이 의아해했다. 잘 물어봤다는 양 릴리아나는 소리 높여 주장했다.

"정말로 믿을 수 없어요! 불과 며칠 만에 제 상식이 완벽하게 파괴됐어요! 이 세계는 그야말로 보물 창고예요! 경제 규모가 차원이 다른 건 물론이고, 아아, 이 문화의 다채로움을 보세요! 오로지 오락을 위해서 이 정도 시설을 여러 곳에 만들다니! 대체 방문자가 몇 명이나 되죠? 연간 영업이익은 얼마나 내다볼 수 있을까요? 보여, 저한테도 보여요! 이 세계 문화의 일부분이라도 도입하면, 그리고 그걸 국가에서 운영하면 어느 정도의 이익과 성장을 기대할 수 있을까요! 크하핫, 황제 그 자식, 복구의 혼란을 틈타 이권을 차지하려고 이래저래 수작을 부렸지만, 기고만장한 것도 지금뿐이에요! 우리나라가 경제와 문화를 모두 압도할 거니까! 그리고—."

"아이코."

"네—「진혼」!!"

양손을 벌리고 무슨 마왕이냐고 묻고 싶어질 웃음소리를 내는 릴리아나가 신대의 정신 안정 마법을 처방받고 희미하게 빛났다.

오늘은 날씨가 좋아 햇빛에 가렸겠지만, 왕녀님의 무표정까지는 숨길 수 없었다. 평범하게 정서가 불안한 사람이었다. 무섭다.

지나가는 아이들이 「엄마, 아빠. 저 사람—」이라고 손가락질했고, 부모님은 「쉿, 보면 안 돼!」, 「누가 스태프 좀 불러줘요!」라며 아이들을 안고 사라졌다.

"죄송합니다, 조금 들떴네요."

"조금이라고 할 수준이냐? 완전히 이성을 잃은 것 같았는데?"

"……이 왕녀, 너무 왕녀야."

"하, 항재전장의 마음가짐이지? 국정에서도, 그치?"

시즈쿠가 변호해 릴리아나는 말없이 고개를 끄덕였다. 카오리와 레미아가 눈물을 주룩 흘렸다.

"릴리…… 우리가 떠나고 왕국 복구와 외교로 얼마나 고생

했으면⋯⋯."

"어머나, 세상에. 어쩜 좋을까요, 아직 10대 중반인데⋯⋯."

"뮤, 알아. 이런 사람을 「사축」이라고 해."

"주인님, 조금 더 자주 만나 줄 수는 없나?"

"⋯⋯지금 전력을 마력으로 변환할 수 없을지 연구 중인데⋯⋯ 서두를게."

지나칠 정도로 열심히 일하리라고 상상은 했지만, 그마저도 부족했나 보다. 도저히 15세 소녀가 할 얼굴이 아니었다. 이건 산전수전 다 겪은 사축의 얼굴이다.

지금도 가족이 걱정스럽게 자기 이야기를 하는데, 심지어 언뜻 보면 차분해 보이는데도 그 눈은 방문객의 동향을 좇고 있었다.

안 되겠다, 이 왕녀. 빨리 어떻게든 하지 않으면⋯⋯.

하지메 일행은 서로를 돌아 봤다. 마음은 하나였다. 각자 힘차게 고개를 끄덕였다.

"자! 어디부터 갈까!"

조금 전보다 목청을 키운 하지메에게 일행도 목청을 키워 「여기!」라고 대답했다.

오락을 오락으로 즐기는 마음을 잃어버린 소녀에게 순수했던 마음을 되찾아 주기 위해서.

유원지여! 성스러운 날이여! 우리에게 힘을!

"생살여탈권을 타인에게 주는 놀이는 잘못됐어요."

한 시간 뒤, 릴리아나는 벤치에 축 늘어져 있었다. 하지메의 오른쪽 무릎을 베개 삼고. 덧붙여 왼쪽 무릎에는…….

"하지메 씨, 죄송해요……."

레미아도 있었다. 묘하게 토라진 릴리아나와 달리 이쪽은 무척 부끄러워 보였다. 사람들 앞에서 무릎베개를 한 것도 이유겠지만, 머리를 쓰다듬는 다정한 손길이 주된 원인일 것이다.

"아니, 우리가 미안해. 릴리를 제정신으로 되돌려 놓으려고 너무 격렬한 기구만 골랐어."

"저기요, 하지메 씨? 저는 처음부터 제정신인데요?"

"방금 들른 매점, 어땠어?"

"가격 설정이 너무 과감해요! 자릿세도 있겠지만—."

"아직 정신 덜 차렸나……."

"어머나, 우후후."

레미아가 무심코 웃었다. 사실 두 사람 모두 회복 마법을 걸어서 기분이 나쁘지는 않았다. 하지만 조금 쉬고 싶어서 다른 일행이 놀이기구를 즐기는 동안 구경하면서 기다리기로 했다.

무릎베개는 그저 릴리아나의 어리광이었다. 도중에 본 커플이 하고 있어서 부러웠다고 한다. 그리고 레미아가 힐끔거려서 하지메가 억지로 끌어당겨 옆에 눕혔다. 표정을 보면 틀리지는 않았나 보다.

"그나저나 키가 20센티미터 커지면 역시 인상이 변하네."

마침 놀이기구가 멈췄다.

한 바퀴 도는 바이킹 계열 기구에서 조금 휘청거리거나 멀미가 난 승객들이 한 번에 몰려나왔다.

그사이에 활짝 웃으며 폴짝폴짝 뛰는 뮤가 있었다. 언니들에게 둘러싸여 굉장히 즐거워 보이지만, 그래서 더 확실히 알 수 있었다. 평소와 머리 높이가 다르다고.

놀이기구 중에는 키 제한이 있는 것도 있었다. 격렬한 기구일수록 더욱. 뮤만 탈 수 없으면 외로우니까 사실 집을 나서기 전에 변성 마법을 써서 일시적으로 키를 늘렸다.

조금 언니 같아졌어~, 라며 좋아하는 뮤가 너무 훈훈해서 특별히 인상이 변했다고 느끼지 못했는데…….

이렇게 멀리서 보니까 유사하게나마 「딸의 성장」을 실감할 수 있었다.

"앞으로 점점 변할 거예요. 여자애는 빨리 크니까요. 몸도 마음도."

"그래?"

"그럼요. 기뻐요? 여보?"

레미아는 무릎베개에 누워 올려다봤다. 하지메는 레미아의 눈을 찌를 것 같은 머리카락을 살며시 치워 주며 어깨를 으쓱했다.

"그야 물론 기쁘지. ……아니, 조금 거짓말했어. 너무 빨리 커 버리면 쓸쓸할 것 같아. 더 천천히 커도 돼."

"어머♪ 그래도 그건 이루지 못할 꿈이네요."

"……? 왜?"

"본인이 빨리 어른이 되고 싶어 하니까요. 누구랑 결혼하기 위해서."

"……."

"그런 아이는 빨리 커요, 분명."

앗~, 엄마가 무릎베개해! 부러워! 라는 목소리가 들렸다. 레미아는 몸을 일으켜 달려오는 딸에게 손을 흔들면서 아주 심술궂은 눈매로 하지메를 곁눈질했다.

"기뻐요? 여.보?"

반복된 질문인데 의미가 다르게 들렸다.

그래서 하지메는 필살기를 꺼냈다. 「응? 뭐라고?」라고. 용사의 정석 스킬 「돌발성 편의주의 난청」이었다. 마왕이라고 불리지만, 가끔은 괜찮지 않은가.

당연히 「어머나, 우후후」라고 즐거워하는 웃음소리가 들렸다. 그리고…….

"……뭐예요, 이 분위기. 저 빠질까요……?"

끼어들기 힘든 대화 내용과 분위기 때문에 왕녀님은 무릎베개한 채 움직이지도 못하고 동요했다.

"엄마랑 릴리 언니, 괜찮아?"

"그래, 괜찮아. 뮤가 재미있게 노는 모습을 보니까 기운이 났어."

레미아는 평소보다 높은 위치에 있는 딸의 머리를 사랑스럽게 쓰다듬었다.

나이스 뮤. 분위기를 바꿔 준 뮤에게 마음속으로 감사하며 릴리아나도 몸을 일으켜 건강하다고 어필했다.

"네, 괜찮아요! 다만, 더는 이해할 수 없는 구조물과 모르는 사람에게 목숨을 맡기기는…… 좀 그러네요."

"릴리도 호들갑은."

"괜찮아, 릴리. 만약 죽어도 다시 살려 줄게!"

"더 안 괜찮아졌어요."

어이없어하는 시즈쿠는 그렇다고 쳐도, 카오리의 힘찬 선언과 웃음은 오히려 무서웠다.

"……하지메, 다음부터는 더 느린 걸 탈까?"

"아하하, 죄송해요. 저도 격렬한 건 그만 타도 될 것 같아요."

마법을 쓰면 반고리관은 바로 회복할 수 있지만, 질리는 건 어쩔 수 없다. 유에도 아이코도 격렬한 놀이기구는 이미 충분히 탔나 보다.

"그래. 슬슬 점심을 먹어도 되겠는데……."

"네네! 그러면 점심 전에 여기에 가요! 여기!"

시아가 폴짝폴짝 뛰면서 팸플릿을 가리켰다.

"탈출 게임이야? 아, 유명한 닌자 영화 패러디인가."

어드벤처 파크와 방 탈출을 합친 시설 같았다. 닌자 일족의 후예인 주인공이 현대 스파이가 되어 활약하는 영화를 모방한 듯했다.

"맞아요! 그리고 여기서 1등으로 골인한 사람은~!"

어딘지 모르게 도발적인 눈빛으로 일행을 돌아본 시아는 씩 웃으며 말했다.

"하지메 씨와 단둘이 관람차에 탈 권리를 얻는다. 이런 내기라도 하면 어떨까요?"

여성진의 눈이 일제히 번쩍였다.

"치사하지 않아요? 신체 능력 차이가 너무 커요!"

"에이, 릴리 씨. 어린애도 놀 수 있는 시설이에요. 대단한 신체 능력은 요구하지 않을 거예요. 수수께끼 풀기 같은 건 카오리 씨가 더 유리할 테고요."

시아의 계획은 완벽했다. 항의도 예상했는지 순식간에 논파해 릴리아나의 말문을 막아 버렸다.

"누가 하지메 씨랑 관람차에 탈지 아직 안 정했잖아요. 좋은 방법이라고 생각하지 않아요?"

관람차, 아아, 관람차. 그것은 커플을 위해 존재한다고 해도 과언이 아닌 놀이기구. 단둘이 환상의 나라 꼭대기에 올라 그 경치를 독점할 수 있다면 참으로 멋진 추억이 되리라.

이 천천히 도는 곤돌라의 즐거움을 이해하지 못하던 이세계 멤버에게 카오리가 꿈꾸는 소녀의 표정으로 설파한 것이 발단이라고 한다.

그렇지만 전원 한 번씩 타기에는 시간이 너무 아깝다. 이건 깔끔하게 포기하고 단 한 명의 특권으로 하자.

그 결과가 이것이었다.

하지메는 뭐라고 말하기 어려운 표정이었다. 「다 같이 타면 되잖아?」라고 말하면 눈치 없는 놈이 된다고 생각해 입은 다물었다.

"뭐, 저한테 이길 자신이 없다면 안 해도 상관없지만요~."

"……상당히 도발적이야. 언니만 한 아우가 없다는 걸 알려줄까?"

"괜찮지 않을까? 시아의 실력을 보여 주는 것도."

"나쁘지 않네. 그래도 시아, 잊지 않았어? 야에가시 가문은 시노비 일족—일지도 모른다는 걸."

"……? 시즈쿠 언니, 그거 시즈쿠 언니랑 상관있어?"

"그보다 아직 확실하게 말해 주지 않나 보네요……."

야에가시 가문의 비밀 아닌 비밀은 아직 외동딸에게 계승되지 않은 것 같았다. 시즈쿠는 뮤와 아이코의 미묘한 표정을 말없이 외면했다.

여담으로 시즈쿠는 패러디한 영화를 어릴 때부터 몇 번이나 봐야 했다. 집에는 영상 디스크도 전부 갖춰져 있었다. 정확히는 닌자가 나오는 작품이라면 소설이든 영상물이든 없는 게 없었다.

그래서 그만 자신감을 표출했지만, 사실 뮤 말이 맞았다. 유에와 카오리를 따라 자신만만하게 웃으며 받아친 것이 살짝 부끄러웠다.

"뭐, 괜찮지 않겠나? 실제로 다른 방법은 가위바위보 정도밖에 떠오르지 않아."

티오가 어깨를 으쓱이며 동의하자 그것이 신호가 되었다.

여성진은 하나같이 의욕에 차서 목적지로 뛰어갔다.

'……멍청한 것들. 시아가 이 시설을 열심히 조사한 건 알고 있었어! 그래서 나도 조사했지! 유에 언니를 속이려면 300년은 일러!'

'실수했어, 시아. 언제부터 내가 이 시설을 처음 경험한다고 착각한 거지? 이미 과거에 두 번 정복했어!'

'다들 미안해. 싸움은 정보야. 수수께끼 내용이 오늘 리뉴얼된 사실은 나밖에 몰라. 집안 연줄을 썼지만, 나쁘게 생각하진 마.'

'……대기 시간은 있겠죠? 그럼 그 사이에 혼백 마법으로 의식만 보내서 코스를 컨닝하면…… 헉, 안 돼! 나는 교사! 아니, 그렇지만…….'

'라고들 생각하겠지, 너희라면. 뻔하다, 뻔해. 비단 전쟁은 전쟁터에서만 하는 게 아니거늘. 나는 승부를 포기하고 뮤를 돕겠다! 그러면 주인님도 나를 가엾게 여겨 기회를 줄지도…… 으흐흐.'

'이것도 다 공부죠. 오락 시설을 건설하기 위한 공부. 모든 것은 국가의 이익을 위해서!'

뭘까. 의욕 이상으로 뭔가 시커먼 것이 얼핏얼핏 보이는 기분이다. 해맑게 웃으며 달려가는 뮤와 대비되어 어른의 더러운 마음이 더 강조되는 느낌이랄까.

하지메는 왠지 바라보기 괴로워져 눈을 슬쩍 돌렸다. 그 앞에는 우후후, 하고 웃는 레미아가 있었다.

“……레미아, 너는 괜찮아?”

“아쉽지만, 이번에는 다른 분들께 양보할게요. 게다가…….”

“게다가?”

레미아는 하지메와 나란히 섰다. 검지를 입술 앞에 대고, 윙크한다.

“결과는 정해져 있을 테니까요.”

그건 아주 귀엽고, 모든 것을 꿰뚫어 보는 듯한 미소였다.

그 결과는—.

“이겼다!!”

시아가 하늘을 찌를 듯 주먹을 치켜들었다.

“……이, 버그 토끼가!”

“이런 법이 어딨어.”

“제 꾀에 제가 넘어간 격인가…….”

“마음의 「악마 아이코」에게는 이겼어! 교사의 자존심은 지켰어! 그러니까 오히려 잘된 거야…….”

“분하구먼, 분해.”

그 뒤에는 네 발로 엎드려 땅을 탁탁 치는 유에, 카오리, 시즈쿠, 아이코, 그리고 티오가 있었다. 부끄러우니까 제발 그만뒀으면 좋겠다.

“후후훗, 아주 재미있어. 내용, 난이도에 따라서는 오락을 넘어서 세계적인 경기도 가능……. 수년에 한 번뿐인 평화의 제전 계획. 성공하면 막대한 경제 효과! 크크크.”

그리고 구석에서 충혈된 눈으로 거친 숨을 내쉬며 음흉하게 웃음 짓는 왕녀님은 뭔가를 열심히 메모하고 있었다. 제발 제정신으로 돌아왔으면 한다. 무서우니까. 봐라, 모두가 못 본 척하지 않는가. 심지어는 뮤조차도.

“시아 언니 대단해~! 전혀 못 따라가겠어!”

“아니, 뮤도 대단해. 순위도 2위, 역대 기록도 2위잖아.”

“에헤헤~, 훈련장에서 노력한 성과야!”

“그렇지.”

사실 나구모 집 지하에 훈련장이 만들어진 뒤로 뮤는 열심히 싸우는 법을 익혔다.

물론 필요하기 때문은 아니었다. 다만, 하지메 일행은 뮤에게 동경의 대상이었다. 그리고 인생과 부조리함은 떼려야 뗄 수 없는 관계인 것도 잘 알고 있었다.

그래서 뮤는 진지하게 전투 훈련을 부탁했고, 하지메 일행은 거절할 수 있을 리 없었다.

아직 두 달 정도밖에 안 됐지만, 애초에 웬만한 아이들과는 경험치가 달랐다. 그 결과, 뮤는 역대 2위라는 기록을 내며 골인했다.

물론 딴생각을 품고 돕겠다던 티오는 따라가지도 못했다.

“하지메 씨, 하지메 씨! 이겼어요!”

시아의 브이 사인과 환한 웃음에서는 아무런 부끄러움도 느껴지지 않았다.

"어른스럽지 못하게……."

하지메가 무심코 눈살을 찌푸렸다. 그야 그렇지 않은가. 이 토끼는 수수께끼나 미로 등 실내 기믹을 대부분 천부적 능력으로 돌파해 버렸다.

버그 토끼의 인상이 너무 강해 잊히기 일쑤지만, 시아의 천직은 「점술사」다. 몇 초 뒤의 미래를 엿보거나 어떤 선택지를 골랐을 때 어떤 미래가 기다리는지도 알 수 있었다.

어린아이도 노는 시설이니만큼 주관식 문제 따위 나오지 않는다. 전부 객관식이다. 미로도 그렇게 복잡하지 않다. 그렇다면 이곳은 시아의 독무대다.

그리고 실외 어드벤처 시설. 이곳도 아이가 즐기며 돌파할 수 있는 수준이다. 하지만 「최단 루트」라면 사정이 달라진다. 보통은 가지 않는 곳도, 본래 코스가 아닌 곳도, 초고속 파쿠르로 진행하면 그 누구도 시아를 쫓아올 수 없다.

올림픽 체조 선수도 두 손 두 발 다 들 화려한 움직임은 이미 예술의 경지에 도달했다. 기록은 당연히 압도적. 전무후무한 절대 부동의 역대 1위였다. 더불어 미소녀였다.

주변이 술렁거린 것은 말할 필요도 없다. 지금도 주변 사람들이 눈을 떼지 못했다. 어린아이들의 눈은 마치 히어로를 발견한 것처럼 반짝반짝 빛났다.

"레미아, 이렇게 될 줄 알았어?"

"이런 종목이라면 시아 씨가 유리할 거라고 생각했을 뿐이에요."

레미아가 포근한 미소로 생글 웃었다. 사랑을 위해서라면 여자는 수단을 고르지 않는다. 그럼 능력상 시아가 이기리라고 생각한 것이다. 전제에 대한 확신이 있었나 보다. 역시 레미아다.

"그럼 하지메 씨……."

시아는 운동하고 몸이 뜨거워졌는지 코트를 벗었다. 안에는 얇은 옷만 입었다. 아래에는 오버 니 삭스에 미니스커트, 위에도 가슴까지 V자로 파인 귀여운 셔츠 한 장.

이런 차림새인 시아가 상기된 볼로 뒷짐을 지고, 상체를 살짝 굽혀 얼굴을 들여다봤다. 토끼 귀는 흔들흔들~, 토끼 꼬리도 실룩실룩~.

"상, 주실래요?"

시아에게 주목하던 주위에서 뭔가에 맞은 것 같은 사람이 속출했다. 아직 초등학생으로 보이는 남자애들은…… 그들의 취향이 뒤틀리지 않았기를 빌 따름이다.

"알았다, 알았어. 지금부터 가도 괜찮아?"

"네! 사실은 저녁이나 밤이 좋지만, 줄이 너무 밀릴 것 같으니까요!"

표정을 활짝 펴며 하지메의 팔에 매달렸다. 물컹 눌린 큰 가슴이 당장에라도 흘러넘칠 것 같았다. 주변 여성, 여자아이 중에서도 얼굴에 불이 난 사람이 보였다.

이 토끼를 계속 방치하면 피해자가 늘어날 듯했다. 그보다 the 패배자로만 보이는 유에나 카오리 쪽을 보며 「여자의 싸움?」, 「응? 다들 무슨 관계?」라고 수군거리는 목소리도 드문드문 들렸다.

스태프의 눈이 점점 날카로워진다! 웃는 얼굴은 그대로인데 왠지 무섭다!

"유에랑 다른 애들도 슬슬 일어나. 가자."

"……으으, 하지메와 관람차 타고 싶었어……."

미련이 뚝뚝 흘러내렸다. 유에가 시아를 원망스럽게 쳐다봤다. 그 사이로 끼어든 뮤가 양발을 벌린 채 팔짱을 꼈다.

"약속은 약속이야! 언니들! 궁상떨지 말고 똑바로 서는 거야!"

""""앗, 넵.""""

언니즈는 자기도 모르게 똑바로 섰다. 이어서 뮤는 아직도 큭큭거리는 왕녀님을 점핑 뺨치기로 정신 차리게 한 뒤 질질 끌다시피 선두로 걸어갔다.

그 등을 바라보는 이들이 하나같이 생각했다.

이 어린애, 왜 멋있지? 라고.

"흠흠흠~♪ 흐흠♪"

관람차 곤돌라 안에서 시아가 기분 좋게 콧노래를 불렀다.

하지메 옆자리에 앉아서 그 무릎 위로 몸을 내밀어 바깥 경치를 구경했다.

"시아. 자리 바꿀까? 반대쪽이 보기 편하지 않아?"

정면을 보면 시아의 옆얼굴이 있었다. 한쪽 손은 가슴 계곡 사이에 묻혔고 허벅지에 올린 시아의 손이 미세하게 움직일 때마다 몸이 간지러웠다. 그렇게 생각해서 제안하자 시아는 어리둥절하게 눈을 깜빡거렸다.

"어우, 그런 말 하기 있어요?"

"내 눈에는 거의 네 얼굴만 보이거든?"

"그건 「시아, 너밖에 안 보여!」라는 뜻인가요? 아잉!"

"응, 물리적으로."

물론 고개를 옆으로 돌리면 하지메도 밖을 볼 수 있지만, 솔직히 너무 밀착해서 만원 버스냐고 묻고 싶을 지경이었다.

시아의 달콤한 향기가 코를 찔렀고, 일일이 「저건 뭐예요?」, 「저거 보세요!」라며 고개를 돌릴 때마다 코끝이 닿았다.

아니, 아무리 그래도 이건 너무 가깝잖아, 라는 생각도 살짝 들었다.

"하지메 씨, 잘 들으세요. 이건 완벽한 포지션이에요."

"그 이유는?"

"경치와 하지메 씨가 한눈에 들어와요. 그리고 밀착도 할 수 있고요. 일석삼조의 위치인 거죠."

그렇다고 한다.

"그래? 뭐, 네가 좋다면야."

"으흐흐. 하지메 씨는 항상 그 말만 하네요. 너무 오냐오냐 해서 헤어나지를 못하겠어요. 괄호, 연인 일동 같은 의견."

입 괄호로 보충도 해 줬다. 딱히 그런 자각이 없는 하지메는 난감하게 볼을 긁적였다.

그런 하지메에게 더없이 다정한 눈빛을 보내며 시아는 볼에 가볍게 키스했다. 그리고 토끼 귀도 하지메 머리 위에 폭 올렸다. 아니, 머리를 감싼다는 표현이 맞을까.

"오늘도 이것저것 많이 준비해 주셨죠?"

"……무슨 말이야?"

살짝 시선이 흔들렸다. 시아는 사랑이 흘러넘친 표정으로 더 몸을 붙였다.

"고마워요. 저, 아니, 저희는 모두 정~말 행복해요."

그러니까 너무 오냐오냐하지 말라고, 정말로 헤어나지 못하게 된다고, 토끼 귀로 사르륵 문질렀다.

관람차에서 둘만 남고 싶었던 것은 단순히 「단둘이 관람차에 타는 것이 커플의 정석!」이라고 카오리에게 들었기 때문이지만…….

이 말을 전하고 싶었기 때문이기도 했다. 특별한 곳에서, 단둘만의 공간에서, 이렇게 전하는 것이 멋지다고 생각했으니까.

하지메의 팔이 시아의 허리를 감았다. 이미 빈틈없이 붙어 있는데도 꼭 끌어당긴다. 하지메의 다리의 사이로 엉덩이가 쏙 들어오도록 안았다.

"그래? 그렇다면 다행이고. 나도 행복해."

"에헤헤. 그렇다면 다행이네요!"

마침 꼭대기에 도착해 뒤쪽 곤돌라에서 쏟아지던 찌르는 듯한 시선이 사라졌다. 기척으로 보아 경치를 즐기는 사람은

뮤와 레미아 정도일까.

좌우지간.

시아는 승자의 특권을 마음껏 누리기로 했다. 하지메도 그런 녹아내릴 듯한 표정인 시아가 너무나도 사랑스러웠고…….

가장 꼭대기, 누구에게도 보이지 않는 몇 분 사이, 두 사람도 똑같이 절경을 잊었다.

—관람차에서는 즐거우셨나요?

관람차에서 내린 후, 일행이 처음으로 꺼낸 말이 그것이었다. 뮤와 레미아 말고는 모두 눈빛이 싸늘했다. 왠지 피부가 반들반들한 시아를 보면 어쩔 수 없는 반응이었다. 심지어 우쭐대는 표정이고.

불만스럽게 볼을 부풀린 일행에게 하지메가 할 수 있는 일은 하나뿐이었다.

비교적 시간이 적게 걸리고, 두 사람만의 분위기를 느낄 수 있으며, 사진도 찍을 수 있다…… 그런 놀이기구가 있다며 언니들을 배려한 「능력 있는 어린이」의 추천— 회전목마를 타는 것이다. 그것도 약 아홉 번.

스태프와 손님들이 어떻게 쳐다봤을까…….

하지메는 연인들에게만 집중해서 모른다. 아무튼 모른다!

마음에 남은 것은 스마트폰 사진을 보고 활짝 웃음꽃을 피운 연인들뿐이다!

그 후.

서로 부딪치며 노는 카트형 놀이기구에서 유에와 카오리가 서서히 흥분하더니 마지막에는 진짜 폭발해서 진심으로 싸우거나.

거대 미로 안에서 같은 학교 학생들을 본 아이코가 숨어서 도망다니다가 진짜 미아가 되어 엉엉 울며 중도 포기용 출구로 나오거나. 찾으러 간 릴리아나가 나오지 않거나.

귀신의 집에서는 의외로 레미아가 너무 겁먹어 반사적으로 귀신 연기자의 뺨을 때리려는 바람에 티오가 퍼뜩 대신 맞거나. 그러고 기분 나쁜 신음으로 분위기가 이상해지거나.

하지메가 미니 게임 구역을 평정해 거대 인형을 따거나. 그것을 받은 시즈쿠가 기뻐서 어쩔 줄 몰라 하거나.

그렇게 유원지를 만끽하다 보니 시간은 눈 깜짝할 사이에 지나갔다.

정신을 차리자 하늘이 선명한 노을빛으로 물들어 있었다.

"아빠, 아빠! 저기, 저기 가! 배에서 투팡하는 거!"

"그래그래. 이게 마지막이다? 나이트 퍼레이드 전에 기념품 가게도 보고 싶다고 했지?"

아직도 팔팔한 뮤가 하지메의 어깨 위에서 손가락으로 가리켰다.

오늘 마지막 놀이기구는 뮤의 희망대로 몬스터가 공격해 오는 정글의 강을 모험하는 수상 어트랙션이었다.

추운 계절이고 시간이 시간이다 보니 오래 기다리지 않고 차례가 돌아왔다.

많은 모험을 경험한 듯한 중후한 디자인의 보트가 왔다. 정원 30명 크기에, 가장자리에는 어른용과 어린이용 라이플이 각각 마련되어 있었다.

세로 두 줄로 벤치가 있고 바깥쪽을 향해 앉는 방식이었다. 어깨에서 내려온 뮤가 흥분을 감추지 못하며 하지메의 손을 끌었다. 목적지는 물론 가장 앞쪽이었다.

일행도 순서대로 같은 줄에 앉는 가운데, 뮤는 하지메의 무릎 위에 앉았다.

"아빠. 이거 「적을 발견해서 몰살」하는 게임이야?"

"……대충 그래."

라이플을 등에 멘 탐험가 복장의 안내원 언니가 깜짝 놀라며 이쪽을 본 것 같았다. 하지메 아빠는 살짝 말을 흐리고 말았다.

아무튼 마지막 놀이기구가 시작된다.

승객이 모두 탔다고 확인한 보트는 천천히 전진했다. 동시에 방금 그 언니가 라이플을 한 손에 들고 이 정글이 얼마나 위험한지 생동감 넘치게 설명했다.

역시 대형 유원지 직원답게 그 언변은 사람의 귀를 사로잡았다. 어른은 어른대로 분위기를 즐기고, 아이들은 무서운지 주변을 두리번거렸다.

"자, 얘들아! 무기를 들어! 숲과 물속을 잘 봐야 해! 적이 공격해 오면~, 이렇게 빵!"

안내원 언니가 라이플을 들고 마침 옆쪽 숲에서 날아들던 몬스터 ―손이 네 개에 눈이 빨간 원숭이― 를 노리고 방아쇠를 당겼다. 아마 레이저 타입 사격 어트랙션 같았다. 튀어나오는 모형에 맞춰 방아쇠를 당기면 레이저가 나가고, 모형의 수신기가 감지해 쓰러지는 방식이다.

아이들은 겁먹으면서도 부모님에게 격려받아 머뭇머뭇 라이플을 잡았다.

왠지 뮤만 바로 라이플을 들지 않고 안내원 언니를 빤히 쳐다봤지만.

시선을 알아차린 언니가 「괜찮아! 너라면 할 수 있어!」라며 근사한 웃음과 파이팅 포즈로 응원했다.

뮤가 겁먹었다고 생각하는 모양이었다. 당연하지만, 그럴 리가 없었다.

"훗."

"……?!"

뮤는 어깨를 으쓱했다. 마치 비웃듯. 언니의 완벽한 미소에 살짝 금이 간 것처럼 보였다.

"정말 형편없군, 이라고 말하고 싶은 얼굴이네요."

"……응. 사격 자세도 노리는 속도도 하지메와 비교가 안 돼."

"어머나, 저 애가 참…….'

시아&유에 언니, 정확히 맞혔다. 레미아 엄마가 꾸짖으려고 하지만, 그 전에…….

뮤는 라이플을 잡았다. 발을 어깨너비로 벌리고 허리를 살짝 낮춰 배 위의 불안정함을 무릎으로 흡수. 개머리판은 어깨에 확실하게 고정, 팔꿈치를 옆구리에 붙인다. 말랑한 볼도 개머리판에 얹고 방아쇠에는 아직 손가락을 걸치지 않는다. 시선과 총구 끝은 항상 연동하며 호흡은 일정하게.

굉장히 노련미가 돋보였다. 라이플 사격 자세가 아름다운 어린애…….

안내원 언니뿐 아니라 처음 만지는 무기에 당황하던 아이들까지 눈을 휘둥그레 떴다.

"이, 이게 영재 교육의 효과!"

"우리 야에가시류도 열심히 배우던데…… 뮤는 대체 뭐가 되려는 걸까?"

"나구모 집안의 전투 기술을 전부 이어받은 초인이 되는 건 아니, 겠죠?"

설마, 그럴 리가 없다. 아이코는 자기가 말하고 고개를 젓지만, 릴리아나는 왠지 모를 두려움을 예감한 것 같았다. 왜냐하면…….

"하나! 둘! 셋!!"

마침내 표적이 나오기 시작했는데, 하지메 일행이 앉은 원쪽 측면의 표적은 나오자마자 모조리 격파당했으니까.

반응이 빨랐다. 더불어 조준도 정확했다. 반동이 없는 레이저총이라도 배의 미묘한 흔들림에 전혀 개의치 않고 확실하게 한 방에 처리했다.

“뮤, 무서운 아이!”

릴리아나가 입에 손을 대고 눈알을 뒤집으며 전율할 만도 했다.

하지메 아빠도 뮤의 예상 이상의 훈련 성과에 살짝 동요를 감추지 못했다.

물론 안내원 언니는 더더~욱 동요를 감추지 못했다. 손님을 좌우로 나눈 것을 이날만큼 감사한 적이 없었다. 그러지 않으면 다른 아이들이 아무것도 하지 못하고 끝나 버릴 판국이었다.

‘대체, 대체 이 애는 정체가 뭐야! 죽도록 귀여운데 쏘는 순간만 매의 눈처럼 변모해! 그래도 그런 모습마저 귀여워!’

본심이 조금 흘러나왔지만, 생각만 했으니까 괜찮다.

어쨌거나 안내원 언니도 프로였다. 그것도 유명한 대형 유원지의 자긍심을 가진 직원이다! 선배들이 철저하게 가르친 웃음은 그리 쉽게 무너지지 않는다!

“와, 와아, 정말 잘 쏘네! 괜찮으면 이름을 알려 줄 수 있겠니?”

“뮤예요. 다섯 살이에요. 바다의 여자예요.”

“뮤, 뮤라고 하는구나! 좋아, 언니도 질 수 없지! 다 같이 열심히 하자~!!”

한순간 「바다의 여자」는 또 뭐야! 라고 따지고 싶었지만, 프로 정신이 그것을 막았다! 웃으며 다른 아이들을 격려하고, 부모님들에게도 말을 걸어 계속 수상 슈팅을 즐길 수 있게 한다!

하지메 일행은 「우리 애 때문에 죄송합니다」라는 미안한 마

음과 안내원 언니의 프로 정신을 칭찬하는 마음으로 그만 박
수를 보냈다.

그러는 사이 어트랙션도 하이라이트에 접어든 모양이었다.
서서히 표적이 늘어났다. 물에서 튀어나오는 거대한 뱀과 피
라냐, 사소한 건 따지지 말라는 듯 상어까지 달려들었다.

"자, 다들! 여기서부터가 진짜야! 함께 배를 지키—."

"언니, 언니!"

"왜, 왜 그러니?!"

또 왔구나! 귀여운 바다의 여자애! 자, 이번에는 뭐니?! 내
심 긴장한 언니에게 뮤는 진지한 표정으로 말했다.

"권총은 없습니까! 예요! 가능하면 리볼버 두 정으로!"

"미안해! 그 무기로 열심히 해 줘—."

"언니, 언니! 개틀링은—."

"없어! 미안!"

"언니, 알고 계십니까! 물속의 적을 처리하려면 수류탄이
유효—."

"아버지, 어머니! 따님과 함께 힘내 주세요!"

젠장, 젠자앙! 계속 웃음에 금이 간다! 아직 미숙하단 말인가!
그치만 언니는 이해가 안 돼! 왜 그렇게 총기를 잘 알아?! 왜 그
렇게 귀여운데 발상이 살벌해?! 무조건 부모의 영향이겠지!

그러니까 질문을 차단하고 부모에게 똑바로 돌봐 주세요!
라고 떠넘겨도 용납될 것이다.

그런 안내원 언니의 심정을 정확하게 파악하고 레미아는 고

개를 꾸벅꾸벅 숙이며 뮤에게 「언니를 곤란하게 하면 못써!」라고 주의하고, 하지메도 「어허, 뮤. 지금 있는 무기로 싸워. 그것도 전투의 기본이야」라고 주의— 주의? 했다.

대화를 듣던 다른 부모들은 모두 이해했다. 아, 이 아빠 때문이다, 라고.

정확했다. 그래서 이런 짓도 한다.

"다들! 좋은 말을 알려 줄게!"

당당하게 가슴을 편 산타 복장의 귀여운 여자애가 어깨에 라이플을 걸치고 허리에 손을 댄 채 불타는 듯한 눈빛을 보냈다. 아이들은 거기에 빨려 들다시피 주목했다.

그런 순수한 아이들에게 뮤는 순전히 선의로 전투의, 아니, 전쟁의 기본이자 핵심을 알려줬다.

"물량 공세!!"

주먹을 쥐고 날카로운 눈빛으로 당차게 외친 말, 여자아이의 입으로는 그다지 들을 일이 없는 단어.

"아빠랑 엄마도 무기를 들면 더 많이 해치울 수 있어!"

아이들이 줄곧 보조해 주던 아빠와 엄마를 봤다. 아니, 그렇게 쳐다봐도 곤란한데…… 아빠랑 엄마는 안 해도 돼……라고 생각하는 얼굴이 여기저기서 보였다.

그래서 더 밀어붙였다.

"혼자 힘으로 적을 해치우지 못해도 돼? 다들—."

절묘한 침묵. 똑바로 한 명 한 명을 바라보고 마지막에 대담하게 웃으며 말했다.

"히어로가 되고 싶지 않아?"

뮤는 될 거야, 라고 말하듯 라이플을 한 바퀴 돌렸다. 그리고 반대쪽 측면, 아이들이 있는 쪽 표적을 연속으로 격파했다.

뮤가 씩 웃었다. 그것은 설마 도발인가.

아이들의 눈에 불이 붙은 것처럼 보였다. 저마다「나, 혼자 할 수 있어!」라거나「나도 해치울 수 있어!」라며 부모에게서 등을 돌리고 혼자 사격을 시작했다.

그것도 모자라「뭐 해! 아빠랑 엄마도 쏴!」,「아빠, 뭐 하는 거야! 그쪽은 전혀 안 쏘잖아!」라고 재촉하는 목소리까지.

"레미아, 네 딸은 틀림없이 주인님을 이어받았구나."

"여보…… 뮤의 교육 방침에 관해서 한번 이야기할까요?"

"그, 그래."

선동가 재능까지 이어받은 듯한 딸을 보고 여러 생각이 들었던 것일까. 레미아 엄마의 웃는 얼굴이 무섭다. 하지메는 고분고분 고개를 끄덕였다.

그건 그렇고 뮤가 즐겁게 노는 것은 사실이므로…….

"일단."

하지메는 스마트폰을 꺼냈다. 그리고 각자 사격을 즐기면서도 뮤의 용맹무쌍한 모습을 유쾌하게 지켜보던 연인들을 봤다.

다들 동시에 고개를 끄덕였다. 말은 필요하지 않았다. 즉석에서 저마다 스마트폰을 꺼냈다.

그 후, 뮤의 최고로 멋진 모습을 카메라에 담기 위해 일가족이 총동원되어 전방위에서 격하게 셔터를 눌러댔다.

"……한 번 더, 선배에게 훈련받자. 꼭 받자."

왠지 패배감에 젖은 안내원 언니는 눈치도 채지 못하고.

해는 완전히 저물었지만, 밤의 커튼을 걷어 내려는 것처럼 색색의 일루미네이션이 아름답게 빛나는 시간대.

BGM도 장식도 크리스마스 분위기가 물씬 나는 메인 스트리트에 많은 방문객이 모여 있었다. 그 인파로 만들어진 길의 가장 앞줄.

"아, 시작했다!"

하지메의 한쪽 팔에 안긴 뮤가 일루미네이션보다 빛나는 표정으로 길 안쪽을 가리켰다.

나이트 퍼레이드였다. 크리스마스 시즌이기도 하여 평소 이상으로 호화롭고 특별한 프로그램을 짠 거기에 사람들이 환성을 질렀다.

"아, 뮤랑 엄마가 있어!"

"어머나, 정말이네. 언니들 정말 예쁘지?"

아름다운 조개와 진주, 바다 생물로 장식된 플로트 카에는 인어가 우아하게 앉아 있었다. 손을 흔들 때마다 거품이 둥둥 하늘을 날았고, 거기에 빛이 난반사하여 무척 환상적인 광경을 연출했다.

참고로 지구의 인어— 하반신이 어류라는 점에 뮤와 레미아도 처음에는 당황했지만, 의외로 마음에 든 모양이었다.

……이듬해 여름, 변성 마법으로 지구 인어 스타일이 되어 해수욕을 즐기다가 우연히 다이버에게 목격당해 화제가 되지만, 당장은 상관없는 이야기다.

"……뮤, 흡혈귀도 있어. 봐, 저기."

"오~, 저도 있네요."

"음, 역시 용인은 없구먼. 뭐, 드래곤은 있으니까 됐나."

"그럼 저 공주님은 릴리고 천사는 나, 시즈쿠는…… 저 검사인가?"

"저 천사, 폭력과는 연이 없어 보이는데요……. 검사는 수염이 멋진 남자고, 저는…… 아뇨, 아직 가능성이 있어요. 분명 성장할 거예요."

"에, 에이, 사소한 부분은 넘어가, 릴리."

경이적인 차이를 보고 자신의 가슴을 더듬는 릴리아나에게 시즈쿠가 쓴웃음과 위로의 말을 건넸다.

뭐가 됐건 자신들에게 가까운 캐릭터를 발견해 즐거워 보였다.

"아, 총 든 사람이 있어! 아빠 발견!"

"저건 광선총 아니야? 저 캐릭, SF 영화 주인공이니까."

드디어 하지메도 찾았다며 뮤는 싱글벙글이었다. 하지만 아무리 찾아도 찾을 수 없는 것이 있었다.

"……아이코 언니, 아쉬워."

"아, 아뇨, 교사는 얼핏 봐도 알기 힘드니까요…… 하핫."

딱하게 쳐다보는 아이의 눈빛이 제법 마음을 후벼팠다. 아이코는 아무렇지 않은 척하면서도 속으로 살짝 울었다.

그렇게 나이트 퍼레이드를 즐기다가 행진이 후반에 들어섰을 무렵.

하지메는 천천히 뮤를 내렸다. 뮤가 어리둥절하게 쳐다봤다.

"뮤. 아빠가 급한 볼일이 떠올랐어. 바로 돌아올 테니까 엄마, 언니들이랑 기다려."

"……응."

한 눈에도 알 수 있을 만큼 시무룩했다. 그래도 급한 볼일이라면 참아야 한다. 그런 심정이 절절히 전해져 하지메 아빠의 마음에 크리티컬 히트. 피를 토할 것 같았다.

하지만 오늘은 특별한 날. 뮤와 연인들에게는 첫 크리스마스였다. 그래서 하지메는 어떻게든 특별한 일을 하고 싶었다. 사랑하는 딸과 사랑하는 가족을 위해서.

"……후후. 다녀와, 하지메."

시아가 그랬던 것처럼 다른 일행도 어렴풋이 짐작한 것 같았다. 모두 의미심장한 웃음을 지으며 다 안다는 듯한 눈길을 보냈다.

"아, 응. 다녀올게."

하지메는 조금 쑥스러워서 머리를 긁적였다. 외로워하는 뮤를 생각하면 가슴이 찢어졌지만, 신속하게 발길을 돌려 인파를 빠져나갔다.

"괜찮아, 뮤. 금방 돌아오실 거야."

"……뮤!"

레미아가 머리를 톡톡 두드려 주자 뮤는 기운을 차린 것처럼 활기차게 대답했다.

웃음도 다시 돌아와 퍼레이드에 일희일비하지만…….

역시 좋아하는 아빠가 없으면 온전히 즐길 수 없는 모양이었다.

"……아빠, 멀었나?"

퍼레이드가 끝나 버린다. 최후미는 이미 눈앞에 와 있었다. 마지막은 함께 보고 싶었는데……. 결국 다시 시무룩해지려는 바로 그때.

찰랑찰랑하고 맑은 방울 소리가 울렸다.

처음에는 모두 퍼레이드 음향이라고 생각했지만, 그 소리가 커지면서 고개를 갸우뚱거리기 시작했다. 소리가 하늘에서 내려오는 것 같았으니까.

퍼레이드 최후미가 지나간 타이밍에 사람들의 시선이 머리 위를 향했다.

그리고 목격했다.

"앗, 산타 할아버지다!"

어떤 남자애가 손가락으로 가리키며 소리쳤다.

그것을 시작으로 「뭐야, 날고 있어?!」, 「어떻게?!」라거나 「저거 진짜 순록이야? 아무리 그래도 아니겠지?」, 「우와~! 진짜 산타 같아!」 등등 잇달아 환성과 웅성거림이 퍼졌다.

그렇다. 그건 분명히 산타클로스였다. 멋진 순록과 그 순록이 끄는 썰매에 탄 홍백색 옷과 풍성한 흰 수염으로 덮인 존재가 하늘을 미끄러지며 날고 있었다.

와이어 액션일까? 공중에 연기를 뿌려 투영한 영상? 그것도 아니면 최신 드론 기술? 하지만 그런 것치고는 선명하고 현실감이 있으며 너무 매끄러웠다. 비행 원리를 도무지 모르겠다.

이미 초자연 현상이라고 봐도 무방한 사건이기에 보통은 동요와 당혹감이 현장을 집어삼켰을 것이다. 아니면 누가 비명이라도 질렀을지 모른다.

하지만 이곳은 환상의 나라. 비현실과 비일상으로 장식된 별세계였다.

그래서 사고는 쉽게 치우친다. 사소한 건 됐어! 연출 멋지네! 놀라던 사람들도 이내 환성을 질렀다.

설령 퍼레이드 연출자가 경악한 나머지 멈춰서 관객이 되어 버려도, 주위 스태프들이 UFO를 목격한 사람 같은 표정으로 넋이 나가도, 이 이벤트에 관련된 정보가 아무것도 없어도.

성야의 하늘에 강림한 산타클로스를 올려다보면 그런 이상함이 눈에 들어올 리 없었다.

밤하늘을 달리는 산타클로스는 곧 하늘에 나선 계단을 그리듯 선회하며 내려왔다. 그리고 퍼레이드가 지나가 버린 메인 스트리트의 어느 한 곳으로 다가왔다.

모든 시선이 집중되는 가운데, 썰매에서 내린 산타는 눈이 동그래진 작은 산타 앞에서 한쪽 무릎을 꿇었다.

"메리 크리스마스, 작은 동포 아가씨."

갈라진 목소리였다. 수북한 흰 수염과 동그란 안경으로 얼굴은 제대로 보이지 않고 배도 불룩하다. 대체 누구일까—라고 생각할 리 없었다.

"아빠, 뭐 해?"

산타클로스가 한순간 돌처럼 굳었다. 어떻게 알았지?! 라고 동요하는 속마음이 훤히 들여다보였다. 일행은 반사적으로 웃음이 나왔다.

"……아빠 아니야. 산타야."

"어, 그치만……."

"산타야."

"아—."

"산.타.야!"

"앗, 네."

이제는 우길 수밖에 없었다. 필사적인 느낌이 풀풀 전해졌다. 그래서 뮤는 고개를 끄덕끄덕했다. 말을 잘 듣는 착한 아이다.

일행이 괴로워 보인다. 분위기를 파악해 웃음소리는 내지 않지만, 고개를 돌리고 어깨를 부르르 떨고 있다. 부끄럽다…….

산타클로스가 헛기침했다. 크어험!

"꼬마 아가씨, 1년 동안 정말 열심히 했구나. 잘 이겨냈어. 아버지와 어머니, 가족들도 너를 자랑스러워하겠지."

"아, 아빠……."

"산타야."

"앗, 네."

푸흡 소리를 낸 사람은 누구인가. 카오리? 아니면 시즈쿠? 나중에 할 이야기가 있습니다. 그렇게 산타클로스의 눈이 말하고 있었다. 다시 한 번 헛기침했다.

"그런 착한 아이에게는 산타 할아버지가 선물을 줘야겠구나."

"선물?"

뮤가 고개를 갸웃했다. 주위에는 어느새 구경꾼이 둘러섰다. 무슨 일이 일어나는지 보고 싶어서 관객들이 메인 스트리트까지 나온 것이다.

많은 사람이 지켜보는 가운데, 산타는 썰매에 쌓인 크고 흰 주머니에서 상자를 꺼냈다.

보석처럼 빛나는 돌이 흩뿌려진 귀여운 상자로, 그 보물 상자 자체가 선물로 가치가 있어 보였다. 주위에서도 오오, 하는 함성이 들렸다. 여기저기서 여자아이들이 「저거 갖고 싶어!」라며 조르는 소리도.

그런 귀여운 상자를 받은 뮤는 눈빛으로 물었다. 열어도 돼? 물론이라고 산타는 고개를 끄덕였다.

조용히 뚜껑이 열린다. 안에는 뭐가 들었을지 주변의 주목도도 높아졌다.

"앗."

뮤는 자기도 모르게 소리를 냈다. 당혹스럽던 표정도 꽃이 만개하듯 활짝 폈다.

분명 아이용 액세서리나 무슨 캐릭터 상품일 거라고 다들 예상했다. 하지만 뮤가 꺼낸 것은…….

"돈나와 슈라크야!"

리볼버 권총 두 정이었다.

응……? 구경꾼 일동의 눈이 동그래졌다. 반면 유에 일행은 그럴 줄 알았다는 양 웃었다.

아니, 웬 모델건?! 이 유원지와도 전혀 관계없지?! 만약 선물하더라도 그걸 애한테 주는 게 맞아?! 그렇게 웅성거리는 소리와 따지는 소리가 퍼져나갔다.

하지만 정작 본인은 방방 날뛰고 있었다. 「드디어 받았다!」라며 진심으로 기뻐 보였다.

물론 주변의 상식인 여러분은 알 리 없었다.

뮤에게 맞춰 커스터마이징했지만, 그 리볼버 두 정이 진짜 권총이라는 것을.

이 귀여운 어린 산타가 훈련을 시작한 뒤로 쭉 조르던, 꿈에도 그리던 선물이라는 것을.

"꼬마 아가씨, 그건 돈나&슈라크가 아니란다. 「던나&슈라꾸」야."

"던나&슈라꾸?"

"그래, 던나&슈라꾸."

중요한지 두 번 말했다. 산타클로스는 이름을 정정하고 다시 선물 주머니를 뒤적였다. 선물이 하나가 아닌 모양이었다.

"어떤 버그 토끼처럼 강한 아이가 되기를. 「뽕뽕망치」야."

"뽕뽕망치!"

"잡룡처럼은 되지 마. 「이건 무기입니다」."

"이건 무기입니다~!"

"이것도 잊으면 안 돼. 「무~라마사」와—."

"무~라마사!"

"「코테쭈」야."

"코테쭈우우우!!"

뮤의 흥분도가 한계 돌파했다. 그도 그럴 것이 동경하는 언니들의 무기(어린이용)가 모두 모인 것이다.

뿅망치 모양의 전투 망치, 귀여운 리본이 달린 흰 채찍, 코등이가 별 모양인 코다치[#7] 두 자루. 게다가 무기를 넣는 건 벨트와 하네스, 「유에 언니의 사랑」이라는 이름의 마법이 담긴 보석 세트까지.

강해지고 싶다. 아빠의 딸답게 소중한 사람을 지킬 수 있는 사람이 되고 싶다. 언니들처럼 멋있어지고 싶다. 이번에는 자신이 가족을 도울 수 있도록.

그런 소망을 품고 훈련을 시작한 뮤에게 아빠가 주는 상이자 기대가 담긴 선물이었다.

뮤는 선물을 보물처럼 끌어안았다. 그것들을 레미아가 맡아 주자 더는 참을 수 없었다. 뮤는 감격에 겨워 눈물을 글썽이며……

"아— 산타 할아버지! 고마워! 정말, 정말, 정말 좋아해!!"

산타의 품으로 뛰어들었다.

#7 코다치 약 60cm 크기의 짧은 일본도.

선물의 내용이 내용인 만큼 구경꾼 일동은 퍽이나 당혹스러운 눈치였다. 남자애 중에는 눈빛이 반짝거리는 경우도 있지만.

그런 인파 너머에서 마침내 정신을 차린 스태프들이 움직이는 기척을 느꼈다. 산타 타임을 마무리할 때가 다가왔다.

"마찬가지로 1년 동안 열심히 한 아가씨들에게도 선물을 줘야지."

"……후후, 우리한테도 준비했어?"

"일주일 전부터 갖고 싶은 거 없냐고 물어보고 다녔죠?"

"이날을 위해서였나. 기쁘게 해주는구나!"

"일단 우리도 선물은 준비했는데…… 평범하게 줘도 실망하면 안 된다?"

"하지메도 참. 이런 연출도 네가 말하는 로망이야?"

"아하하…… 정말 하지메는 가족에 관한 일이라면 자제심도 잃고 전력 질주네요……."

"우후후, 곤란한 분이죠?"

"……어, 어쩌지. 다들 선물을 준비했어? 난 아무것도 없는데. 애초에 듣지도 못했는데……."

산타 할아버지는 일행 한 명 한 명에게 정성스레 포장한 선물을 건넸다. 그녀들은 기쁨과 쑥스러움이 가득한 표정으로 선물을 받았다. 단, 한 명은 연락에 착오가 있었는지 초조해하지만, 중요한 건 아니니까 넘어가자.

슬슬 진짜 물러날 때다. 스태프 외에 경비원도 여기저기 보이기 시작했다.

하지메는 살짝 국어책 읽는 투로 「엘렐레에베베 명째 방문자, 축하합니다!」라고 큰소리로 외쳤다.

일행을 향한 특별 취급에 그런 이유를 붙이려는 모양이었다. 어디까지나 유원지의 연출이에요, 거짓말이 아니라구요, 라는 어필이었다.

그러기 위해서 한 번 더 연막을 친다. 행복 나누기다.

썰매에 타서 고삐를 찰싹 튕겼다. 겉모습은 순록, 실상은 기계 장치 사신을 이용해 다시 하늘로 올라갔다.

"파크에서 주는 소소한 크리스마스 선물입니다! 마음에 드는 걸 가져가세요!"

확성기로 퍼진 그 말과 함께 낙하산이 우수수 떨어졌다. 셀 엄두도 나지 않는 그것들에는 전부 선물이 매달려 있었다.

연성사의 힘으로 대량 생산한 수정(지구에도 있다) 장식품이었다. 남자아이가 좋아할 「드래곤이 휘감긴 검」처럼 로망 넘치는 키홀더도 있었다.

유원지의 센스 있는 연출과 선물이라고 철석같이 믿는 방문객으로부터 환성이 터졌다.

서로 밀치며 싸움이 나지 않도록 광범위하게 뿌린 덕분에 인파는 순식간에 사방팔방으로 흩어졌다.

공중을 가리키며 쫓아오던 스태프와 경비원도 이 흐름에 막혀 좀처럼 속도를 내지 못했다.

그들을 놀라게 한 대가로 「사과용 선물」을 스태프 룸으로 전송하며 「염화」로 일행에게 부상자가 나오지 않게 도움도 청했다.

마지막으로 신을 죽인 마왕 산타는…….

"메리 크리스마―스!"

성야를 축복하며 퇴장했다.

방문객의 환성과 박수, 무엇보다 사랑하는 딸과 가족이 최고의 웃음을 지으며 손을 흔드는 모습을 어깨 너머로 바라보면서, 입에 부드러운 곡선을 그리고.

여담으로 다음 날 당연히 뉴스에 거론됐다. 유원지의 센스 있고 원리를 알 수 없는 연출로 인터넷도 축제 분위기였다.

그날만의 특별 이벤트라고 유원지는 설명했지만, 그것과 관계없이 방문객도 기념품 판매량도 확 뛰었다나 뭐라나.

유원지에 대한 호의적 평판과 또 불시에 이벤트가 있지 않을까, 라는 기대감이 손님 유치와 매출 상승으로 이어졌다는 평가다.

유원지 임원진이 「그 산타는 누구야?!」, 「그 기술은 또 뭐고!」, 「무슨 수를 써서라도 스카우트해!」, 「적어도 기술만이라도 사들여! 부르는 대로 산다고 해!」라며 혈안이 되어 찾아다닌 것도 당연한 결과였다.

그리고 연일 행복해 보이는 뮤의 표정과 훈련에 매진하는 모습에 나구모 일가는 귀여움에 몸부림쳤는데…….

권총과 전투 망치, 채찍과 일본도에 볼을 비비거나 같이 자려는 5세 여아를 다시 보니까 뭔가 이상하다고 해야 할까, 뭔가 잘못된 느낌이…….

우리 딸, 정말로 이래도 괜찮을까…….

새삼스럽게 부상한 미묘한 걱정거리로 나구모 집안에서는 가끔 가족회의가 열리게 됐다.

후후 흰 숨결이 허공으로 녹아들었다.

한겨울의 차가운 공기가 피부를 찔렀고 통행인은 너나 할 것 없이 코와 귀가 빨갛게 물들었다.

밟을 때마다 사박사박 소리를 연주하는 눈과 건물 처마에서 떨어지는 고드름으로 신년을 몇 시간 앞둔 공기는 더욱 차갑게 느껴졌다.

물론 그 차가움이 이곳을 오가는 사람들의 마음까지 얼어붙게 할 수는 없었다.

이곳은 오래된 목조 여관이 줄줄이 늘어선 사이사이로 흰 김이 피어오르고, 부드러운 주황빛 조명으로 가득한 환상적인 관광지— 어느 유명한 온천 마을이었다.

그래서 노점이나 선물 가게가 들어선 거리를 지나는 사람들은 새해를 이 온천 마을에서 느긋하게 맞이하려는 가족 단위 여행객이나 연인들이 대부분이었다.

아무리 기온이 낮아도 그들의 표정을 보면 추위에 괴로워하는 기색은 전혀 없었고, 그 이유 또한 명백했다.

함께할 사람이 있다. 멋진 시간을 공유한다. 숙소로 돌아가면 온천도 기다린다. 그 사실이 연말의 혹독한 추위를 날려버린 덕분이었다.

그런 관광객 중에 한 남녀가 있었다.

"……응, 인식 방해용 안경은 오늘로 완성됐다고 해도 되겠군."

딱 달라붙은 커플, 아니, 사실상 부부— 하지메와 유에였다.

하지메는 카고 팬츠에 폭신한 퍼가 달린 모즈 코트, 유에는 검은 터틀넥 스웨터에 리본 벨트과 플레어 실루엣이 귀여운 크림색 코트를 입었다.

단, 유에에게는 평소와는 분명히 다른 점이 있었다.

키는 하지메의 어깨를 조금 넘는 정도. 코트 너머로도 알 수 있을 만큼 풍만한 가슴과 벨트로 강조되는 믿어지지 않을 만큼 얇은 허리, 그리고 예술적인 힙라인에서 이어지는 검은 타이츠에 싸인 매혹적 다리. 걸을 때마다 흔들리는 금실의 폭포 같은 아름다운 머리칼…….

시선을 빼앗기지 않는 사람이 있을지 궁금한 모습.

그렇다, 지금 유에는 소위 「어덜트 모드」였다.

「신역」에서 에히트에게 빙의됐을 때, 그리고 신화 결전 후 가끔 보여 주던 스무 살 정도로 성장한 유에였다. ……결코 야전(?)에 강림하는 에로스의 화신이라는 뜻이 아니다. 어디까지나 어른 모드라는 뜻이다. 혹시 몰라서 해명해 두겠다.

어린 외모와 흘러넘치는 요염함이라는 갭이 유에의 매력이지만, 지금 그녀에게는 그런 감성이나 개개인의 취향마저 초월한 「미(美)」가 있었다.

지금 유에의 미모를 본 사람은 예외 없이 느낄 것이다. 「도무지 같은 생물 같지 않다」라고.

잘못하면 경외감까지 느낄 것 같지만, 온몸에서 행복 오라가 폴폴 피어오르고, 표정이 너무 부드러워서 그 천혜의 매혹 능력은 더 이상 걷잡을 수 없었다.

하지만 그런 유에에게 주목하는 사람은 한 명도 없었다.

"……후후, 인식 방해 정도는 직접 해도 되는데."

"유에에게 안경을 씌울 기회를 잃을 수는 없지."

하지메가 워낙 진지하게 대답해서 유에는 그만 웃음을 터뜨렸다. 하지메의 어깨에 얼굴을 파묻고 어깨를 부들부들 떨었다.

어쨌거나 유에의 매력 앞에 거듭 패배를 맛본(23패) 유에 전용 인식 방해 안경 「매료살(魅了殺)」도 당연히 하지메까지 대상으로 삼지는 않는다.

유에가 어깨에서 얼굴을 들었다. 귓가에 속삭이듯 말했다.

"……하지메도 참. 그렇게 독점하고 싶었어?"

유에는 심술궂게 웃고, 겸사겸사 귓불을 살짝 깨물었다.

하지메는 대답보다 먼저 그 고혹적인 표정을 영구 보존하려고 스마트폰을 뽑았다. 셀카 모드 온. 자신과 유에를 넣고 찰칵.

"그야 독점욕은 늘 있지."

아무 일도 없었던 것처럼 하지메가 무표정으로 반박했다. 최고의 스트레이트 펀치에 유에는 「아이참」이라며 볼을 붉히고 시선을 돌려 버렸다.

주위 사람들이 한순간 「응? 지금 뭔가 엄청난 미녀가 있지 않았나……」라며 이쪽을 봤다. 힘내라, 「매료살」! 지지 마라, 「매료살」!

"어흠. ……그보다 춥지 않아? 필요하면 아티팩트를 꺼낼게."

“……응, 괜찮아. 겨울은 추운 법이잖아? 사계절을 느낄 수 있어서 좋아.”

“그래? 응, 그렇지.”

손을 잡고 산책을 재개했다. 주머니에 손을 넣었는데, 유에는 당연하게 하지메의 주머니에 손을 넣었다. 그리고 안에서는 당연하게 깍지를 꼈다.

“……다른 애들은 괜찮아?”

“음, 새해를 맞이하기 전 잠깐이나마 둘만의 시간을 가지고 싶어서.”

“……아버님, 오랜만에 아들과 목욕한다며 신나서 온천에 가셨는데.”

“돌아가면 같이 들어갈 거야. 오랜만에 등이라도 씻겨 드려야겠어.”

그러면서 하지메는 조금 전의 복수처럼 짓궂게 웃었다.

“뭐야, 다 같이 있는 편이 나았나?”

대답은 주머니 안에서 꽉 쥔 손의 감촉과 볼을 발그레 붉히며 수줍게 웃는 얼굴로 충분했다. 하지메도 똑같이 손에 힘을 넣었다. 잠시 서로의 손을 꾹꾹 주무른다.

참고로 새해를 온천에서 맞이하자는 나구모 집안의 가족 여행에 카오리와 시즈쿠, 아이코는 아쉽게 불참했다.

야에가시 가문은 도장 모임이 있고, 카오리는 토모이치 아빠가 「가지 마! 집에서 지내자! 마이 엔젤!」이라며 울면서 매달리는 통에 어쩔 수 없이 포기했다. 아이코도 새해에는 친척 모임도 있고 하여 귀성 중이었다.

이세계에서 귀환하고 맞는 첫 새해였다. 아직 만나지 못한 친척이나 지인도 있을 테고, 친가에서 편하게 쉬는 편이 나을 것이다.

그래서 이번 여행 참가자는 평소의 나구모 집 식구들과 릴리아나뿐이었다. 그리고 낮의 관광을 마치고 숙소에 들어와, 스미레의 호령에 맞춰 온천으로 돌격! 하려는데…….

"……설마 그렇게 납치당할 줄은 몰랐어."

그렇다. 하지메는 유에를 납치했다.

진심으로 「기척 차단」과 인식 방해 아티팩트를 이용해 유에를 강제로 안아 들고, 마력을 감지당하지 않게 「게이트」도 쓰지 않은 채, 하지만 신체 강화와 「축지」는 최대한으로 활용해 창문으로 뛰어내린 것이다.

"……평범하게 말하지 그랬어. 다들 허락했을 텐데."

"십중팔구, 우리 부모님은 놀렸을 거야. 귀찮았어."

그건…… 그렇다. 무심코 수긍하게 되는 이유였다.

"그리고 단순히 오랜만에 본 어른 모드 유에에게 이성이 날아가서?"

순서를 지키기도 귀찮을 만큼, 본인의 의지도 무시할 만큼, 어른 모드 유에를 데리고 나오고 싶었다.

"……계속, 이 모습으로 있을까?"

살을 파고드는 추위인데 유에는 굉장히 더워 보였다. 아니, 뜨거운가? 표정은 녹아내릴 듯했다. 하지메가 바란다면 그대로 하겠다는 마음이 얼굴에 나와 있었다.

"아니, 평소 유에도 좋아하니까 기분 내키는 대로 해."

"……하지메는 혹시 내 심장을 괴롭히려고 데리고 나왔어?"

하지메의 말이 심장에 라이트 스트레이트를 날린다! 결국에 유에는 하지메의 어깨를 토닥토닥 때렸다. 쑥스럽고 기뻐서 토닥토닥이라도 하지 않으면 견딜 수 없었다.

주위 사람들이 「어라? 지금 토할 만큼 달콤한 분위기를 느꼈는데?」라며 두리번댔다.

견뎌 다오, 「매료살」! 싸움은 이제부터 시작이다!

참고로 당연히 다른 일행도 하지메와 유에의 행방불명을 이미 알고 있었다. 속내도 대충 짐작하기 때문에 「뭐, 가끔은 괜찮겠지」라며 온천을 우선했고, 그 악마적 편안함에 축 늘어졌다.

"오? 온천 달걀이네. 먹을래?"

조금 전보다 더 밀착해 노점이 선 거리를 걷는데, 온천 마을에 빠뜨릴 수 없는 음식을 먹는 가족이 눈에 들어왔다.

"……응? 반숙 계란?"

"아니, 좀 달라. 흰자도 반숙이거든. 그게 뭐가 대단하냐고 물으면 할 말은 없지만, 온천 마을의 정석적인 명물이야."

"먹을래♪"

유에가 즉시 답했다. 지구에서 「정석」이라고 하면 민감하고 약해졌다. 조금이라도 하지메의 세계를 알고 싶다는 마음이 자연스럽게 그런 경향으로 만든 모양이었다.

하지메에게서 떨어져 잰걸음으로 가게에 다가갔다.

“……온천 달걀 두 개, 주실래요?”

“네, 감사합니—.”

가게의 남자 직원이 석화했다. 이유는 말할 필요도 없으리라.

하지만 「매료살」은 패배하지 않았다! 원인은 룰루 콧노래를 부르며 온천 달걀을 구경하던 유에가 모락모락 퍼지는 김을 깜빡 잊었기 때문이었다.

‘아차, 내가 김 서림 방지를 잊을 줄이야!’

후회해도 이미 늦었다. 벗어서 닦은 시간은 한순간이지만, 그 한순간만으로 충분했다. 제법 가까운 거리에서 직격해 버렸다. 점원은 한 방에 나가떨어졌다.

그는 마치 여신 강림이라도 목격한 사람처럼 눈을 커다랗게 뜨고 굳었다.

‘미안, 점원 아저씨. 내 실수야.’

내심 반성하며 가벼운 충격 요법으로 정신을 돌려놨다. 미세하게 조정한 「위압」을 받은 점원이 번쩍 정신을 차렸고, 삶은 달걀처럼 익은 얼굴로 허둥지둥 상품을 준비했다.

작은 컵과 온천 달걀을 두 개씩 건네받았다. 스스로 깰지 점원이 깨줄지 고를 수 있지만, 유에는 직접 해 보고 싶은 듯했다.

껍데기와 컵을 버리는 쓰레기통 근처로 가서 유에는 바로 하지메가 든 컵 위에서 달걀을 깨려고 했다.

“후으으음~!”

“아니, 왜 그렇게 힘을 줘? 바위를 옮기는 것도 아니고.”

손끝이 부들부들 떨렸다. 표정도 무지막지 진지했다. 껍데기는 한 조각이라도 떨어뜨릴 수 없다는 기백이 느껴졌다.

집에서 계란을 깰 때는 공간 절단을 이용하는 폐해가 이렇게 나타날 줄이야. 그러게 시아가 혼낼 때 그만뒀어야지…….

물론 하지메의 표정은 매우 흐뭇했다.

"……응! ……탱글탱글."

유에는 컵에 똑 떨어진 온천 달걀을 뚫어지게 바라봤다. 그러더니 눈만 돌려 하지메를 쳐다봤다. 아무래도 할 수 있다는 자신감을 얻고 하지메 것도 깨 주려나 보다.

유에는 조금 전보다 더 신중하고 더 부들부들 떨리는 손으로 온천 달걀 깨기에 도전했다.

물론 하지메의 표정은 더더욱 흐뭇해졌다.

"……응! 잘 까졌습니다[8]."

"맛있는 패러디, 고마워."

성취감을 느끼는 유에와 함께 픽 웃고 작은 스푼을 건넸다. 그럼 먹어볼까.

"……살살 녹아. 그리고 맛이 엄청 진해."

"그러네. 가격에 비해 좋은 달걀을 썼나 봐."

양이 많지 않아 빠르게 먹어 치우고 컵과 껍데기를 쓰레기통에 버렸다. 만족스러워 보이는 유에에게 하지메도 만족스러운 표정을 지었고, 그 순간 깨달았다.

#8 잘 까졌습니다 게임 「몬스터 헌터」 시리즈에서 고기를 구울 때 나오는 대사, 「잘 익었습니다」를 패러디한 것.

무심코 피식 웃는 하지메를 보고 유에가 고개를 갸웃거렸다.

"입가에 노른자 묻었어."

"……부끄러워."

유에가 볼을 붉게 물들이고 노른자를 닦으려고 했지만, 그
보다 먼저 하지메가 손을 뻗었다. 검지가 유에의 입가를 살며
시 쓸었다.

"으응."

왠지 요염한 목소리를 흘린 유에는 무슨 생각에선지 하지메
의 손가락을 입술로 물었다.

자기 손가락을 핥는 축축하면서도 부드럽고 따뜻한 감촉에
하지메는 당혹스러운 표정을 지었다. 쪽쪽 소리까지 들리자
민망해진 하지메가 손가락을 뺐다.

"……우, 맛있었는데."

"매너를 지켜 줘. 제야에 아내를 에로 테러리스트로 만들고
싶지 않아."

응? 하고 유에가 주변을 돌아봤다. 사람들이 일제히 시선
을 돌렸다. 방금 본 점원은 물론 옆에 있던 가족과 지나가던
커플도 무심코 멈춰서 응시한 모양이었다.

천하의 「매료살」도 어덜트 흡혈 공주님이 뿜는 에로스까지
는 억제하지 못했나…….

참고로 가족 여행객의 어머니는 아이의 눈을 가리고 있었
다. 그리고 동공이 수축한 눈으로 남편을 주시하고 있었다.

"……죄송합니다."

하지메 말이 맞다고 생각했는지, 유에는 머리를 꾸벅 숙였다. 아뇨아뇨, 좋을 때네요, 라고 말하는 듯한 어색한 웃음과 목례가 돌아왔다.

좀 창피하다. 그래서 유에는 하지메의 손을 끌고 빠른 걸음으로 가게 앞을 떠났다.

“……오랜만에 둘만의 데이트라서, 좀 들떴나 봐.”

다시 주머니를 공유하면서 유에가 쑥스럽게 눈빛으로 사과했다.

“나도 속으로는 신났으니까 피차일반이야.”

그러니까 신경 쓰지 말라고 전하며 시선을 멀리 보이는 커다란 다리로 옮겼다.

“적당히 산책하면서 저 다리로 갈까? 강변에서 새해 기념 불꽃놀이를 한다고 해. 저기 가면 잘 보일 거야.”

“……응! 아, 그래도 새해를 맞이할 때는—.”

“알아. 가족 모두와, 맞지?”

아무리 그래도 해넘이까지 돌아가지 않으면 다른 가족들도 화낼 것이고 하지메도 새해는 모두와 맞이하고 싶었다.

“유에를 데리고 돌아다니는 건 카운트다운까지야.”

“……얌전히 따라만 갈게요♪”

절세의 미모에 배시시 웃음이 번졌다. 하지메도 덩달아 얼굴 근육이 느슨해졌다.

두 사람은 더 강하게 몸을 붙이며 잠시 둘만의 시간을 즐겼다.

지역의 유명한 먹거리를 서로 떠먹여 주기도 하고, 포토 스팟에서 기념 촬영도 하고, 느긋하게 족욕도 즐기고…….

참고로 타이츠를 벗는 모습에 눈길을 빼앗긴 하지메에게 후훗 웃으며 추파를 던지던 유에는 너무나도 요염했다. 하지만 그 때문일까?

결국 「매료살」에 금이 쩍 갔고, 그로 인해 주위에서 유에의 존재를 알아차리며 웅성거리기도 했지만…….

「매료살」은 질겼다. 김 서림 방지라는 기본 기능은 없어도 자동 수리 기능은 부여되어 있었다. 「매료살」은 자력으로 부활해 유에의 요염함을 가까스로 재봉인하는 데 성공했다.

그런 해프닝도 겪으며 새해까지 30분도 남지 않았을 무렵.

하지메와 유에는 역사의 풍취가 느껴지는 거대한 목제 다리 위에 와 있었다. 유에는 하지메의 품에 쏙 안겨 등을 맡기고 있었다.

주위에도 불꽃놀이를 구경하려는 사람들이 많았지만, 숙소나 큰길, 강변에서도 잘 보이기 때문에 분산됐는지 생각보다 혼잡하지는 않았다.

“……이 정도면 결계는 없어도 됐나?”

“그러게. 너무 사람이 많으면 죄책감이 들기도 하고.”

다른 가족에게는 이미 합류 장소를 알려줘서 일단 자리도 잡을 겸 「왠지 모르게 기피감을 느껴 그곳을 피하는 효과」가 있는 인식 간섭 결계를 유에가 발동했는데, 아무래도 필요 없었던 것 같다. 너무 사람이 많으면 장소 자체를 바꿀 생각이었는데 안심했다.

이번에는 유에의 주머니에 하지메가 두 손을 넣었고, 두 사람은 미소를 나누며 서로의 손을 주물럭거렸다.

"어때, 이쪽 생활은?"

평온한 어조로 한 질문이었다. 전에 「이세계에서 온 그녀들이 이 세계에서 잘 살아갈 수 있을까?」라는 기우에서 태어난, 유에가 「바보 같은 질문」으로 치부한 물음과는 달랐다.

순수하게 유에의 감정을 듣고 싶은 질문이었다.

그래서 유에도 평온한 표정과 어조로 답했다.

"……하지메가 있는 것만으로 최고로 멋진데?"

"어, 아니, 음. 그건 기쁘지만, 그런 이야기가 아니라."

"……후후, 농담이야. 아직 당황할 때도, 잘 모르는 것도 있지만…… 굉장히 실감하고 있어."

"실감?"

"……응. 「아아, 여기가 내가 있을 곳이다. 여기가 돌아올 장소다」라고."

약 3개월. 아직 그 정도 시간이지만, 유에는 나구모 집안의 생활을 경험하고 그렇게 느꼈다고 한다.

이만큼 기쁜 말이 더 있을까. 하지메의 표정은 쉽사리 무너져 내렸다. 뒤에서 끌어안은 힘도 더욱 강해졌다. 유에도 더 강하게 등을 기대었다.

"가장 듣고 싶었던 말이야. 불편을 느끼는 일이 있으면 말해 줘. 필요하면 이 세계도 바꿔 줄게."

"……세계를 바꿀 때는 함께하자."

신을 죽인 마왕과 흡혈 공주가 은근슬쩍 무서운 이야기를 했다. 이미 전과가 있어서 웃을 수 없다. 두 사람이 엉뚱한 마음을 품을 만큼 세계가 스트레스를 주지 않기만 바라자.

잠시 침묵의 시간이 잔잔하게 흘러갔다.

하늘의 별빛을 대신하려는 양 눈발이 희끗희끗 날리기 시작했다. 검은 밤하늘을 수놓아 준다면 그것도 나쁘지 않았다. 강물이 흐르는 소리와 맑은 공기도 마음에 평온을 가져왔다.

주위의 시끌벅적한 소리도 신경 쓰이지 않았다. 지금 이곳은 둘만의 세계였다.

만약 여기에 사진가나 화가가 있었다면 어떻게 해서든 이 순간을 잘라서 영원히 보관하려고 했을지도 모른다. 그만큼, 어떤 완성된 세계가 그곳에 있었다. 엄숙하고 고요하며, 달콤하고 따스한, 그런 세계가.

바로 그때였다.

"유에 씨이이~! 하지메 씨이이~!"

"아빠아아~! 유에 언니이이~!"

왠지 살짝 연극처럼 과장된, 모 괴도 3세를 쫓는 형사 같은 말투가 익숙한 목소리로 울려 퍼졌다. 자연스럽게 웃음이 흘러나왔다.

"끝낼 시간인가 보네."

"……응♪"

다리로 이어지는 도보로 시아와 뮤가 두다다 달려왔다. 그 뒤로는 다른 가족들도 천천히 걸어오고 있었다.

“……봐, 하지메. 릴리아나의 저 평안을 얻은 표정. 온천이 일에 사로잡힌 저 아이의 마음을 해방시켜 줬나 봐.”

“정말이네. 마치 그대로 승천해 버릴 분위기야.”

다행이다, 다행이야. 흐물흐물한 표정으로 걷는 릴리아나를 보고 두 사람이 안도하는 사이, 마침내 시아와 뮤가 도착했다.

“찾았어, 괴도 아빠! 순순히 오라를 받아라!”

몸을 옆으로 틀고 왼손을 허리에, 오른손은 아빠를 똑바로 가리켰다. 하지메는 사랑하는 딸의 연극 같은 행동에 아빠 미소를 지으면서도 고개를 갸웃거렸다.

“괴도 아빠? 내가 뭐라도 훔쳤어?”

이번에는 시아가 답했다. 뮤와 똑같은 자세로 하지메를 척 가리키고.

“괴도 마왕. 당신은 소중한 것을 훔쳐 갔습니다. 그건 바로 저의 유에 씨입니다!”

“유에, 너 언제부터 시아 소유가 됐어?”

“1억 하고도 2천 년 전부터?”

“멋진 패러디, 고마워.”

나구모 집안의 가풍과 오타쿠 기질은 새 가족들에게도 순조롭게 침투 중이었다.

그건 그렇고.

“훔쳤다니, 누가 들으면 오해할라. 유에랑 함께 빠져나왔을 수도 있잖아?”

누명 씌우지 말라는 표정으로 시치미 뗐다. 아직 품에 안긴 유에가 작게 웃는 것이 느껴졌다.

하지만 이어지는 시아의 어리둥절한 얼굴과 말에는 두 사람 모두 살짝 전율했다.

"네? 하지메 씨, 기척을 없애고 인식 방해까지 써서 유에 씨를 안고 창문으로 나갔잖아요."

"……어떻게 그렇게 자세하게 알아?"

"어떻게 알긴요, 봤으니까 알죠."

하지메가 없앤 기척을 감지하고, 인식 방해에도 영향을 받지 않으며, 초고속 이동을 눈으로 좇았다고 한다.

"일단 그때 낼 수 있는 최고 속도였는데."

"빨랐죠. 그래도 레일건 정도는 아니지만요!"

기척이 있든 없든, 인식을 방해하건 말건, 뇌속(雷速) 미만이면 평범하게 눈으로 좇을 수 있다는 자칭 평범한 토끼 귀 미소녀.

"뭐야, 그거. 무서워."

"……하지메, 잊었어? 이 애는 천연 버그 캐릭이야. 지금이라도 각오하는 게 좋아. 조만간 「뇌속도 익숙해졌어요!」라고 말하면서 아무렇지 않게 대응할 테니까."

"뭐야, 그거. 무서워."

유에는 낙담하는 하지메의 머리를 쓰다듬으며 충분히 가능성 있는 미래를 이야기했다.

그것을 들은 하지메는 한술 더 떠서 그 미래의 미래까지 상상하고 말았다. 레일건을 피하는 것으로도 모자라 아무렇지 않게 잡아채는 미래까지.

천천히 펼친 손바닥에서 딸랑딸랑 떨어지는 총알. 그리고 「지금 뭐 했어요?」라며 가소롭게 웃는 시아―.

"지금 이상한 상상 하지 않았어요?"

"우으! 그보다 둘만 딱 달라붙은 거 치사해!"

퍼뜩 정신이 들었다. 뮤가 뛰어드는 바람에 허둥지둥 안아서 한쪽 팔에 앉혔다.

유에가 「아빠를 독점해서 미안」이라며 자애로운 미소로 뮤의 볼을 쓰다듬었다.

마침 그때 다른 가족도 도착했다.

"어머, 여보 이거 봐. 우리 음흉한 아들이 있어. 대체 유에를 납치해서 뭘 했을까? 응? 아들, 뭐 했어? 응?"

"하지메, 너무하잖아! 아빠랑 아내, 누가 더 중요해!"

하지메는 유에를 봤다. 「봤지? 귀찮지?」라고 말하는 눈으로. 이건 유에도 웃음을 참지 못했다. 말은 아끼겠지만. 이럴 때는 침묵이 답이다.

"주인님. 일본의 온천도 실로 좋구나. 우리 집에도 있으면 좋겠군."

"필요하면 지하에 만들까?"

"아니다, 그게 아니야. 주인님, 노천탕이니까 좋은 것 아니냐."

"아~, 응. 알지."

주택가에 노천탕은 어렵다. 은폐라면 얼마든지 가능하지만, 효능은 물론이고 정취가 없으면 매력도 반감한다.

한편, 유에는 릴리아나를 보고 무심코 레미아에게 귓속말 했다.

"……레미아. 릴리 괜찮은 거야?"

"그게, 온천에 들어간 뒤로 쭉 이 상태예요……. 행복해 보이니까 아마 괜찮겠지만요."

"유에 씨, 저…… 진리를 발견했어요."

이건 글렀다. 방금은 사축 근성에서 해방된 줄 알고 안심했는데, 너무 해방된 느낌이었다.

"……지, 진리?"

"네. 온천에 들어가서 생각했어요. 이제 전부 아무래도 상관없지 않냐고. 그랬더니 어디선가 들렸어요. 괜찮아, 이제 골인해도 돼, 라고."

"……레미아, 위험해. 환청이 들리나 봐."

"마음의 소리 아닌가요? 흔히 말하는 마음속 악마."

두 팔을 벌려 하늘을 올려다보고 깨달음을 얻은 승려 같은 표정으로 릴리아나는 말했다.

"저는 전부 깨달았어요. 하늘의 계시가 내려온 거예요. 그래요, 하늘이 말하고 있어요."

"……티오—! 도와줘! 혼백 마법 준비!"

"—일하면 지는 것이올시다."

아니다, 그 하늘의 계시는 밈이다. 아니, 뮤다.

유원지에서 릴리아나의 상태를 보고 걱정한 뮤가 잠든 릴리아나의 귓가에 농담 섞어 인터넷 밈을 속삭였었다. 「일하기

싫소이다」라고도 속삭였으니까 마음 한쪽 구석에서 뒤섞였나
보다.

일단 「진혼」했다. 릴리아나가 꿈에서 깬 것처럼 눈을 깜빡거
렸다. 그리고 현실을 떠올렸는지 표정이 사라졌다. ―부디 왕
녀의 마음에 평온이 깃들기를.

그러는 사이에 마침내 카운트다운이 시작됐다.

새로운 1년의 시작을 향해서 낯선 사람들의 목소리가 하나
로 겹쳤고, 온천 마을의 열기도 뜨거워졌다.

물론 하지메 일행도 소리 내어 초읽기에 들어갔다.

뮤는 1초마다 다리를 쭉, 손가락을 쭉 뻗으며 열심히 목청
을 키웠고, 시아도 일반인에게는 보이지 않는 토끼 귀를 쭉!
쭉! 튕겼다.

티오는 그런 일체감이 좋은지 눈을 부드럽게 감았고, 레미
아는 신난 딸을 보고 눈꼬리를 내리며 리듬에 맞춰 몸을 흔
들었다.

슈와 스미레는 그런 아들과 며느리들을 조금 물러나서 지켜
봤다. 서로 몸을 기대어 행복을 곱씹듯이.

그렇게― 카운트가 0이 되었다.

"""""해피~! 뉴우우 이어어어―!!!!"""""

온천 마을에 메아리치는 환성들과 새해를 축하하는 사람들
의 목소리. 그 직후, 두둥, 하고 몸속까지 퍼지는 폭음이 울리
며 온천 마을의 밤하늘에 빛의 꽃이 흐드러지게 피었다.

"아빠, 새해 복 많이 받으세요! 야!"

"그래. 새해 복 많이 받아, 뮤."

활기로 가득한 얼굴에 웃음이 만개했다. 그래도 뮤가 살짝 예의를 차려서 머리를 꾸벅 숙이자 하지메는 「배운 대로 잘했어!」라며 머리를 쓰다듬었다.

아빠의 팔에서 뛰어내려 유에 언니에게도 꾸벅.

유에 언니도 예의 바르게 인사를 돌려줬다.

두 사람은 얼굴을 마주 보며 웃고는 사이좋게 손을 잡더니 슈와 스미레에게 돌격했다.

"새해 복 많이 받으세요, 여보."

"그래. 축하해, 레미아. 올해도 잘 부탁해."

"네, 딸과 함께 잘 부탁드릴게요. 올해도 분명 평탄치 않은 1년이 될 테니까."

"잠깐만 있어봐. 그거 무슨 뜻이야?"

"어머나♪ 우후후."

"아니, 어머나 우후후가 아니라!"

뻔한 걸 왜 묻냐는 뜻일까? 레미아는 의미심장한 웃음을 지으며 슈와 스미레에게 인사하러 가 버렸다.

"여전히 속을 모르겠는데 이쪽 속은 훤히 들여다보는구먼, 쿠쿡. 어쩌면 이곳에 오고 가장 생각이 많은 사람은 레미아일지도 모르겠어."

"티오……."

어디서 났는지 「훌륭하도다」라고 적힌 부채를 쫙 펼치며 레미아의 뒷모습을 눈으로 좇는 티오가 옆으로 왔다.

"사실 나도 동감이다. 주인님은, 아니, 주인님과 함께 있겠다고 결심한 우리도 소동이라는 이름의 운명에 사랑받고 있지. 분명 올해도 많은 일이 있을 게야."

"제발 틀렸으면 좋겠지만…… 아무튼 올해도 잘 부탁해."

"그래. 잘 부탁한다, 주인님. 나도 열심히 할 테니 올해도 많은 벌— 어흠. 포상을 주게."

"그게 숨긴다고 숨긴 거냐?"

보란 듯이 커다란 엉덩이를 실룩거리며 시부모님 곁으로 가는 잡룡은 무시하고…….

"해피~ 뉴~ 이어~ 예요, 하지메 씨! 올해도 즐거운 일 많이많이 해요!"

시아가 토끼답게 폴짝폴짝 뛰며 등 뒤에 매달렸다.

하지메는 살짝 허리를 굽혀 시아를 들어 올리며, 시아가 목에 두른 손에 자기 손을 포갰다. 그리고 보물을 다룰 때처럼 조심스럽게 쓰다듬었다.

간지럽지만 기쁜 듯이 토끼 귀가 움찔거렸다.

"너한테는 고마워해야겠지. 우리 가족이 규칙적인 세 끼 식사를 하게 됐고 요리, 청소, 세탁도 솔선해서 해 주잖아. 요즘 일하기 편하다고 부모님도 엄청 기뻐하셔."

하지메는 어깨 너머로 돌아보며 입술이 닿을 거리에서 말했다. 진심을 담아.

"고마워. 올해도 잘 부탁해."

"에헤~! 맡겨만 주세요! 이 세계에서 토끼는 행복의 상징이죠? 현실로 만들어 보일게요!"

쪽, 가벼운 키스를 하고 시아가 떨어졌다. 그리고 이야기 나누는 티오와 유에 사이로 또 뛰어들었다. 그와 교대로…….

"하지메 씨……."

"왜, 왜 그래, 릴리."

뭔가 비장한 각오를 한 전사 같은 얼굴로 릴리아나가 찾아왔다.

"저, 세계의 진리를 깨닫고 말았어요."

"일단 위생병을 부를까……."

"로마는 하루아침에 이루어지지 않았다! 노 워크 노 페이! 일하지 않는 자 먹지도 말라! 24시간 일할 수 있습니다! 즉, 그런 뜻이에요!"

"일단 지구를 알아가려는 노력은 잘 알겠어."

뭐가 그런 뜻이냐고 따지고 싶지만, 그럴 분위기가 아니었다. 굳이 물을 필요도 없을 테고. 왕녀의 사명을 떠올렸다는 것만은 전해졌으니까.

다만, 처음 말 외에는 위정자가 아니라 부하가 할 말 같은데…….

"조국을 위해서 힘쓰는 릴리는 솔직히 존경해. 나도 더 간편하게 이세계 이동이 가능하도록 노력할 테니까 곤란한 일이 있으면 부담 갖지 말고 나한테 의지해."

"하지메 씨…… 기뻐요! 올해도 잘 부탁드릴게요! 정말로!"

"그, 그래."

감동한 것처럼 하지메의 손을 잡고 꽈아악 움켜쥐는 이세계 왕녀님. 마지막 한마디에 절박한 기대가 담긴 것 같았는데 기분 탓일까?

약간 섣부른 선택이었다는 생각도 들지만, 릴리아나가 춤추듯이 유에 쪽으로 가는 동시에 슈와 스미레가 다가와서 일단 잊기로 했다.

“하지메, 새복많. 근데 올해 목표는? 무슨 예정 없어?”

“새복많, 올잘부. 평범하게 평화로운 학교생활을 즐길 거야.”

“새복많, 하지메. 예정이라고 하니까 생각났는데 언제 시아네 가족과 인사할 수 있겠니? 네가 토터스에서 신세 졌다는 사람들에게도 감사하고 싶어, 부모로서.”

두 사람이 함께 새해에 어울리는 엄숙한 분위기를 내지만, 아들은 알 수 있었다.

내심 안절부절못한다는 것을. 사실은 무슨 말을 하고 싶은지를.

“본심은?”

““이세계에 가고 시퍼어어어!! 엄마(아빠)도 데리고 가 줘어!!””

엄숙한 분위기가 삽시간에 파탄 났다. 당장에라도 울어 젖힐 얼굴이었다.

타고난 오타쿠들이 이세계에 갈 방법이 있다고 들으면 가고 싶지 않을 리 없었다. 새해를 맞이해 슬슬 인내심의 한계가 온 모양이었다. 캄이나 아둘과 만나고 싶은 마음도 있어서 더더욱.

"알았어, 알았어. 제대로 계획을 짤게."

꼭이다? 거짓말하면 울어 버린다! 라고 어린애 같은 소리를 하면서도 분위기를 파악해 자리를 양보했다.

아직 인사하지 않은 마지막 한 사람에게.

"……하지메. 새해 복 많이 받아."

모두와 말을 나누던 유에가 하지메 곁으로 돌아왔다.

"그래. 너도, 유에."

유에가 하지메 옆에 서서 손을 잡지만, 왠지 그 이상의 말은 없었다. 단지 하지메의 눈동자를 빤히 바라볼 뿐. 뭔가를 확인하듯, 혹은 뭔가를 생각하듯.

깜빡이는 짙은 속눈썹 안쪽— 홍옥 같은 눈동자에는 마치 영화 필름처럼 추억이 흘러가는 것처럼도 보였다.

감회에 젖은 유에를 재촉하지 않고 기다렸다.

폭죽 소리, 빛, 사람들의 환성과 즐거운 목소리. 그것들을 전부 배경과 배경음 삼아 다시 두 사람만의 세계가 만들어진다.

이윽고 유에는 조용히 입을 열었다. 나지막한 목소리인데 신기하게도 소란을 뚫고 하지메의 귀를 기분 좋게 두드렸다.

"……새삼스럽지만, 왠지 신기해."

"뭐가?"

평온한 어조로 되묻는 하지메의 어깨에 머리를 기대고, 유에는 말을 이어갔다.

"……나락 밑바닥에서 단둘이 세계를 적으로 돌릴 각오로 시작한 여행이었어. 그래도 어느샌가 주위에는 소중한 사람들이 있었고, 심지어 다른 세계에서 새로운 한 해를 축하하며 밤하늘의 꽃을 보고 있어."

"그래, 그렇지."

"……객관적으로 보면 내 인생은 길고 괴로운 시간이 압도적으로 길어. 하지메에게 도움을 받은 것도, 이 사람들과 만난 것도, 숙부님의 진실을 알게 된 것도, 이렇게 새로운 가족과 지내는 것도, 전체에서 보면 한순간에 지나지 않아. 마치 꿈처럼."

"……."

"……그래도 지금 내 마음은 반대야. 긴 악몽은 순식간에 거품처럼 사라졌고, 이미 오래전부터 이렇게 살아왔던 것 같아. 쭉 행복에 둘러싸여 있었던 것 같아."

불꽃놀이의 빛을 받은 유에의 옆얼굴은 무척 신비로웠다. 영원한 삶을 사는 현자 같기도, 때 묻지 않은 소녀처럼도 보였다.

어째선지 감정을 주체할 수 없어서 하지메는 유에를 정면에서 끌어안았다.

유에는 그 목에 얼굴을 파묻었다. 안경이 거치적거리는지 픽 웃으며 벗었다. 경국의 미모가 보일지라도 지금 두 사람을 방해할 수 있는 자는 그 어디에도 없었다.

"……세계는 불합리하고, 부조리하고, 지독하게 심술궂어. 그래도 노력하는 사람에게는 때때로 무척 상냥하고 멋진 선물을 줘. 하지메와 만나고, 그렇게 생각하게 됐어."

“……그래. 분명 그 말이 맞아. 무슨 일이 있어도 발버둥 치
면 언젠가 이런 곳에 도착할 수 있겠지.”

“……응.”

유에는 목을 입술로 깨물고 하지메를 올려다봤다.

그 이마에 하지메는 살며시 입술을 내려놓았다. 그 순간 신
비로운 분위기는 흩어지고 유에의 표정은 눈 녹듯 녹아내렸다.

세상에서 가장 사랑하는 사람에게 더 강하게 몸을 붙이며,
유에는 어깨 너머로 새로운 가족을 한 명 한 명 돌아봤다.

씩 웃으며 엄지를 들거나, 기가 찬 표정, 따스한 눈길을 보
내거나, 놀리는 듯한 웃음까지. 하지만 누구 하나 빠짐없이,
그들에게는 확실한 친애의 정이 있었다.

그래서 유에는 살짝 몸을 떼고…….

사랑스러운 사람들과 자신을 이곳에 데리고 와 준 사랑하
는 사람을 모두 시야에 담아, 최상급 웃음을 보여 주며 그 말
을 전했다.

“……정말로 고마워. 앞으로도 잘 부탁해.”

그 말을 장식하듯, 마지막으로 한층 더 아름다운 폭죽이
새해의 밤하늘에서 빛났다.

맑은 공기 속에 눈부신 햇빛이 쏟아지는 1월 3일의 오후.

"쿵떡! 쿵떡! 맛있어져라~! 쿵덕쿵!! 이에요!"

"쿵떡! 쿵떡! 맛있어져라~! 쿵덕쿵!! 이야!"

나구모 집의 마당에서 그런 귀여운 소리가 들려왔다.

토끼 귀를 기분 좋게 튕기는 시아와 토끼 귀 머리띠를 즐겁게 휙휙 흔드는 뮤의 목소리였다.

슈가 어디선가 구해 온 진짜 절구를 끼고 진짜 자매처럼 호흡을 맞춰 떡메를 휘두르고 있었다. 절구 안으로 김이 피어오르는 커다란 떡 덩어리가 보였다.

그렇다. 이 두 사람은 지금 세시 풍속— 떡메치기를 하는 중이었다.

"이, 이보게들. 장단이 잘 맞는 건 좋지만, 조금 더 속도와 위력을 낮춰 주지 않겠나? 아까부터 종종 내 손을 쿵떡쿵떡 찍는데."

티오가 떡을 뒤집는 역할을 맡았지만, 그 표정은 뻣뻣하게 굳어 있었다. ……조금 흥분이 번져 있지만.

"뭐 하는 거예요, 티오 씨! 빨리 떡 뒤집어 주세요!"

"주세요, 야! 떡메치기는 시간과의 싸움이야! 티오 언니, 똑바로 해!"

"어, 앗, 네!"

생각보다 강한 말투에 티오는 허둥지둥 절구 안으로 손을 넣었다. 그 순간.

"쿵떡이요오!"

"앗?! 시아?! 그대 지금 일부러—."

"쿵떡이야!"

"힉?! 뮤?! 왜 지금 찍은 게냐?!"

쿵떡! 앗?! 못 도망가요! 아흑?!

리드미컬하고 귀여운 말과 함께 떡과 손이 적당하게 형태를 바꾼다. 가끔 끼는 티오의 추임새가 더욱 흥을 끌어낸다. 그리고 점점 비명에 교태도 늘어간다.

"와아, 시아는 떡메 치는 모습이 어울리네. 뮤가 한 토끼 귀도 정말 앙증맞고."

"그렇지. 손을 찍히고 황홀한 표정을 짓는 변태가 사이에 끼지 않았으면 녹화하고 싶을 정도야."

툇마루에서 차를 마시며 감상하는 슈의 말에, 하지메도 차를 홀짝이며 동의(?)했다.

참고로 두 사람이 떡과 함께 티오의 손을 찍는 이유는— 딱히 없다. 굳이 말하면 거기에 얻어맞고 기뻐하는 변태가 있기 때문이다. 착한 토끼 아가씨들은 그저 행복을 주고 싶을 뿐이다.

실제로 이 독한 변태 드래곤은 기어코 스스로 두 손을 집어 넣었다. 슬슬 얼굴에 「자체 검열」이 필요하겠다.

한편, 떡메를 치는 마당의 반대편에서는…….

"아얏?! 유에! 지금 중력 마법 썼지! 반칙이야!"

"……생트집. 오히려 채 이도류가 반칙이야."

카오리와 유에가 싸늘한 분위기 속에서 흥분하고 있었다. 일정 거리를 두고 대치한 두 사람은 손에 각진 탁구채 같은 것을 들었다. 여기도 세시 풍속인 하네츠키[#9]가 한창이었다.

다만, 이걸 하네츠키라고 불러도 될지 의문이지만.

"양손에 채를 들지 말라는 규칙 없거든~! 그래도 마법은 확실하게 반칙이잖아?"

"……규칙이란, 내 힘으로 만드는 것!"

"멋진 척 말해도 안 된다니까!"

카오리의 서브! 훙, 이라는 심상치 않은 소리를 내며 공이 허공을 갈랐다. 보통 사람이라면 틀림없이 반응할 수 없는 속도! 그리고 각도!

하지만 무시무시한 속도로 날아든 공은 유에의 바로 앞에서 급격하게 실속하더니 마치 슬로 모션처럼 천천히 나아갔다.

"……이게 나의 존. 받아라, 헤비 샷."

"그러니까 그거 중력 마법이잖아! 이렇게 되면 나도…… 간다, 받아 봐! 신속 샷!"

유에가 중력 마법으로 무거운 일격을 날리면, 카오리는 그것을 받아치는 동시에 「도달 시간을 단축하는 마법」으로 신속의 일격을 날린다.

유에의 머리카락을 스치며 섬광이 통과했다. 카오리, 회심의

#9 하네츠키 깃털 달린 공을 배드민턴처럼 치고받는 일본 민속놀이.

미소. 하지만 이것으로 끝날 만큼 정실님은 녹록하지 않다.

"……나에게 사각은 없어!"

"앗, 「천재(天在)」는 너무 치사해!"

「게이트」를 쓰지 않는 순간 공간 전이. 염치없이 신역의 기술까지 동원한 유에는 멋지게 공을 돌려줬다.

높이 떠오른 공. 카오리는 날뛰는 매처럼 날아올라 스매시를 날렸다. 그와 동시에 「박황쇄!」라며 빛의 사슬로 유에를 묶었다.

"……훗, 안일해! 뇌룡 샷!"

채 따위는 장식입니다. 옛날 사람들은 그걸 몰라요. 그렇게 말하는 것처럼 유에에게서 방출된 「미니 뇌룡」이 공을 콱 물었고, 그대로 유턴했다.

쾌청한 대낮에 뇌명의 포효가 울렸다.

"안일한 건 그쪽이지! 분해 샷!"

결전 때처럼 「신의 사도」와 구별할 필요가 없어져 흑은색에서 은색으로 돌아온 분해 섬광이 「미니 뇌룡」을 소멸시켰다. 물론 공도 가루가 되었다.

그래서 은색 날개를 펼쳐 자기 깃털(물론 분해 능력 겸비)을 돌려줬다.

거기서부터는 그냥 마법 대전이었다. 채는 허무하게 땅바닥을 굴러다녔고 공 대신 마법이 난무했다. 「천재」와 「신속」으로 종횡무진 움직이는 두 사람에게서 메아리처럼 「카오리 이 바보~」, 「유에 멍텅구리~」라는 유치한 매도가 들려왔다.

"두 사람 다 참 사이가 좋아."

"친하니까 싸운다는 말도 있으니까. 실제로 평범하게 둘이서 쇼핑도 다니고."

숨 쉬듯 매도하고 도발하고 장난치고, 그러다가 치고받는 싸움을 시작하는 유에와 카오리. 이미 두 사람만의 커뮤니케이션이라고 생각한다.

참고로 전쟁터 같은 굉음과 섬광이 터지지만, 아티팩트로 대책을 세웠으니까 이웃의 평화로운 새해는 지켜지고 있을 것이다.

또 차를 홀짝인 아버지와 아들이 새해의 상쾌한 공기와 폭풍을 느끼며 눈을 가늘게 뜨는데, 뒤쪽 실내에서도 시끌벅적한 소리가 들렸다.

"아하하, 내 용병단이 또 기습에 성공했어! 성공 보수로 자금 세 배야!"

"어, 어째서 스미레 어머님만…… 저는 집까지 잃었어요. 나 왕녀인데……."

"릴리 씨…… 딱하기도 하지. 모처럼 게임 안에서도 왕녀님이셨는데."

"그에 비해 남몰래 상인으로 성공한 레미아 씨는 무섭네요. 어느새 순위도 치고 올라갔고."

"어머나, 어쩌죠? 또 애가 생겼네요. 이번에는 쌍둥이래요. 여러분, 축의금을 주시겠어요? 우후후."

스미레, 릴리아나, 아이코, 시즈쿠, 그리고 레미아가 주사위로 칸을 진행하는 보드게임에 빠져 있었다. 릴리아나에게 줬던 수많은 선물 중 하나였다.

사실 그밖에도 탁상 게임들을 보내 줬고 전부 하지메가 직접 만든 토터스용 버전이었다. 그것들을 윤케르 상회의 모토 씨를 통해 시험적으로 판매할 예정이었다.

수요에 따라서는 다른 사람이 따라 할 수 없는 아티팩트급 게임을 제작해 본격적으로 판매할 계획도 있었다.

이것도 가족을 부양하기 위한 돈벌이 중 하나. 릴리아나와 모토도 중개 수수료를 얻으므로 성공하면 분명 원원 관계가 될 것이다.

밤중에 음흉한 웃음을 짓는 마왕과 왕녀는 어떻게 보면 대단히 잘 어울렸다.

아무튼 각설하고.

게임 안에서 망국의 왕녀가 되어, 일하면 다쳐서 병원비가 더 들고, 사기로 집도 잃고, 이번에는 축의금으로 빚까지 진 릴리아나가 너무나도 애처로웠다.

그런 릴리아나에게서 아무런 죄책감도 없이 아홉 번째, 열 번째 출산의 축의금을 뜯어내고 생글생글 웃는 레미아 씨의 대비가 참 절묘했다.

"우리도 자식 부자가 되겠어."

스미레 어머님의 의미심장한 시선이 시즈쿠와 아이코에게 꽂혔다. 등을 돌리고 있어도 두 사람 다 얼굴이 빨개졌으리라고 알 수 있었다. 힐끔힐끔 시선이 느껴진다.

슈가 징그럽게 웃으며 돌아봤다. 하지메는 물론 모른 척했다.

그런데 그때, 현실 도피인지 갑자기 빚쟁이 왕녀가 스미레에게 화살을 돌렸다.

"그러고 보니 스미레 어머님과 슈 아버님은 어떻게 만나셨나요?"

"어머, 갑작스럽네? 릴리, 왜 그러니?"

"그냥 흥미가 있을 뿐이에요. 저는 입장상 일반적인 만남을 가질 수 없으니까요. 하지메 씨와도 특수하게 만났고."

「평범한 만남」에 흥미가 있다는 말에 납득하며 스미레는 하네츠키 데스매치의 굉음과 변태가 기뻐하는 떡메치기 기합 소리를 BGM 삼아 먼 곳을 봤다. 그리움에 젖은 눈을 가늘게 뜨면서.

그렇게 뭔가 살짝 연극 같은 반응을 보이며 스미레는 이야기를 시작했다.

"그래, 그건 추위가 매섭던 새해의 신사였어. 나와 슈는 서로를 모르는 채— 무녀와 신주 코스프레를 하고 신사에 잠입했어."

"시작하자마자 너무 특수한 만남 등판!"

릴리아나의 새해 첫 태클이 작렬했다. 레미아와 시즈쿠, 아이코도 당황해서 손을 멈추고 말았다. 게다가 슈의 귀가 움찔거렸다. 하지메의 옆얼굴에 드러난 감정은 어이없음 반, 놀림 반 정도일까.

"놀랐어. 애니메이션의 성지였던 신사라서 나는 한 번이라도 좋으니까 무녀를 해 보고 싶었거든. 당시 고등학생이었던 나는 새해 참배로 시끌벅적한 그곳에서 시치미를 뚝 떼고 무녀 코스프레로 안내역을 열심히 수행했어. 그러다가 누가 봐도 동갑 같은 신주를 발견한 거야. 멋진 척하며 기둥에 기대어 있었지. 그 사람은 금방 진짜 신주에게 들켜서 연행됐어……."

"이젠 어디서부터 따져야 할지 모르겠어!"

왕녀가 존댓말을 잊을 정도의 혼돈. 무심결에 도움을 청하는 눈으로 다른 이들을 보지만, 세 명은 짠 것처럼 눈을 돌렸다. 이미 대응 능력의 한계를 넘었나 보다.

쿵떡&아앙 중인 시아 그룹도, 초차원 하네츠키를 하는 유에와 카오리도 모두 잠시 손을 늦추고 귀를 기울이는 듯했다.

반비례해 슈의 시선은 엉뚱한 방향으로 향했다.

"신사 관계자들도 모여서 결국 나도 정체가 탄로 났어. 우리 둘은 당장 머리부터 박았지. 상대가 식겁할 기세로 큰절해서 상황을 무마하려고 한 거야."

큰절. 역시 큰절이었다. 나구모 집안의 비상 수단은 이 무렵부터 건재했던 모양이다.

그나저나 두 명의 젊은 큰절 프로가 우연히 같은 취미 때문에 만나다니, 어찌 보면 운명이었는지도 모르겠다.

"그래도 하나 문제가 있었어. 이제 됐으니까 돌아가렴— 그 말을 끌어내기에는 우리 코스프레 수준이 너무 높았어!"

"뭐라고~."

"레미아! 좋은 맞장구야!"

레미아 씨도 제법 물든 것 같았다. 시어머니의 장단을 완전히 파악했다.

"저기, 그게 정확히 무슨 말이죠?"

"의상의 완성도가 본업인 사람이 봐도 진짜인지 가짜인지 분간되지 않았다는 거야. 즉, 훔친 게 아니냐고 추궁받았어."

물론 그런 적은 없다. 정열과 정성이 담긴 자작이었다. 그래서 문답을 나누다가 점점 짜증이 난 슈는 그만 이렇게 말하고 말았다.

―이거 신주 옷 아니거든요! 우연히 비슷한 평상복이거든요! 제 패션 센스에 뭐 불만이라도 있어요?!

큰절한 사실을 넘어 잠입한 사실도 없애려고 한 것이다. 어디까지나 신주와 닮은 사복으로 새해 참배를 온 일반인이라고.

"그걸 들은 순간, 나는 배를 붙잡고 웃어 젖혔어. 그리고 생각했지. 좋아, 이 사람과 결혼하자! 라고!"

""""""""왜 그렇게 돼?!""""""""

어느샌가 귀만 기울이던 사람들도 전부 가세해 아름답게 태클을 걸었다.

그리고 툇마루에서는 슈가 두 손으로 얼굴을 가리고 뒹굴고 있었다. 흑역사를 며느리들에게 폭로당해 수치심이 오버히트한 것 같았다.

"그런 이유로 내가 고백해서 사귀게 됐고, 그대로 결혼까지 골인했어. 어때? 너희에 비하면 심심한 만남이지?"

""""""""그건 아니야.""""""""

그야 극적이지는 않지만, 충분히 특수했다. 여러 가지 의미로.

그래, 이런 부모님 아래에서 크면 그야 아들도— 그런 생각이 들어 모두 하지메에게 묘한 눈길을 보냈다.

"……뭐야? 나는 부모님만큼 상식에서 벗어나지 않았어."

신을 죽인 마왕이 말은 잘한다. 응, 그래그래……라며 다들 묘하게 상냥한 표정을 지었다.

하지메는 팔짱을 끼고 떨떠름한 표정을 지었다. 그건 정말이지 「이해가 안 되네」라는 마음의 소리가 들릴 것만 같은 표정이었다.

"그럼 너희도 하던 일을 마무리한 것 같고, 해도 적당한 위치에 왔어. 슬슬 찍을까?"

"아, 그렇지! 그러자! 카메라 들고 올게!"

슈가 흑역사 폭로의 대미지를 잊기 위해서인지, 공연히 밝게 대답하며 집 안으로 들어갔다.

그사이에 다들 마당을 정리하고, 절구와 떡메를 치우고, 떡을 보관하고, 여성진은 복장과 머리를 마지막으로 확인했고…….

잠시 후.

집 정문 앞에서 하지메를 중심으로 그 곁에 나란히 섰다.

며느리들의 얼굴에는 살짝 긴장이 번져 있었고, 자세는 평소보다 더 딱딱했다. 가장 끝에 선 스미레가 깔깔 웃었다.

"자자, 표정이 딱딱해! 웃어웃어! 첫 가족사진이니까 긴장하지 말고! 즐거운 마음으로 찍자!"

그렇다, 가족사진. 하지메가 귀환해 연인들이 가족이 되고

나서 처음 찍는 나구모 집안의 단체 사진이었다. 한 해의 시작
으로 거실에 장식할 사진을 찍자며 하지메가 제안한 것이었다.

삼각대로 세팅한 멋진 디지털 카메라를 조정하던 슈가 본보
기처럼 즐겁게 웃어 보였다.

"다들, 여기 봐! 이제 찍는다? 카운트는 10초야! 시~작!"

버튼을 꾹 누르고 급히 돌아온 슈가 스미레 옆에 섰다. 스
미레의 손이 슈의 팔을 끌어당겨 부부가 딱 달라붙었다. 무척
자연스러웠다.

하지메와 유에는 서로를 봤다. 자연스럽게 웃음이 흘러나왔다.

"……응♪ 다들 평소대로."

"그래. 평소대로."

두 사람의 말에 다른 이들도 자연스럽게 미소를 지었다.

카운트, 0. 찰칵.

그 후, 저마다 스마트폰에도 전송한 가족사진은—.

"……후후, 멋져. 보물로 삼을게!"

유에 말대로 행복이 흘러넘치듯 웃는 얼굴로 가득했고, 「보
물」이라고 부르기에 손색이 없는 한 장이었다.

「흔해빠진」 애프터 스토리를 읽어 주셔서 정말로 감사할 뿐입니다.

중2를 좋아하는 원작자, 시라코메 료입니다.

본편이 완결되고 2년 조금 더 지났네요. 종이로는, 그리고 서적파 독자님들과는 굉장히 오랜만에 뵙는군요.

작품을 기다려 주신 분들, 오래 기다리게 해드려 죄송합니다!

제 기대를 뛰어넘어 애니메이션 3기가 방송되면서, 그에 맞춰 애프터 스토리도 발매하게 되었습니다.

이것도 독자 여러분, 그리고 시청자 여러분의 응원과 기대 덕분입니다. 그러니까 다른 것보다도 감사를 전해 드리고 싶습니다. 정말로 감사합니다!

그럼 아시는 분들은 아시겠지만, 이 애프터 스토리는 웹 연재에서 현재도 이어지고 있습니다.

본편만큼 힘을 주지 않고, 쓰고 싶은 이야기를 쓰고 싶을 때 쓰고 싶은 대로 쓰고 있죠. 포석은 대충대충 깔고, 스토리는 밑도 끝도 없이 확장하고, 시간 순서도 내 알 바 아냐! 끼얏호!! 라고 말하면 과언이지만…… 과언이 아니라고?

뭐, 아무튼 그 정도로 가벼운 마음으로 시작한 이야기입니다.

그걸 처음부터 시간 순서를 맞추고, 모순과 부자연스러운 점을 수정하며 고쳐 쓴 거죠.

그 결과, 왠지 웹 버전보다 편안함, 훈훈함, 달달함 성분이 다분한 애프터 스토리가 된 것 같습니다. 제법 많은 분량을 새로 써서 신작처럼 느껴지기도 하고요.

사실은 아직 더 쓰고 싶은 이야기나 캐릭터도 많았지만…… 첫 애프터 스토리니까 역시 나구모 집안이 중심이 되어야 한다고 생각해 집필하는 사이, 순식간에 지면이 꽉 차 버렸지 뭡니까…….

새로운 세계나 새로운 캐릭터도 포함해 하지메와 동료들의 「그 후」를 알고 싶은 분은 웹 연재분도 봐 주시기 바랍니다!

어쨌든 기본적으로 진지하던 본편과 다른 분위기, 현대 지구를 중심으로 펼쳐지는 새로운 「흔해빠진 이야기」를 즐겨 주시면 감사하겠습니다!

또 처음에도 언급했지만, 애니메이션 3기가 방송 중입니다. 꼭 그쪽도 즐겨 주셨으면 좋겠네요!

마지막으로 다시 감사 인사를 드리겠습니다.

독자 여러분, 항상 읽어 주셔서 정말로 감사합니다.

타카야Ki 선생님, RoGa 선생님, 담당 편집자님, 교정 담당자님, 그 외 출판에 힘써 주신 모든 관계자분께도 감사드립니다.

만약 다음 기회가 있다면 또 한 번 잘 부탁드리겠습니다!

시라코메 료

흔해빠진 직업으로 세계최강 14

초판 1쇄 발행 2026년 2월 10일

지은이_ Ryo Shirakome
일러스트_ Takaya-ki
옮긴이_ 김장준

발행인_ 최원영
본부장_ 장혜경
편집장_ 김승신
편집진행_ 권세라 · 최혁수 · 김경민 · 최정민
편집디자인_ 양우연
국제업무_ 박진해 · 조은지 · 이지현 · 박지현
관리 · 영업_ 김민원 · 조은걸

펴낸곳_ (주)디앤씨미디어
등록_ 2002년 4월 25일 제20-260호
주소_ 서울특별시 구로구 디지털로32길 30 코오롱디지털타워빌란트 1301-1308호
전화_ 02-333-2513(대표)
팩시밀리_ 02-333-2514
이메일_ lnovellove@naver.com
ㄴ노벨 공식 카페_ http://cafe.naver.com/lnovel11

ARIFURETA SHOKUGYOU DE SEKAISAIKYOU 14
ⓒ 2024 by Ryo Shirakome
First published in Japn in 2024 by OVERLAP, Inc.
Korean translation rights reserved by D&C MEDIA Co., Ltd.
Under the license from OVERLAP, Inc., Tokyo JAPAN

ISBN 979-11-278-8691-2 04830
ISBN 979-11-278-1840-1 (세트)

값 8,500원